*Wolfgang Schreyer*

# DER GRÜNE PAPST

*Roman*



*Militärverlag*
*der Deutschen Demokratischen*
*Republik*

ISBN 3-327-00156-1


8., überarbeitete Auflage, 1986
Printed in the German Democratic Republic
Gesamtherstellung: Druckerei des Ministeriums für Nationale Verteidigung (VEB) – Berlin – 3 2334-5
Lektor: Wolfgang Lange
Umschlaggestaltung: Peter Muzeniek
Karten: Helmut Kloss
Typografie: Ingeburg Zoschke
Lizenz-Nr. 5
LSV: 7001
Bestellnummer: 746 826 8
00480

Savannah ist ein trauriges Nest für den, der die wirklich grossen Städte liebt, und die Gefahren sind nicht geringer. Ich war ein Narr, dorthin zu gehen. Achtzehn Meilen hinter der Atlantikküste liegt es, an einem trüben Fluß, der Georgia von South Carolina trennt; man sagt, das Klima sei ungesund. Immerhin gibt es dort, besonders im Hafenviertel, ein paar der üblichen Kinos, schmale Handtücher, in denen man für fünfundzwanzig Cents hübsche Filme sehen kann – die tollsten nach Mitternacht. An jenem Juniabend 1954 hatte ich mich, nachdem mir in der Pension «Charleston» die fatale Geschichte passiert war, in einen dieser lärmenden Käfige geflüchtet. Den Vierteldollar besaß ich noch, und ich hoffte, dort würde die Polizei nicht nach mir suchen.

Die achtzig Plätze waren fast alle besetzt. Als ich mich im flimmernden Licht durch den Gang tastete, plärrte der Lautsprecher vorn: «I walk along a street of sorrow, the boulevard of broken dreams.» Wenn etwas imstande war, meine Stimmung wiederzugeben, so war es dieses Lied. Zu seinen schwermütigen Akkorden zog sich auf der Leinwand ein Mädchen aus, geschäftsmäßig langsam und sehr methodisch. Während ich mich in eine der Platzreihen quetschte, schimpften die Leute hinter mir. Ich kam neben einen Mann zu sitzen, der nach teurem Whisky roch. Wie überall in den Staaten, wurden auch in Savannah die Mitternachtsvorstellungen oft von Betrunkenen besucht. Das Mädchen vorn war nun halbnackt, es erinnerte mich an die junge Dame, derentwegen ich aus der Pension hatte fliehen müssen. Plötzlich wurde mir übel; ich schloß die Augen. Seit dem schrecklichen Vorfall am Spätnachmittag hatte ich nicht mehr gewagt, ein Lokal zu betreten. Mein Magen war leer.

Als ich wieder zur Leinwand sah, klapperten Pferdehufe. Ein farbiger Kulturfilm lief, er pries die wilde Schönheit des Yellowstone-Nationalparks. Beim Anblick buntschillernder Springquellen, brodelnder Schwefelsümpfe und der sattbraunen, im Abendrot glühenden Felsen äußerte mein Nachbar höhnisch: «Ah, wie reizend!» Mir war, als hätte ich diesen Ausruf schon einmal gehört. Er erinnerte mich an einen Mann, mit dem ich mich damals in der amerikanischen Zone Deutschlands oft über Zigaretten unterhalten hatte. Er konnte sie besorgen, ich setzte sie en gros ab, für drei Reichsmark das Stück; en détail kosteten sie fünf. Ein ganzes Jahr lang flutschte der Handel. «Ah, wie reizend!» pflegte Steve zu krähen, wenn ich ihm zuweilen von einer Razzia und gewissen Verlusten berichten mußte. Meist aber blätterte ich einen hübschen Haufen Geld vor ihn hin, er schob es wortlos in die Gesäßtasche und kam mit einer neuen Stange «Lucky Strike».

Kein Zweifel, der Film mißfiel, im Kino wurde es laut. Auf den hinteren Sitzplätzen randalierten sie. Jemand hatte seine Schuhe ausgezogen, man schleuderte sie unter den Sitzen hindurch nach vorn. Ein Kaugummiklümpchen traf mich am Ohr. «Will mein Geld zurück», schrie von der Aborttür her ein Mann; er fing an, auf einer Kindertrompete zu blasen. Wäre ich nicht in der Klemme gewesen, hätte ich jetzt diesen Affenstall verlassen. Der Leinwand-Cowboy vorn fuhr unbeirrt fort, den Yellowstonepark zu loben. In der sinkenden Purpursonne zügelte er sein Pferd, zog ein Fläschchen aus der Satteltasche, hielt es ins Publikum und sagte: «Wenn Sie nicht wollen, Ladies und Gentlemen, Sie brauchen nicht unbedingt nach Wyoming zu reisen, seit es dies hier gibt. Auch Cinzano dry Vermouth wird Ihnen zum inneren Erlebnis. Man rafft sich nicht gleich zu ’ner Reise auf, Cinzano dry Vermouth jedoch können Sie täglich trinken, gleich um die Ecke, in jedem Drugstore ...» Er schlürfte den Wein und wandte sich wieder der heroischen Landschaft zu. Durstig gemacht, setzte auch mein Nachbar eine Flasche an die Lippen. Etwas tropfte auf meinen Ärmel, und ich glaube kaum, daß es Cinzano dry Vermouth war, was er trank; eher purer Whisky, doch von der allerbesten Sorte.

Ich lehnte mich zurück, musterte ihn verstohlen von der Seite. Diese wulstigen Brauen, dieses breite Gesicht! Meine Augen hatten sich an das Dämmerlicht gewöhnt, und nun erkannte ich ihn. Acht Jahre war es her, damals hatte ich ihn immer nur in Uniform gesehen, heute trug er einen hellen Maßanzug – dennoch, er war es: Steve Baxter, und niemand sonst... Da wußte ich, daß ich so gut wie gerettet war. Steve würde mir beistehen, so wie ich ihm beigestanden hatte, damals, als er noch Küchen-Corporal bei der 7. US-Armee in Augsburg gewesen war.

Wenig später saßen wir in einem Espresso. Steve bestellte schwarzen Kaffee, den er nötiger hatte als ich. «Wieso», fragte er und legte seine riesige Hand auf mein Knie, «steckst du denn in der Klemme, Oberleutnant?»

So hatte er mich damals immer genannt, obwohl ich nie Offizier gewesen bin. Er wußte aber, daß ich bei der Luftwaffe war, und hatte oft seinen Spaß damit getrieben, wenn auch ohne jede Gehässigkeit. In der ersten Zeit fiel es den Siegern schwer, solche Anspielungen zu unterlassen, besonders wenn sie ein Kindergemüt hatten wie Steve. Es war eine sonderbare Sache, nach so vielen Jahren meinen alten Spitznamen wiederzuhören. Mir wurde traurig zumute, als ich hier im Hafen von Savannah um zwei Uhr morgens an die Heimat dachte.

«Dieses Drecknest», sagte ich, «ist mit Abstand der mieseste Fleck in den ganzen Vereinigten Staaten. Jeder Halunke hier hat einen Elektrorasierer, ist damit zufrieden, braucht keinen neuen, und das Klima soll auch nicht gesund sein. Die ganze Stadt stinkt nach toten Fischen, schon gemerkt?»

«Du kommst vom Thema ab», antwortete Steve.

«Mir geht's langsam über die Hutschnur», sagte ich. «Das sollte man mit den Leuten nicht machen. Da spaziere ich heute nachmittag die General Green Avenue entlang, immer auf dem Bordstein, und denke über den schlechten Geschäftsgang nach – ich verkaufe Rasierapparate, Steve, das heißt, ich versuche es –, plötzlich merke ich, wie ein cremefarbenes Sportcoupé leise neben mir herfährt. Am Steuer sitzt ein Mädchen, Steve, sieht mich an und lächelt, verstehst du, nur mit den Augen. Himmel, war die süß! Ein Traum, alter Junge. Der Cadillac schnurrt immer so neben mir her, stell dir das vor ...»

Er sagte nichts, sondern pfiff durch die Zähne.

«Ich stieg dann ein; wir waren uns beide kolossal sympathisch. Sie hieße Joan, wäre achtzehn und ginge noch aufs College, erklärte sie mir, heute hätten die Sommerferien angefangen, sie sei zu jedem Blödsinn aufgelegt. Als wir in meinem Zimmer ankamen, warf sie sich ohne Umstände aufs Bett, strampelte in der Luft herum und bat mich, schnell noch was zu trinken zu holen. Ich lief über die Straße, denn die Pension ist völlig trocken, und als ich wiederkam, war's passiert.»

Ich drehte mich um, denn eben traten zwei Männer ein; doch sie kümmerten sich nicht um uns. «Joan stand am Telefon», fuhr ich leise fort. «Mit zerrauftem Haar, fast nackt, rote Kratzer auf Schultern und Hals; die Bluse war zerrissen, das Bett zerwühlt, eine Vase lag in Scherben. Sie schrie, ich hätte sie mit Gewalt hierhergeschleppt, aber das ließe sie nicht mit sich machen, sie würde die Polizei anrufen. Ich begriff überhaupt nichts, sah, wie sie eine Nummer wählte, und hörte, daß sie das Überfallkommando alarmierte. Da hab' ich mich aus dem Staube gemacht, ohne Geld, ohne Gepäck; der Schlüssel steckte noch außen, ich sperrte sie einfach ein. Mit hysterischen Weibern werd' ich nicht fertig ... Vermute, jetzt fahndet die Stadtpolizei nach mir.»

«Worauf du Gift nehmen kannst», sagte Baxter. «Nur, wenn du meinst, sie war hysterisch, irrst du dich, Sohn. Das ist bloß ihr Geschäft. Die Gesetze sind hart in Georgia; auf Vergewaltigung stehen zehn bis dreißig Jahre Kerker. Da hättest du sie lieber geheiratet, glaube ich, damit sie ihre Aussage ändert. Und bei der Scheidung würde sie 'ne hübsche Abfindung von dir bekommen haben, oder 'ne nette Lebensrente, das hättest du dir aussuchen dürfen. Was glaubst du denn, wovon sie den Cadillac bezahlt?»

Er legte Geld auf die Theke, ich aber blieb sitzen. Ich wagte mich nicht mehr auf die Straße hinaus.

«War 'ne schlechte Idee, in dieses lausige Nest zu gehen», sagte ich und behielt dabei die Tür im Auge. «Hatte vorher 'nen feinen Job bei der Compañia Dominicana de Aviación. Leider kündigten sie mir im April, weil der Chefpilot Rauschgift geschmuggelt hatte, und sie meinten, ich hinge mit drin. Hätte sonst nie dieses widerliche Pflaster betreten.»

«Du bist geflogen?» fragte Steve leise, und ich konnte bemerken, daß seine Augen sich weiteten. «Du fliegst noch?» Er wurde plötzlich ganz munter.

«Als Copilot», antwortete ich. «Die dominicanische Gesellschaft nahm es mit den Papieren nicht so genau.»

Baxter betrachtete mich zärtlich. «Möchtest hier weg, was?»

«Muß verschwinden, Steve.» – «Läßt sich machen, Oberleutnant.»

Mit einem Ruck stand er auf; ich folgte ihm. Wir gingen in zwei benachbarte Kabinen, über die Trennwand hinweg tauschten wir unsere Jacken, Hüte und Hosen aus. Er gab mir zehn Dollar, auch eine Übernachtungsadresse. Hastig vereinbarten wir, uns am nächsten Mittag vorm Denkmal des Generals Pulaski zu treffen; dann verabschiedeten wir uns und verließen unauffällig das Espresso.

Die Hafenstraßen lagen in tiefer Finsternis, nur an den Fassaden der Amüsierlokale geisterte Neonlicht. Steves elegantes Jackett schlotterte mir um die Schultern, und die Hosen waren zu kurz; immerhin, der Hut paßte. Jedesmal wenn ich Schritte hinter mir hörte, bog ich ab. Doch ich erreichte das neue Quartier, ohne daß man versucht hätte, mich festzunehmen. Savannah ist, wie schon vermerkt, ein erbärmliches Nest. Nicht mal auf die Polizei dort ist Verlaß.

Zur verabredeten Zeit fand ich mich in der prallen Sonne unterm Denkmal des Generals Pulaski ein, einer dorischen Säule mit Freiheitsstatue. Inmitten der schachbrettartig gebauten City ragt sie am Rande einer kleinen Parkanlage empor, die mit ihren Agaven und Orangenbäumen die Straßenkreuzung einfaßt. Es gab im Stadtkern Savannahs vierundzwanzig solcher Kreuzungen, und ich sagte mir, daß sie nicht überall einen Policeman hingestellt haben konnten.

Steve Baxter war unpünktlich. Immer wieder sah ich zur Uhr. Umspült vom Konzert der Autohupen, begann ich die Inschrift der Säule zu lesen. General Pulaski, stand dort, war Pole. An der Spitze der vereinigten amerikanischen und französischen Truppen hatte er 1779 versucht, die Stadt den Engländern zu entreißen, wobei ihn eine Kugel vom Pferde warf. Ich ging um die Säule herum, dreimal, sechsmal.

Dann endlich sah ich Steve aus einem hechtgrauen Studebaker klettern; schwitzend lief er auf mich zu. Etwas an seinem Gehabe gefiel mir nicht. Gewöhnlich bewegte sich Steve langsam und selbstsicher, jetzt haftete ihm etwas Gehetztes, Unterwürfiges an.

Im Fond saß ein schwarzhaariger, fülliger, in makelloses Weiß gekleideter Herr, der an einem Zigarillo sog. «Don Miguel», meldete ihm Steve, «hier bringe ich Ihnen meinen Freund.» Der Fremde nickte kurz, stieß blaßblauen aromatischen Rauch aus und lud mich mit einer Handbewegung ein, neben ihm Platz zu nehmen. Steve setzte sich hinters Lenkrad, unmerklich fuhr der Wagen an. Im Innern war es warm, es roch nach Juchten und nach Jasmin; draußen glitten Schaufenster, Verkehrsampeln, Springbrunnen vorbei. Ich stellte keine Frage. Man tut in solchen Fällen gut, Gelassenheit vorzutäuschen. Mir mußte es genügen, zu wissen, daß es kein Polizeiflitzer war, in den sie mich genötigt hatten. Ab und zu hupte Steve sanft, damit sich der Autostrom vor ihm zerteile. Ich lag in dem leise schwingenden olivgrünen Schaumgummipolster und wartete ab.

Nach einer Weile warf Don Miguel sein Zigarillo hinaus und kehrte sich mir zu. «Señor Morena», sagte er. «Sie sind uns empfohlen worden. Wir haben viel Gutes von Ihnen gehört.»

«Sie machen mich verlegen», entgegnete ich, und ich ging darüber hinweg, daß er meinen Namen verwechselte. In unklaren Situationen soll man eher zuhören als selber viel reden.

«Sehr viel Gutes», wiederholte er zerstreut wie ein älterer Herr, obschon er höchstens fünfzig sein konnte. «Marihuana-Schmuggel und Notzucht. Ihr Steckbrief klebt an allen Polizeirevieren. Das sind so die kleinen Betriebsunfälle.»

Ich hatte plötzlich das peinliche Gefühl, für einen Gangster gehalten zu werden. «Fürchte sehr», antwortete ich, «Sie haben das mißverstanden, Señor.»

«Erzählen Sie das der Polizei», sagte Don Miguel. «Sie bemüht sich ohnehin, mit Ihnen ins Gespräch zu kommen. Ein Dutzend Leute sind Ihretwegen heute auf den Beinen. Einer wartet im ‹Charleston› auf Sie, zwei bewachen den Bahnhof, drei den Hafen, zwei den Flugplatz, die übrigen liegen an den Ausfallstraßen. Ohne uns kämen Sie kaum aus der Stadt heraus.»

«Ich bin Ihnen sehr zu Dank verpflichtet», erwiderte ich – doch in diesem Augenblick huschte draußen ein Schild vorbei, auf dem in leuchtenden Lettern stand: AIRPORT SAVANNAH – zum Flugplatz dreieinhalb Meilen ... Die Häuser links und rechts wichen zurück, sie standen jetzt einzeln im Grünen, wir rasten durch eine Vorstadt. Mein Mund wurde trocken. Wenn Steve das Tempo beibehielt, würde er in fünf Minuten am Flugplatz stoppen, vor der Paßkontrolle ... Und meine Papiere lagen, mitsamt der übrigen Habe, in jener Unglückspension oder im Tresor der Kriminalpolizei.

«Setzen Sie diese Brille auf», sagte Don Miguel. «Übrigens, hier ist Ihr Paß.» Er schob mir eine schmierige Lederhülle zu, mit spürbarem Widerwillen klappte er sie auf. Wenn ich die Brille trug, stimmte das Lichtbild. Auch das Alter schien ganz in Ordnung. Ich hieß Antonio Vasquez Morena und war, laut Paß, am 4. Oktober 1925 in Saltillo (Coahuila, Nord-Mexiko) geboren. Im Innern des Heftes fand sich ein Dauervisum für die Vereinigten Staaten und eine Einreisegenehmigung nach Honduras, vom Konsul selbst unterschrieben.

«Allerdings», äußerte ich, «mein Spanisch ist schlecht.»

«Die Flugplatzpolente spricht's noch schlechter», sagte Steve Baxter über die Schulter hinweg.

Eine Viertelstunde später standen wir am Ende des Rollfelds vor den Privathangars. «Sehen Sie diese Maschine?» fragte Don Miguel und deutete auf ein zweimotoriges Sportflugzeug vom Typ Bonanza. «Können Sie damit umgehen?»

«Das ist kein Problem, Señor», antwortete ich korrekt; denn seine Höflichkeit hatte mich angesteckt.

«Es war mir ein Vergnügen», sagte er, lüftete mit Grandezza den federleichten elfenbeinfarbenen Panamahut und entfernte sich. Ein Hauch von Juchten und von Jasmin blieb, bis ein Windstoß ihn forttrug, bei uns zurück.

«Don Antonio», sagte Steve zu mir, «wie gefällt dir der Boß?»

Ich zuckte die Schultern und sah mir das Flugzeug an.

Gewiß, die Geschichte kam mir von Anfang an spanisch vor. Ich glaubte an einen internationalen Schmugglerring geraten zu sein, der sich mit Rauschgift befaßte. Am Heroin-, Koks- und Marihuana-Handel wurde und wird auch heute noch in den Staaten märchenhaft verdient. Vermutlich war der Pilot dieser Bande gefaßt worden oder sonstwie abhanden gekommen; Steve Baxter hatte meinen Bericht vom Hinauswurf bei der Compañia Dominicana de Aviación falsch aufgefaßt und mich seinem Boß als branchekundigen Ersatzmann empfohlen.

Die Maschine fand ich in gutem Zustand. Ich wackelte ein paarmal mit dem Leitwerk und machte mich fertig zum Start. Steve ließ die Tanks bis zum Rand füllen, sogar in die beiden Rücksitze pfropfte er Benzinkanister; doch war er nicht zu bewegen, mir das Flugziel zu nennen. Statt dessen erzählte er eine Unmenge netter Witze und entwickelte dabei viel Charme. Seitdem Don Miguel uns verlassen hatte, war er sichtlich aufgelebt.

Um vierzehn Uhr bekamen wir Starterlaubnis, ich ließ die Motoren an und drückte drauf. «Höhe zwölfhundert Fuß», sagte Steve, «Kurs eins-neun-drei.» Das Wetter war prachtvoll, ganz wie erwartet ging es nach Süden. Blindlings befolgte ich die Kursvorschrift, und es stellte sich bald heraus, daß wir parallel zur Strandlinie flogen. Links unter uns kräuselte sich endlos und blau der Atlantik, Schaumketten säumten die Ostufer der Inseln Sapelo, St. Simon, Jekyl und Cumberland, die wir nacheinander passierten. Gelb leuchtete der Sand, vor Brunswick wimmelte es von Sportbooten und Badegästen, wir konnten die Wimpel am Strand flattern sehen. Nach einer halben Stunde blieb die Küste auf Backbord zurück; wir näherten uns einer Stadt.

«Jacksonville», sagte Steve, «Kurs eins-acht-acht.» Er schien die Ziffern im Kopf zu haben; ich wette, er flog die Route nicht zum erstenmal. Wir befanden uns schon über Florida. Von Navigation verstand er freilich nichts. Er ließ mich niedrig fliegen, damit er sich nach Landmarken richten konnte: Gleise, Ortschaften, Seen, auch die große Autobahn nach Miami dienten ihm abwechselnd zur Orientierung. Mir grauste bei dem Gedanken, der Himmel könnte sich beziehen oder ein Seitenwind uns versetzen. Aber Florida ist für beständiges Wetter bekannt. Mit zweihundert Meilen pro Stunde surrte die Bonanza quer über die Halbinsel hinweg, und ich war erstaunt, als wir gegen vier Uhr nachmittags bereits ihren Südwestrand an jenem Punkt erreichten, wo der Caloosahatchee-River in den Golf von Mexiko mündet. Wir zogen eine Schleife über dem verlassenen Territorium zwischen den Everglades-Sümpfen, dem Hafen Puntarasa und dem Big Cypress Swamp; Steve befahl mir, auf einer einsamen Wiese zu landen. «Wenn sie feucht ist», sagte ich, «sitzen wir fest.»

«Sie ist so trocken wie meine Kehle», antwortete er.

Und wir kamen glatt hinunter.

Auch jetzt machte Steve nicht viel Worte. Er zerrte die Kanister aus dem Heck, füllte daraus den Haupttank nach und warf sie ins Gebüsch. Die Fondsitze wischte er mit einem sauberen Lappen ab; sein Reinlichkeitssinn machte mich stutzig. Ich beschloß, ihn hintenherum zu fassen. Wenn er mir schon Zweck und Ziel dieser Reise verheimlichte, so hielt ich es doch für angebracht, bestimmte arbeitsrechtliche Fragen zu erörtern, die sich aus meinem Anstellungsverhältnis ergaben.

«Die dominikanische Gesellschaft», begann ich behutsam, «hat mir für so was hundertsechzig die Woche gezahlt. Verstehe natürlich, Steve, daß ich erst die feinen Papiere abarbeiten muß, 'n Wochenlohn werden sie wohl wert sein. Ich frag' auch nur deshalb, weil ich dir deine zehn Dollar zurückgeben will, so schnell wie es geht.»

Er war gerührt. «Laß uns die zehn vergessen, Oberleutnant», sagte er. «So dreckig geht's uns nicht. Green Pope sorgt für uns, besser als du denkst!» Und damit verriet er mir immerhin, wie die Gesellschaft hieß, für die ich neuerdings flog: Green Pope – der Grüne Papst.

Kurz vor vier trafen statt der erwarteten Schmuggelfracht in einer orangefarbenen Limousine, einem Mietwagen offenbar, zwei Passagiere ein, deren Namen ich erst später erfuhr: Dr. Luis Guerra, ein hochgewachsener vierzigjähriger Mann, und seine Tochter, die er Chabelita nannte – Klein Isabel. Mit flinkem Pilotenblick schätzte ich die Zusatzlast ab; er mochte neunzig Kilo wiegen, das Mädchen sicher kaum fünfzig. Sie war ein knabenhaft schlankes Wesen von höchstens siebzehn Jahren, mit schwach gebogener Nase, brennenden Augen, indianisch getönter Haut und blauschwarzem Haar. An jenem Tage bemerkte ich von alldem wenig, obwohl ihre Hand einen Augenblick auf meiner Schulter lag, als sie ins Flugzeug kletterte. Mochte sie noch so zauberhaft sein – nach dem fatalen Vorfall im «Charleston» hatte ich von hübschen Mädchen genug.

Kaum angeschnallt, zog Dr. Guerra aus seinem Proviantkoffer eine Sodabombe hervor, gab jedem zu trinken und verteilte Apfelsinen, belegte Brote, Pfefferminzdrops und Kaugummi. Dabei sah er sich mehrmals nach der Limousine um, die, in eine Staubwolke gehüllt, nach Puntarasa zurückrumpelte, ganz als fürchte er, es könnten hinter den dürren Zedern- und Palmetosgruppen Verfolger auftauchen. Es war eine stille, eigentümlich tote Landschaft. Der Boden bestand aus Schwemmsand und Trümmern, die der Golfstrom in Jahrtausenden zwischen die Klippen geworfen hatte; Riedgras bedeckte ihn, von der Sonne gebleicht. Abseits überm Big Cypress Swamp tanzten Mückenschwärme in glasigem Dunst. Mir wurde unheimlich an diesem Ort; erst als das Fahrwerk abhob, atmete ich freier.

«Kurs eins-acht-null», sagte Steve, und so steuerte ich genau nach Süden, aufs offene Meer hinaus. Nach vierzig Minuten sichteten wir die Perlenkette der Florida-Riffe mit der Marinebasis Key West an der Spitze; auch die imposante Eisenbahnbrücke, die vom Festland herüberführt. Es ist niemals ratsam, Militärstützpunkte zu überfliegen; wir wichen nach Westen aus, und eine halbe Stunde später schnitten wir die Küste Cubas nahe der Hauptstadt Habana. An dieser Stelle ist Cuba kaum dreißig Meilen breit. – «Wie soll's weitergehen?» fragte ich. Steve antwortete: «Immer der Nase nach.»

Wir passierten die Ostflanke der Isla de Pinos, einer von Sumpfniederungen gesäumten Verbannungsinsel, auf der Cubas Diktatoren ihre Feinde zu verwahren pflegten. Dort wurde damals auch ein sechsundzwanzigjähriger Mann namens Fidel Castro in einem Zuchthaus gefangengehalten.

Hinter der Fichteninsel, die trotz ihres Namens ziemlich kahl ist, kamen mir Bedenken. Blau dehnte sich das Karibische Meer, rosa und braun blinkten am Horizont ein paar Fischersegel, winzige Fetzen im Ozean. Jetzt war es sechs Uhr abends, die Sonne stach schräg zum Steuerbordfenster herein, unser Sprit reichte nur noch für zwei Stunden, mit etwas Glück hätten wir den Strand von Honduras oder Jamaica eben noch erreichen können. Die britische Zuckerinsel lag im Südosten, die Bananenrepublik in Richtung Südsüdwest. Steve Baxter aber, dieser merkwürdige Aeronaut, ließ mich unentwegt Südkurs halten. Ich machte ihn mehrmals darauf aufmerksam.

«Das Wasser wird badewarm sein», sagte ich, «hier soll's auch 'ne Masse leckerer Haie geben.»

«Nicht nervös werden, Don Antonio.»

Gegen sieben Uhr wurde unsere Lage ernst. Laut Seekarte befanden wir uns hinter der Misteriosa-Bank, im Nordwesten rollte der Sonnenball herab, nach Cuba konnten wir nicht mehr zurück, Honduras war auch nicht zu erreichen; die Katastrophe bahnte sich an. Um zu verhindern, daß ich notfalls die britische Insel Grand Cayman anflog – die einzige, die, wie mir schien, noch in unserem Aktionsbereich lag –, schnallte Steve die Karte von seinem Knie los. Von nun an studierte er sie allein, bestimmte den Kurs, ohne daß ich ihm zusehen durfte. Mir lief ein Schauer über den Rücken. – Er hatte es damals in Augsburg nicht einmal fertiggebracht, den Lagervorrat an Grapefruit, Milchpulver und Kartoffelflocken fehlerlos zu addieren. Sobald es dunkel wurde, war es mit seiner Navigationskunst sowieso aus.

Plötzlich stieß er mich an und flüsterte: «Sag denen hinten, wir schaffen Honduras nicht mehr.»

Betroffen schüttelte ich den Kopf. Was sollte das bedeuten? Wir hatten Honduras nie angesteuert! Ich begriff nicht, was da gespielt wurde. Nun sah ich, wie er sich umdrehte, und hörte ihn sagen: «Mister Guerra» – sonderbar, er bediente sich nicht der spanischen Anrede –, «Mister Guerra, wir stellen fest, daß wir Gegenwind haben. Wir können Honduras nicht mehr erreichen!»

In dieser Sekunde begann der Backbordmotor zu spucken, ich schaltete auf Reservetank um und konnte nicht verstehen, was unsere Passagiere antworteten. Die Sonne tauchte ins Meer; wie überall in den Tropen wurde es fast augenblicklich finster. Während der folgenden Minuten schwitzte ich mein Hemd durch, sie zählen zu den scheußlichsten meines Lebens. Steve gab mir munter Kursziffern an, er verstand nichts vom Fliegen und fürchtete sich nicht – ich wünschte ihm die Pest an den Hals. Heute besinne ich mich nur noch auf ein zuckendes, giftgrünes Lichtsignal, das ganz zuletzt, als wir kaum noch Treibstoff hatten, am Horizont über Wellenkämme geisterte. «Halt darauf zu», befahl Steve, und dann glitt es unter uns heran: die phosphoreszierende Brandung, das schwarze Felsenufer, Palmenwipfel hinter einer spärlich beleuchteten Landebahn, ein burgähnlich düsteres Bauwerk. Mehr war nicht zu erkennen, auch als die Maschine stand.

Ich kletterte als erster aus der Kabine, lehnte mich gegen das Fahrwerk und würgte alles heraus, was mir Dr. Guerra offeriert hatte – die Apfelsinen, Sandwiches, Drops und Schokoladenriegel. Ich spuckte es in den Sand und schwor mir, einen anderen Job zu suchen.

Aus den Interviews, die ich später einigen Zeitungskorrespondenten gab, hat man herauslesen wollen, der Landungsort müsse Swan-Island gewesen sein, eine Doppelinsel hundertzehn Meilen vor der Küste von Honduras. Ein Blatt behauptete sogar, es habe sich um eine der Corn-Inseln gehandelt, die ebenfalls amerikanisches Hoheitsgebiet sind und auf der Höhe von Bluefields liegen. Als vor Jahrzehnten das Projekt des Nicaragua-Kanals aufkam, hatten die USA dort einen Marinestützpunkt errichtet. Nichts dergleichen fand ich vor. Es ist auch keineswegs ein Punkt im columbianischen S.-Andrés-y-Providencia-Archipel gewesen. Das Felseneiland, über das die Bonanza mit Dr. Luis Guerra, seiner Tochter und Steve an Bord am Abend des 13. Juni rollte, lag weiter nordwestlich auf der Mosquito-Bank, in der Nähe der Halbmond-Riffe. Es unterstand damals formell der Jurisdiktion Nicaraguas und hatte, soviel ich weiß, entweder keinen authentischen Namen, oder man hielt ihn vor uns geheim. Von den zeitweiligen Bewohnern wurde es Isla de Puñal, Dolch-Insel, genannt; ob das aus Tarnungsgründen geschah, wegen der eigentümlichen Gestalt des Eilands, oder ob es sich auf den Charakter seiner Herren bezog, möchte ich nicht entscheiden.

Am späten Vormittag des folgenden Tages weckte mich ein wandernder Sonnenstrahl. Ich richtete mich auf, schlürfte heißen Kaffee, der, wie von Gespensterhand gereicht, vor meinem Lager dampfte, und streifte durchs Haus. Es war leer. Außerhalb des Gemäuers keiften spanische Stimmen, ich verstand weder, um was es ging, noch konnte ich die Streitenden entdecken. Im lindgrün gekachelten Bad duschte ich mich und zog ein frisches Hawaiihemd über, das Steve mir geschenkt hatte. In die

Wanne wagte ich mich nicht. Sie war in den Fliesenboden eingelassen, ihre Wände bestanden aus Glas, dahinter erblickte ich ein matt beleuchtetes Aquarium mit Schlingpflanzen, Schnecken und schleimigem Gestein, durch das Dutzende von Zierfischen huschten, so daß man glauben mochte, auf dem Meeresgrund zu schweben; eine nicht unbedingt erquickende Vorstellung. In solch einem Gefäß zu baden entsprach einem Lebensstil, der mir fremd und zuwider war.

So absonderlich wie diese gläserne Wanne war das ganze Haus. Es war eine festungsartig hergerichtete Villa; ihre glatten Außenmauern leuchteten kanariengelb, zimtbraun, himbeerrot. Auf Fenster hatte der Architekt verzichtet. Die Räume erhielten ihr Licht vom durchbrochenen Mauerwerk der Wände – bizarr geformten Löchern, auch als Schießscharten trefflich zu gebrauchen. Sie dämpften die tropische Helligkeit zu einem Dämmerlicht, das von buntem Glas oder farbigem Gemäuer sanft koloriert wurde. Ein milder Lufthauch strich hindurch, spielte mit den Moskitoschleiern. Erst später sollte ich erfahren, daß ein Kaffeemillionär aus Managua in den zwanziger Jahren seinem idiotischen Sohn dieses Heim geschaffen hatte. Im Becken des Karibischen Meers verträumte der Geisteskranke weltabgeschieden seine Tage, und damit er sich nicht hinabstürzen konnte, hielt man die Lichtöffnungen so klein. Er war zu jener Zeit schon lange tot.

Draußen rauschte die Brandung. Mächtige Corozopalmen reckten, von Lianen und Orchideen umrankt, die Fächer ihres Blattwerks steil in den Himmel. Dreißig Fuß lang, neun breit waren diese immergrünen Blätter, man hatte nahe dem Ufer aus ihnen regensichere Hütten errichtet; Kistenstapel lagen darin. Ein Mestize mit fettglänzendem Haar, breitem messingbeschlagenem Leibgurt, schwerer Machete und zwei riesigen Trommelrevolvern hielt davor Wache. Um den linken Oberarm trug er eine blaue Binde, in die ein silbernes Schwert hineingestickt war. Ein Totenschädel über gekreuzten Knochen wäre, so sagte ich mir, womöglich passender gewesen. Jedoch man durfte wohl nicht erwarten, daß die westindischen Piraten drei Jahrhunderte lang ihren Emblemen treu blieben. Als ich mich dem Posten näherte, salutierte er und fragte: «Primer-teniente?»

Dies bedeutete: Oberleutnant. Mich durchzuckte es heiß. Vermutlich hatte Steve Baxter meinen alten Spitznamen für einen echten Dienstrang ausgegeben, genau wie er mich gestern seinem Chef als abgefeimten Schurken empfohlen hatte. Von solcher Hochstapelei schien er sich viel zu versprechen, daher antwortete ich: «Si!» – militärisch knapp. Ich war selbst noch verblüfft und begann die Kisten zu kontrollieren.

In verschiedenen Sprachen lief die Aufschrift VORSICHT GLAS! NICHT STÜRZEN! quer über die Bretter; als Absendehafen konnte ich

Hamburg entziffern, Empfangsort war Cartagena, Columbien. Immerhin, nun lagerten sie sechshundert Meilen nordwestlich von Cartagena. Ich ließ mir vom Posten das Haumesser geben und brach einen der Deckel los. Die Kiste enthielt, in Öllappen sauber verpackt, nagelneue Maschinenpistolen, ohne Patronen und Magazine, die sich wahrscheinlich in den Nachbarbehältern befanden. Eins der Schießeisen hob ich ans Tageslicht und erkannte, daß es eine alte deutsche MPi Modell 40 war.

Die Hände in den Taschen, spazierte ich an der Inselküste entlang, unter Kriechpflanzen und hängenden Goldamselnestern hindurch. Wie waren die Kisten hierhergekommen? Über mir kreischte ein Papagei. Ich hätte Steve fragen können, doch er war nirgends zu finden. Offenbar hatten die Banditen einen Frachter geplündert, der ordnungsgemäß in Hamburg verladene Waffen nach Columbien beförderte. Sie hatten sich vielleicht des ganzen Schiffes bemächtigt – aber wie war die Ladung gelöscht worden? Es gab keine Mole und keine Landungsbrücke, von einem Hafenbecken ganz zu schweigen. Fest stand, Frachtschiffe konnten Isla de Puñal nicht anlaufen. Das Ufer war schroff, und dort, wo es sich zur Dolchspitze senkte, einer langgekrümmten schlammigen Sandbank, wucherten Mangroven; ihre knotigen Äste schufen ein undurchdringliches Dickicht, die Luftwurzeln bespülte das Meer.

Bald jedoch entdeckte ich im Südwesten eine Bucht, zu der ein eiserner Aufzug fünfzig Fuß tief hinunterführte. Bei den Nordostpassaten, die hier von November bis Juni bliesen, mochte sie für Schiffe ohne nennenswerten Tiefgang einen ruhigen Ankergrund bilden. Ich spähte hinab. Ein schlankes Motorboot von vielleicht achtzig Tonnen schaukelte auf den Wellen, zwischen Bordwand und Anlegepfahl rieb sich ein Fender. Stimmengewirr drang zu mir herauf. Nach einer Weile stieg aus der Kajüte ein Mann, den die Matrosen, wie deutlich zu hören war, mit «Comandante» anredeten; er stiefelte übers Vorderdeck. Viel konnte ich aus der Vogelschau von ihm nicht erkennen. Mir fiel nur auf, daß der Comandante blitzende Sporen trug, mit tassengroßen gezackten Rädern, obwohl es weder auf der Insel noch auf dem Schiff ein Pferd für ihn gab.

«Señor Morena», sagte da jemand hinter mir, «darf ich Sie einen Augenblick sprechen?» Ich fuhr herum. Es war Dr. Guerra; seine Tochter stand neben ihm.

Er zog mich vom Ufer weg, hinter ein Dornengestrüpp, und sah sich nach allen Seiten um, wie er es schon am Big Cypress Swamp getan hatte, doch war nichts Ängstliches in seinem Gebaren, er glich eher einem stolzen, kampfeslustigen Mann. «Caballero», fragte er, «wissen Sie, wo wir uns hier befinden?»

«Sowenig wie Sie», gab ich verdrossen zurück.

Er beobachtete mich scharf. «Bitte, sprechen Sie die Wahrheit: Ihr Benzinvorrat war wirklich aufgebraucht?»

«Zum Teufel, ja», antwortete ich. «Mit dem letzten Tropfen sind wir hier gelandet!»

«Sie hatten Gegenwind?» fragte er schnell.

Ich legte die Hände auf den Rücken – und schwieg. Etwas hinderte mich daran, diesen Mann zu belügen. Sein Blick hing an meinen Lippen, mir wurde unbehaglich. «Wenn man fliegt», sagte ich, «ist immer Gegenwind.»

Einen Augenblick lang schien er nachzudenken; seine Hände schlossen sich, die Augen wurden schmal, er nickte kurz. «Ich danke für Ihre Offenheit», sagte er. «Man hat Sie genauso getäuscht wie mich. Sie sind noch nicht lange dabei?»

«Seit gestern», antwortete ich. «Gefiel mir nämlich nicht mehr in den Staaten, und 'n Job als Pilot wird einem nicht alle Tage geboten.» – Ich wußte wirklich nicht, warum ich ihm das erklärte. Ohne den mindesten Beweis zu haben, hielt ich ihn für einen ehrlichen Menschen. Zwanzig Stunden im Dienst von Gaunern hatten genügt, um in mir den Wunsch zu wecken, mit friedlichen Leuten zu reden.

«Ich muß mich Ihnen anvertrauen», sagte Dr. Guerra leise. «Ich bin Journalist und wollte nach Honduras. Dort wurde vorgestern der Generalstreik ausgerufen, seitdem sind die normalen Verkehrswege unterbrochen. Ich charterte also ein Taxiflugzeug ... Aber ich glaube, man hat mich in eine Falle gelockt.»

Ich sagte: «Die Küste von Honduras dürfte kaum weiter entfernt sein als siebzig Meilen.»

Er legte den Arm um die Schulter seiner Tochter; eine unwillkürliche Geste, die mich ahnen ließ, wie er sich um sie sorgte. «Fliegen Sie uns hinüber, Señor Morena, ich bin nicht reich – doch ich würde Ihnen fünfhundert Dollar zahlen, wenn Sie sich dazu entschließen. Das ist beinahe alles, was ich besitze.»

Er log nicht, das war ihm anzusehen. Ich überlegte fieberhaft. Ihm schien sehr viel daran zu liegen, von dieser Insel herunterzukommen. Man hatte ihn entführt! Auf Menschenraub aber stand lebenslänglich Zuchthaus, mitunter sogar die Todesstrafe, und das war mehr, als ich für einen falschen Paß riskieren wollte.

«Sie können auf mich zählen», sagte ich, «nur – ich muß vorher meinen Copiloten sprechen.»

Wieder sah er mich aufmerksam an; dann schüttelte er mir die Hand, offenbar überzeugt, ich würde ihn nicht verraten. Wir trennten uns sogleich, ich mußte mich um die Maschine kümmern; es konnte unseren

Plänen nicht dienlich sein, wenn man uns beisammen sah. Zunächst wollte ich Steve suchen, der sicherlich wußte, wo hier Benzin lagerte. Im stillen beschloß ich, die fünfhundert Dollar redlich mit ihm zu teilen. Einmal in Honduras, würde uns dieses Geld zu einem neuen Start verhelfen. Ich mußte ihn davon überzeugen, daß es besser war, sich beizeiten von der Bande zu trennen! Verdammt, warum sollte ich ihn nicht herumkriegen? So dumm war Steve nun wieder nicht: Er mußte einsehen, daß dies hier nicht ewig gut ging. Eines Tages würden vor Isla de Puñal Polizeiboote aufkreuzen, den Schlupfwinkel ausräuchern, die Piraten an den Galgen bringen. Wir lebten ja nicht mehr im siebzehnten Jahrhundert, wo Seeräuberei im Karibischen Meer noch ein lohnendes Handwerk war.

In solche Gedanken verstrickt, durchquerte ich den Palmenhain, pirschte mich am Waffenlager, dann an der Villa vorbei. Zimtbraun, kanariengelb und himbeerrot schimmerte die glatte, fensterlose Fassade, sie schmorte in mörderischer Tropenglut. Kein Laut drang heraus. Haus und Insel schienen verlassen. Nur bunte Vögel schrien in den Zweigen. Unter meinen Füßen knackte es, und das Meer rauschte dumpf... Gleich hinterm Haus begann der Landeplatz. Doch als ich ihn erreichte, stand kein Flugzeug mehr da. Die Bonanza war verschwunden.

Ich sah ihre Spuren im Gras. Jemand hatte die Maschine gewendet und war mit ihr aufgestiegen; es mußte in der Frühe geschehen sein, während ich noch schlief. Was nun?

Mir blieb nichts übrig, als auf Steve zu warten. Am Ende der Landebahn, im Schatten eines Sapotillbaumes, ließ ich mich nieder, tupfte den Schweiß von meiner Stirn, schaute mich um. Das Rollfeld nahm die Nordhälfte der Insel ein, den Dolchgriff. Man hatte sie planiert und gerodet, was eine grausame Arbeit gewesen sein mußte; beiderseits der Einflugschneise wuchs weder Baum noch Strauch. Doch war die Rollstrecke kurz und konnte, namentlich wenn der Passatwind blies, nur von leichten Maschinen benutzt werden. Es war unglaublich heiß, der leise Zug vom Meer brachte wenig Linderung. Die Sonne stand jetzt im Zenit, hinter mir klatschte die Brandung. Eine Viertelstunde verstrich, dann noch eine und noch eine. Ich wartete, der Uhrzeiger kroch, die Wellen zischten gleichmäßig; niemand kam.

Gegen halb zwei geriet mein Magen in Aufruhr. Ich lugte zum Haus hinüber; keine Rauchsäule kräuselte dort auf. Offenbar dachte niemand daran, den Angestellten dieser ehrenwerten Gesellschaft ein Essen zu bereiten. Eine solche Behandlung erbitterte mich. Es war mir oft schlecht gegangen in den letzten Jahren, aber ein Mittagsmahl hatte ich mir noch immer leisten können.

Die Hitze machte mich bösartig und schlapp. Mir wurde zeitweilig schwarz vor den Augen. Ein Moskito stach mich am Handgelenk. Ich hätte versuchen sollen, im Haus etwas Eßbares aufzuspüren, statt dessen blieb ich liegen und starrte hinauf zu den dicken glänzenden Sapotillblättern; sie ähneln denen des Feigenbaums. Rotbraune apfelgroße Früchte wiegten sich im Wind, ein paar waren abgefallen, ich kostete davon. Sie schmeckten süß, wie Birnen etwa, die man mit jenem braunen, leicht bitteren Rohrzucker versetzt hat, den die armen Leute in Mittelamerika essen; das Fruchtfleisch war gelbbraun und saftig. Nach dem vierten Sapotillapfel wurde ich schläfrig, der Hunger ließ nach, ich glitt hinüber in sanftes Dämmern.

Dabei beschäftigte mich unaufhörlich meine verzwickte Lage. Wie jeder amerikanische Zeitungsleser hatte ich allerhand über Gangster erfahren und über die Art, auf die sie Polizei und Gerichte narrten. Viele von ihnen verbanden sich mit korrupten Politikern und bestachen auch öfter die Polizeibeamten. Sie wurden recht selten verurteilt. Ich kannte die Namen mancher besonders berüchtigter Banden; sosehr ich mir aber den Kopf zerbrach – vom Grünen Papst hatte ich noch nie gehört.

Eins stand für mich fest: Wenn Green Pope vom Menschenraub lebte, so bedeutete dies einen Rückfall in die Praktiken der dreißiger Jahre. Die amerikanische Kriminalgeschichte kannte bisher keinen solchen Fall. Kidnapping galt wegen des hohen Risikos als veraltete Methode, wirklich dicke Fische befaßten sich nicht mehr damit. Green Pope aber war so ein dicker Fisch, nach allem, was ich bisher gesehen hatte. Einen eigenen Stützpunkt mit Flugzeug, Waffenlager und Achtzigtonnenboot konnten sich kleinere Banden nicht leisten. Darin steckte ein Widerspruch! Und es gab noch andere: Wieso entführte man Dr. Guerra, der nach seinen eigenen Worten kein vermögender Mann war? Und falls er dennoch mehr besaß – seine Tochter zu verschleppen hätte genügt. Hier riß mein Gedankenfaden ab, denn ich sah Steve Baxter um die Ecke der Villa schlendern. Ich stand viel zu schnell auf, und wieder wurde mir schwarz vor Augen.

«Hola, Don Antonio», rief er mir entgegen; «cómo está Usted? How do you do? Ostra! Muy mucho.» Und er schwenkte ein Netz, in dem es von Austern wimmelte. Steve hatte, wie er mir in dem ihm eigenen Gemisch von Englisch, Deutsch und fehlerhaftem Spanisch erzählte, den ganzen Tag über Austern gefischt. Sie saßen massenhaft an den Luftwurzeln des Mangrovenurwalds, der die Ostspitze unserer Insel versperrte, und ich konnte mir vorstellen, wie er sich damit geplagt hatte.

«Hör mal», sagte ich, «unser Flugzeug ist weg.»

«Dieser Bursche Kennard ist damit los», antwortete er. «Holt den Boß, glaube ich ... Sieh dir das an, frische Austern! Manche bestreuen sie mit

Pfeffer oder träufeln Zitrone drauf, aber die verstehen's nicht. Am besten, man schlürft sie roh, trinkt dazu weißen Burgunder.» Steve war schon immer ein Feinschmecker gewesen. Er schnalzte mit der Zunge und ging vor mir her ins Haus. Dort leerte er das Netz in die Badewanne, in der es schon von Austern wimmelte. Offenbar hatte er mehrere Fänge eingebracht. Die Tiere lebten noch, es sah aus, als fühlten sie sich wohl unter den Schlingpflanzen, Schnecken und Zierfischen, von denen das Wannenglas sie schied.

«Hör mal», wiederholte ich, «Steve, muß 'n ernstes Wort mit dir reden.»

«Ich weiß», sagte er und grapschte in die Wanne, «die Verpflegung ist mies. Sie legen neuerdings ihr ganzes Geld in Waffen an, was willst du machen?» Seine Rechte langte aus einem Wandschrank den Wein. «Man muß sich selber helfen ... Da, koste mal.» Solange er Austern aß, war nicht mit ihm zu reden.

Später, auf unserem Zimmer, schlug Steve Eier in die Pfanne, schnitt eine Büchse Grapefruit auf; wir verzehrten den Nachtisch, tranken darauf Rum. Nun bot sich mir Gelegenheit, meine Bedenken darzutun. Er hörte sich alles ruhig an, in seinem breiten Gesicht regte sich kein Muskel, auch nicht, als ich ihn bat, mit mir Isla de Puñal heimlich zu verlassen. – «Du weißt ziemlich gut Bescheid», äußerte er, während er über seinen Magen strich. «Nun will ich dir mal was über 'n paar Jungs erzählen, von denen du anscheinend noch nichts gehört hast.»

Er goß den Rum in zwei Zahnputzgläser und sagte: «Lang lebe Don Miguel, unser Boß...! Also, was ich meine, sind die Burschen der Mord-AG. Schon mal von Albert Anastasia gehört?»

Ich schüttelte den Kopf. Den Namen kannte ich natürlich. Soweit ich mich erinnerte, leitete Anastasia in New York einen Club besonderer Art. Sein Geschäft war es, Gangster zu beseitigen, die im Begriff standen, Verrat zu üben. Jeder Bandenchef, der glaubte, daß einer seiner Leute drauf und dran sei, zur Polizei zu gehen und Lampe zu machen, konnte bei Albert Anastasia einen Mord bestellen; der treulose Bandit wurde rasch, meist auch unauffällig, liquidiert. Anastasia wollte auf diese Weise die amerikanische Unterwelt vor der Selbstvernichtung bewahren, und da er seinen Kollegen pro Mord fünftausend Dollar berechnete, fuhr er nicht schlecht dabei. Seine Killertruppe schoß aus dem Hinterhalt, stach zu, schlug mit Eispicken, blies Giftgas in Klosetts und beschwerte die Leichen ihrer Opfer, die im Hudson-River versenkt wurden, mit Betonklötzen. Und die Mord-AG hatte Erfolg. Seit Kriegsende mußten Dutzende prominenter Gangster von den Gerichten freigesprochen werden, weil Anastasias Garde die Belastungszeugen rechtzeitig abgeknallt hatte, ob sie sich in den Staaten aufhielten oder im Ausland.

«In seinem Haufen», sagte Steve, «gab's mal 'nen Mann namens Abe Reles. Gehörte sogar zur Leibwache, der Junge. Eines schönen Tages schnappte er über und ging zum Staatsanwalt. Seine Aussagen füllten fünfundzwanzig Stenoblöcke, stell dir das vor, Don Antonio. Reles belastete seinen alten Chef mit der Schuld an einunddreißig Morden.»

Steve trank sein Glas aus, verzog das Gesicht und knurrte: «Ein Sauzeug ist das! Himbeersaft, kein Rum ... Da haben sie wieder gepanscht. Also, die New-Yorker Kripo wußte natürlich, was fällig war; sie traf phantastische Maßnahmen, um diesen Reles vor der Mord-AG zu schützen. Zusammen mit anderen Singvögeln sperrte sie ihn bei erstklassigem Essen und guter Behandlung in ein Hotel, das sie extra gemietet hatte; ‹Zum Halbmond› hieß es, lag ziemlich abseits. Die Blauen bestückten das Haus mit MGs, pfropften es mit G-Men voll, verteilten draußen Detektive, und den Zugang zum Kronzeugen sperrten sie durch 'ne besondere Stahltür. Doch ein paar Tage vor Prozeßbeginn stürzte Abe Reles aus'm sechsten Stock seiner Hotelfestung böse aufs Pflaster. In den Armen der G-Men hauchte er seine Seele aus ... Das war im Jahre neunzehnhundertvierzig. Und wie Anastasia das gedreht hat, ist der Polente heute noch 'n Rätsel.»

Ich leerte mein Glas und schwieg. Da war auch nichts mehr zu sagen. Steve hatte einfach Angst. Er wußte viel mehr über Green Pope als ich und fürchtete beseitigt zu werden, falls er ausstieg; so wie Abe Reles beseitigt worden war. Mir wurde in diesem Augenblick klar: Man geriet leicht hinein in einen Gangsterring, besonders wenn ein alter Freund für einen bürgte; aber man kam verteufelt schwer wieder heraus.

«Es wird dir schon bei uns gefallen», sagte Steve. «Überhaupt, du irrst dich, wenn du uns für Gangster hältst. Wir sind eine kleine Privatarmee, und du hast es darin immerhin zum Primer-teniente gebracht.»

«Ich scheiß' drauf», antwortete ich.

«Es ist hauptsächlich wegen der Gage», bemerkte er. «Paß auf, wenn's Geld gibt: Sie zahlen meist in Nicaragua-Währung, ein Cordoba hat hundert Centavos, und hundert Centavos sind vierzehn Cents. Der Wechselkurs steht eins zu sieben. Manchmal kommen sie auch mit mexikanischen Pesos, die laß dir nicht andrehen, sie sind bloß acht Cents wert. Halt dich am Zahltag nur immer an mich.»

Unvermittelt stand Steve auf, wühlte in einer Truhe und warf mir Stiefel, Ölzeug und einen Südwester zu. «Wir machen heut nacht 'ne kleine Seereise», sagte er. «Wird dir schon bei uns gefallen! Green Pope sorgt für Unterhaltung, Sohn.»

In der Abenddämmerung stapften wir zur Bucht, ließen uns am Eisengerüst hinab und kletterten an Bord. Der Dieselmotor puckerte schon, das ganze Schiff vibrierte. Es war, wie ich von Steve erfuhr, einst ein Schnellboot der amerikanischen Kriegsmarine gewesen, die Gesellschaft hatte es beim Verkauf überschüssigen Kriegsmaterials billig erstanden. Aus unerfindlichen Gründen hatte das US-Militäramt zwar die Torpedorohre abmontiert, das Fla-MG im Heck jedoch dem Käufer belassen. Es konnte Halbzollgeschosse verfeuern, und wie wir später sahen, standen im Zwischendeck genügend Munitionskästen herum. Die Kugelspritze steckte in einer Segeltuchhülle.

Kaum standen wir auf den Planken, da legte das Boot schon ab. Es umrundete die flache Dolchspitze und nahm Kurs Nordwest. Wir lehnten an der Reling – mehr als Taue waren es nicht – und spuckten unseren Kaugummi in die brodelnde Hecksee. Achteraus versank Isla de Puñal im Meer. Was taten Dr. Guerra und seine Tochter jetzt? Sie mußten glauben, ich hätte sie verraten. Noch reckte am Horizont das Mangrovendickicht seine Wurzelarme über die Wellen, noch glühte der Felsen im Abendrot. Dann fiel die Dunkelheit ein, und wir sahen nur noch ein grünes flackerndes Licht.

Ich bin kein Seemann, das Schiff fuhr für meine Begriffe sehr schnell. Trotz ruhiger See war es unmöglich, auf Backbord oder Steuerbord oder gar auf dem Vorderdeck zu stehen, ohne von Spritzern überschüttet zu werden. Nur Comandante und Kapitän auf der Brücke und wir hinterm MG hatten leidlich trockene Plätze. Das Boot hieß «Estrella fugaz», «Sternschnuppe», ein schöner Name. Doch Steve Baxter mäkelte, die Sternschnuppe sei lahm. Unter amerikanischer Flagge hätte sie siebenundvierzig Knoten gemacht, während sie heute kaum mehr die Hälfte liefe, und dies, weil die Motoren nicht gepflegt würden und ausgeleiert seien. Achtzehn Stunden würden wir brauchen, ehe wir ans Ziel kämen.

«Feine Gegend dort?» fragte ich.

«Doch, ja», antwortete er, «gibt da 'n flottes Bordell.»

Mehr war von ihm nicht zu erfahren; wie gewöhnlich durfte ich mir allein den Kopf zerbrechen, wohin es ging, und mir ausmalen, was uns an dem fremden Gestade erwartete. Wohin wir fuhren, ließ sich vielleicht erraten. Sofern die «Estrella fugaz» Kurs und Geschwindigkeit beibehielt, mußten wir gegen Mittag des folgenden Tages die Ostküste der Halbinsel Yucatan sichten; doch sie konnte ebenso ihre Fahrtrichtung ändern und an Stelle Südmexikos Britisch-Honduras anlaufen. Ich hing in den Stricken, dachte über mein verpfuschtes Leben nach. Jetzt wurde es Nacht, man setzte ein weißes Hecklicht zu unseren Füßen, rote und grüne Seitenlampen, vorn am Mast flammte die Toplaterne auf. O ja, man achtete die

Gesetze. Da das Schiff weniger als fünfzig Yards lang war, brauchte es nach der Seestraßenordnung nur ein Toplicht zu führen.

Die Finsternis in den Tropen kommt nicht nur schnell, sie ist auch undurchdringlich. Ohne den Widerschein der bunten Lampen hätten wir nicht mehr die Hand vor Augen gesehen. Hinter uns knarrte die Treppe, wir drehten uns um ... «Buenos noches, Caballeros», sagte in unserem Rücken der Kapitän. Er hieß Molinero, ein stolzer, kleiner, verschlossener Mann. «Señor Comandante Tempestad», fuhr er fort, «läßt sich vielmals entschuldigen. Es ist ihm leider nicht möglich, sich mit Ihnen zu unterhalten. Er möchte persönlich auf die Riffe achten. Die Mosquito-Bank ist ein gefährliches Fahrwasser, und Ihre Sicherheit, Primer-teniente, liegt dem Comandante am Herzen. Wenn die beiden Herren ausruhen wollen – meine Kajüte steht ganz zu Ihrer Verfügung.»

«Gracias», antwortete Steve.

Der Kapitän neigte ein wenig den Kopf, berührte den Schirm seiner Mütze und kehrte auf die Kommandobrücke zurück.

«Wieso», fragte ich leise, «liegt ihm meine Sicherheit so am Herzen?»

«Du bist ehemaliger Nazioffizier», flüsterte Steve zurück. «Das zieht hier gewaltig, und sie sind froh, daß sie dich haben ... Vergiß aber nicht, wer dich dazu gemacht hat.»

«Ich war immer nett zu meinen Leuten», antwortete ich.

Eine leichte Brise kam auf, sie faßte uns von rechts, die «Sternschnuppe» begann zu schlingern. Von Steuerbord her blies es Schaumfetzen herüber, die Planken wurden überspült, der Fahrtwind setzte uns zu, wir froren in unserem Ölzeug auch noch, als wir hinter die Aufbauten krochen. Jetzt gingen wir gern auf des Kapitäns nobles Angebot ein. Bevor ich unten auf dem Lederkissen der Koje einschlief, fragte ich ihn: «Was hat der Boß eigentlich mit diesem Doktor Guerra zu schaffen?»

«Seine Sache», antwortete Steve; ich hörte, wie er sich ausstreckte.

Ich sagte: «Wir haben ihn entführt.»

«Das sieht nur so aus», brummelte er. «Dieser Guerra steckt seine Nase in alles ..., das ist niemals gut, Don Antonio.»

Und er fing an zu schnarchen.

Am nächsten Vormittag stand ich frisch rasiert an der Reling und sah den springenden Delphinen zu. Es bot sich mir ein wunderschönes Bild. Auf Backbord zog eine Inselkette vorbei, sie wollte kein Ende nehmen; es waren die Islas de la Bahia, doch das wußte ich damals noch nicht. Perlmuttgleißend dehnte sich die See, ihr grünes glasklares Wasser drängte in sanftem Spiel gegen den Strand, der unter Palmenwedeln den Tag verträumte. Fliegende Fische schnellten aus den Wellen, erhoben sich zu flatterndem

Flug und tauchten aufspritzend zurück in das erquickende Element. Dieser Anblick ließ mich die trüben Gedanken vergessen. Bald gesellte sich Steve zu mir, in der Hand einen Teller dampfender Makkaroni, mit geriebenem Käse bestreut. Der Fahrtwind wühlte in seinem Haar. Mit vollem Mund murmelte er: «Hab' auf der Brücke so was gehört, wir sollen 'nen wichtigen Mann abholen, so 'nen guatemaltekischen Strolch namens Coronel Gusano.»

Ich zuckte die Achseln. Ihre Geheimkrämerei hatte ich gründlich satt. Coronel Gusano – das hieß Oberst Wurm. Mich verwunderte, wie erpicht die Banditen auf militärische Titel waren. Allerdings hatte ich davon gehört, daß sich hierzulande jedermann ein Offizierspatent kaufen und eine prächtige Uniform schneidern lassen konnte, wenn er nur Geld und Lust dazu hatte.

«Ein verdammt wichtiger Mann», wiederholte Steve. «Einer der beiden Springer im Schach; hat schon mancher die Partie verloren, weil sein Springer falsch gehüpft ist.» Er gab mir den Rest der Makkaroni und wischte sich die Finger an der Hose ab.

Ich fragte: «Und was sollen wir dabei?»

«Du sollst ein strategisches Gutachten anfertigen», sagte er, «ich bin nur zu deiner Unterhaltung da. Hab' dem Comandante erzählt, du hättest damals in Deutschland 'ne Militärakademie besucht. Sie sind schwach in Kriegstheorie und für Fachleute dankbar. Übrigens, auf der Brücke verlautet: Deine Beförderung zum Capitán steht unmittelbar bevor.»

Darauf antwortete ich ihm nicht. Gewiß, man muß vieles erdulden in jenen Breiten, wo die Hitze manch wackeren Mann um den Verstand gebracht hat. Aber von Steves Späßen hatte ich allmählich genug.

Später redete ich lange auf ihn ein; ich wandte mich nur an seinen praktischen Sinn, hütete mich vor der Heilsarmee-Tour. «Gangster», versicherte ich ihm ein ums andere Mal, «haben keinen Lebensabend. Auch die größten unter ihnen nicht! Sieh mal, du blöder Hund, der Witz ist doch immer derselbe: Polizei und Gerichte sind gegen sie machtlos, weil das entscheidende Beweismaterial fehlt. Dieses Material haben jedoch die lieben Kollegen, und jeder Bandenchef wird von seinen alten Freunden damit erpreßt, wenn er sich zur Ruhe setzen will. Sie dürfen sich nie ins Privatleben zurückziehen, sie sollen bei der Stange bleiben, bis sie krepieren, damit alles so bleibt, wie's ist. Die alten Mitarbeiter fürchten, daß die Organisation zusammenbricht, falls sie ihren Kopf verliert. Sie sehen sich schon gefährdet, wenn kleinere Fische aussteigen wollen. Sie fühlen sich stets von denen bedroht, die ihnen den Rücken kehren. Große erpressen sie, die Kleinen schlagen sie zusammen.»

«Genau», sagte Steve. «Das ist ja eben das Unangenehme.»

Aber ich wußte Bescheid über Verbrecherringe, so rasch gab ich nicht auf. «Du mußt dich blitzschnell entschließen», erläuterte ich ihm, sah mich vorsichtig um und fuhr in gedämpftem Tone fort: «Falls man plötzlich Schluß macht und untertaucht, wird man die ganze Sache mit einem Schlage los. Ein bißchen Mut ... Der langsame Abstieg geht immer schief. Wer versucht, sich allmählich von der Organisation zu lösen, der scheitert. Da muß man handeln wie ein Mann!»

Eine Zeitlang schwieg Steve, schließlich wälzte er sich in den Relingseilen herum, glotzte mich an wie ein seltenes Insekt und knurrte: «Fange an zu glauben, du hältst mich für 'nen Ganoven, he?»

Mutig entgegnete ich: «Das scheint mir nur eine Frage der Ausdrucksweise zu sein.»

«Möglich», sagte er, «vielleicht hast du recht. Aber merke dir eins, Don Antonio: Wir sind ein ganz besonderer Haufen ... Wer sich hier dünnemachen will, ob schnell oder langsam, der ist schon ein toter Mann, bevor er die Schnürsenkel zu hat.»

Nach diesem Meinungsaustausch schwiegen wir anderthalb Stunden lang; wir starrten ins Meer. Ich nach Backbord, er nach Steuerbord. Bald nach Mittag sichteten wir einen Leuchtturm, der auf einer Landzunge stand. Wir umfuhren sie und liefen in eine stille Bucht ein; sie maß wohl zwanzig Meilen im Quadrat, ein grüner Waldsaum umschloß sie von drei Seiten. Wo mochten wir sein? Nach allem, was mir von der Küstengestalt Südmexikos noch in Erinnerung war, vermutete ich, es müsse sich um die Bahia d'el Espíritu Santo handeln, eine öde Lagune vor Yucatan ohne Landungsstelle, auf ihrem sumpfigen Ufer ging das gelbe Fieber um ... Doch ich täuschte mich wohl. Denn nun erkannte ich in der Ferne eine Seebrücke, dahinter flimmernde Punkte, grellrot, ockerfarben und weiß: Fassaden niedriger Häuser. Scharf hoben sie sich vom saftgrünen Hintergrund ab. Es war ein Häuflein verlorener bunter Würfel, verzweiflungsvoll an den Urwald geklammert, der sie würgend umspannte, durchquoll, zerdrückte, vor sich her schob – ins Meer.

«Livingston», sagte Steve Baxter neben mir. «Damit geht's bergab. Das ist das Ende der Welt. Weiß der Teufel, was dahinter noch liegt. Man hat mir von guten Plantagen erzählt ... Glaube es aber nicht!» Er rülpste, spülte sich den Mund mit Rum aus und spie eine braune Fontäne aufs Wasser.

Wolken von Tropenvögeln schwebten über der Bucht. Mir sagte das Wort Livingston wenig. Ich kannte ein Fort dieses Namens, das unten in Louisiana lag, und einen anderen Ort am Ufer des Sambesi; sie konnten es beide nicht sein.

Plötzlich drehte die «Estrella fugaz» nach Backbord ab, ging auf Südkurs, und nun erblickte ich am äußersten Zipfel der Bucht unser wirkliches

Ziel: einen großen Hafen mit Kränen, Silos, Ladebrücken, rauchenden Lokomotiven. Am Kai lag ein Zehntausendtonner, er zeigte die Fahne der Vereinigten Staaten; wir schossen genau darauf los, fast als wollten wir ihn torpedieren.

Unwillkürlich preßte ich Steves Arm. Mein Gott, das war ja ein Land, ein richtiges zivilisiertes Land! Mit Zollbehörden doch wohl, Paßkontrolle, Quarantänestation, mietbaren Liegeplätzen, allmächtigen Hafenbehörden – und Seepolizei! Zu meinem Entsetzen dachte niemand daran, das Maschinengewehr unter Deck zu bringen oder es, noch besser, ins Wasser zu werfen. Man nahm nur einen Flaggenwechsel vor: an Stelle der blauweißen Fahne Nicaraguas, unter der die «Sternschnuppe» bis dahin gefahren war, wurde das amerikanische Sternenbanner gehißt. Und mit schäumender Bugwelle liefen wir in das Hafenbecken ein.

Dicht neben dem amerikanischen Frachter – einem Kühlschiff – machte die «Estrella fugaz» fest; über einen schwankenden Steg gingen wir an Land. Niemand verhaftete, kein Zollkontrolleur behelligte uns; es schien ein Freihafen zu sein, und die Leute hatten zu tun. Um unser Maschinengewehr kümmerte sich kein Mensch.

Das Gewimmel am Kai war unbeschreiblich. Was ich hier sah, erinnerte mich an Santo Domingo, den Hauptumschlagplatz der República Dominicana, jenem völlig von amerikanischen Firmen beherrschten Antillenstaat, dem ich ein halbes Jahr als Zivilflieger gedient hatte: Alles gehörte den Yankees. Ein Dutzend Schilder verrieten es. INTERNATIONAL RAILWAYS OF CENTRAL AMERICA las ich auf einer Diesellok. Leuchtende Tafeln forderten dazu auf, Coca-Cola zu trinken, Wrighleys Chewing-gum zu kauen und im New-Orleans-Hotel zu übernachten. An den Silos stand in meterhohen Lettern: UNITED FRUIT COMPANY; in den Hallen lagerten Kaffee, Edelhölzer, Bananen. Von den Docks und vor dem Portal eines kühlen Verwaltungsgebäudes – nur dreistöckig, aber aus Messing, Glas und Beton – wehte das Sternenbanner. Kräne rasselten, von jungen Weißen bedient, Hafenarbeiter verluden Säcke, und die Schwenkarme des Kühlschiffes zerrten Kistenbündel durch die Luft. Es herrschte quirlende Betriebsamkeit, jenes exakt kalkulierte Tempo, das überall dort die Menschen hetzt, wohin der Nordamerikaner seinen Fuß gesetzt hat. Niemand nahm von uns Notiz. Quer über einen Gabelstapler lief die orangegelbe Schrift GENERAL-ELECTRIC... Himmel, war denn dies ein Hafen der Vereinigten Staaten? Nein, denn es gab doch – von der Panamakanalzone abgesehen – an der mittelamerikanischen Küste keine USA-Kolonie!

Verwirrt lief ich neben Steve her, über Gleise, an Fässern und Schuppen vorbei. Den Ausgang des Hafengeländes sperrte eine Postenkette, mir klopfte das Herz: Sie roch schon von weitem nach US-Militärpolizei. Die Männer steckten in luftigen olivgrünen Hemden und strammen Hosen mit vielen Taschen, sie kauten Gummi, trugen Plastikhelme und hatten ihre Maschinenpistolen bequem geschultert. Andere flitzten auf Motorrädern umher, und ich konnte sehen, daß die Arbeiter ihnen auswichen. «Keine Bange», flüsterte mir Steve zu, «das ist bloß der Betriebsschutz, mein Sohn.» Er zog eine Ausweiskarte hervor, und der Posten tippte an seinen Helm.

«Hallo, James», sagte Steve zu ihm, «kennst uns wohl nicht mehr, he? Wie geht's den zuckersüßen Mädchen in der Calle siebzehn?»

«Die werden vor Freude weinen, wenn ihr hinkommt», antwortete der Werkpolizist. «Bestellt schöne Grüße, Jungs, und laßt euch nicht beklauen.»

Die Stimmung der verwegenen «Sternschnuppen»-Horde war die von Matrosen auf Landgang, es wurden Scherze geäußert, die ich ihrer unfeinen Art halber hier besser übergehe. Wir schlenderten in kleinen Gruppen über das glühende Pflaster, durch die menschenleeren Straßen des Ortes – er mochte zwanzigtausend Einwohner zählen –, vorbei an hellgetünchten, meist einstöckigen Häusern, schadhaften Verkaufsbuden, Kruzifixen und Palmen. Ich kaufte ein Glas Limonade. Das Pfund Bananen bekam man für vier Cents, in Savannah hatte es siebzehn gekostet. In den Gassen stank es nach Fischabfällen, verwahrloste Köter strichen uns um die Beine, ein Krüppel, zwei bettelnde Kinder ... Wir machten, daß wir weiterkamen.

Wie in allen Städten Lateinamerikas gab es einen Parque central, um den herum das Regierungsgebäude, eine altspanische Kathedrale und die Kasernen standen. Vor dem Kasernentor hing eine blauweiße Flagge, doch verliefen die Farbstreifen senkrecht, nicht waagerecht, wie auf der gleichfalls blauweißen Fahne Nicaraguas. Ein Indio-Soldat hielt, wie in Stein gehauen, mit altmodischem Karabiner darunter Wache.

«Nun, Don Antonio», fragte Steve, «was hältst du von Guatemala?»

«Dachte schon, wir sind in den Staaten», antwortete ich.

«Beinahe stimmt's», sagte er. «Dieses Kaff heißt Puerto Barrios, und die Hälfte davon gehört uns.» – «Uns?»

«Ja, dem Grünen Papst.» Er sah mich an und grinste. «Hast gedacht, sie verhaften ihre eigenen Leute, hm?»

Ich verstand ihn nicht und schwieg. Es schien ihm Spaß zu machen, mich an der Nase herumzuführen, geistlose Witze zu reißen – so glaubte ich. Jedoch hätte ich über seine Bemerkung ein wenig nachgedacht, wäre es mir erspart geblieben, eine halbe Stunde später als Trottel vor einem Mädchen dazustehen.

Es ist mir nahegelegt worden, in diesem Bericht von der Schilderung gewisser Situationen abzusehen, und so habe ich mich über unseren Irrweg in die Calle 17 kurz zu fassen. Vom Besuch eines Freudenhauses, zumal in südlichen Ländern, ist im allgemeinen abzuraten; leider bleibt dem Tramp oft keine Wahl. Mein letzter Versuch in Savannah, den Abend mit einem rechtschaffenen Mädchen zu verbringen, war jämmerlich gescheitert. Angesichts der Machenschaften solcher im Cadillac herumstreifenden Vamps ist ein festes Haus vorzuziehen; es bietet immerhin ein gewisses Maß Sicherheit. Jedes Ding hat mehrere Seiten. Der Franzosenkönig Ludwig XIV. fragte einmal den Bischof Bossuet, ob ein Christ in die Komödie gehen dürfe; der gescheite Prälat erwiderte: «Es gibt starke Gründe dagegen, Majestät, und große Beispiele dafür.» Offenbar verhält es sich ähnlich mit unserem Problem, und so ist dem nichts hinzuzufügen.

«Drei Quetzal», sagte das Mädchen, als wir ihre Dachkammer betraten. «Du mußt vorher bezahlen, die Patrona bestimmt es so. Was willst du trinken?»

«Bier», antwortete ich; sie machen Gaunerpreise in solchen Häusern, und man tut gut, wenn überhaupt, ein billiges Getränk zu bestellen. Ich zählte die Geldstücke auf den Tisch. Der guatemaltekische Quetzal war, wie mir Steve erläutert hatte, an den Dollar gekoppelt und immer genausoviel wert wie dieser.

«Ach, du hast Dollar», sagte sie freundlich. «Arbeitest für den Grünen Papst? Dann bist du doch reich! Kannst hier Sekt haben, wenn du willst.»

Mein Mund wurde trocken, ich war so verblüfft, daß ich die Gürtelschnalle wieder zuschnappen ließ. «Was hast du eben gesagt?» fragte ich mit heiserer Kehle. «Grüner Papst? Was ist das, wie kommst du darauf?»

Sie klatschte in die Hände und fing an, glucksend zu lachen; so lange prustete sie, bis ich ehrlich wütend wurde – denn ich war nicht durch die ganze Stadt gelaufen, die enge Treppe hinaufgestiegen und hatte gutes Geld gezahlt, damit man sich über mich lustig machte. Schließlich verriet sie mir, noch immer kichernd, jedermann in Guatemala nenne so die United Fruit Company: Grüner Papst ... Nur ich wußte es nicht.

Es war ein Schimpfwort gewesen, das, wie so manches auf der Welt, seine alte Bedeutung allmählich verlor. Das Volk übernahm es, Regierungsbeamte, Händler, Journalisten machten davon Gebrauch, und die Hafenpolizei der Gesellschaft griff es sarkastisch auf; sie führte es gleichsam als Ehrentitel, ganz nach Art kraftprotzender Kolonialtruppen, die wild-phantastische Bezeichnungen lieben. Green Pope, das war ein Name so recht nach dem Herzen der high-class muscle-men, die draußen am Kai von Puerto Barrios in ihren wulstigen Plastikhelmen, mit hochgekrempelten Ärmeln, MPi in den Fäusten, Wache hielten für Big Business.

Und wir gehörten dazu! Mir fiel es wie Schuppen von den Augen, als ich endlich, am Dienstag, dem 15. Juni, in jener armseligen Kammer der Calle 17 des Rätsels Lösung erfuhr. Und ich muß gestehen, ich atmete auf. Nein, Steve hatte mich nicht belogen: Wir waren keine gewöhnlichen Gangster, sondern eine kleine Privatarmee. Wir brauchten die Obrigkeit nicht zu fürchten, was natürlich ein großer Vorteil war: Die Sache war völlig gesetzlich! Ich stand im Range eines Primer-teniente, an günstiger Stelle der Besoldungsliste, hatte kaum etwas zu tun, gehörte der Luftwaffe an, und es störte mich wenig, daß uns noch schmucke Uniformen fehlten.

Ganz ohne Zweifel: Solange nicht scharf geschossen wurde – und auf wen sollte denn schon geschossen werden? – ging's mir nun besser als irgendwann zuvor in den letzten Jahren, da ich Elektrorasierer verkauft, Taxis gesteuert, Wolle geknüpft, Teller gespült, einen Fahrstuhl bedient und öfter auf Parkbänken geschlafen hatte, als es gut war für meine Gesundheit.

Am Spätnachmittag stach die «Estrella fugaz» wieder in See, durchfurchte auf Nordkurs den Golfo de Amatique, kurvte um das Cabo de Tres Puntas, auf dem der Leuchtturm stand, und lief gegen einen aufkommenden Nordost in die große Honduras-Bucht hinaus. Man strich das Sternenbanner und setzte wieder Nicaraguas Flagge; die Luken wurden dichtgemacht. Hier am Rande des Karibischen Meers waren die Wellen noch kurz, ihre Kämme sahen glasig aus, eben fingen sie an, sich zu brechen, als uns der Kapitän in die Kajüte hinunter bitten ließ.

Um den quadratischen Tisch saßen auf harten Lederkissen der Comandante Alfonso Tempestad – ein wuchtiger Mann in Reitdreß und Sporen, mit grobporigem kühnem Gesicht –, der kleine verschlossene Capitán Molinero und ein schlanker Herr in elegantem Zivil, den ich zum erstenmal sah; es war der guatemaltekische Coronel Gusano; wir hatten ihn soeben erst an Bord genommen.

«Hola, Primer-teniente», redete mich Comandante Tempestad wohlwollend an. «Sie sind in Puerto Barrios gewesen, haben die Stadt inspiziert...» Seine Stimme kam aus den Tiefen seiner mächtigen Brust, er sprach etwas knarrend und schien eine starke Persönlichkeit zu sein. «Wir möchten nun Ihre Meinung darüber hören», schloß er, «ob und wie man sie erobern kann.»

Das war eine neue Überraschung für mich. Sie wollten einen Hafen erobern, der ihnen doch schon gehörte! Ich sah von einem zum anderen, um herauszufinden, ob sie vielleicht scherzten. Aber sie hatten feierliche Mienen aufgesetzt, wie Männer, die Schweres entscheiden müssen, und ihre Augen hingen an meinem Mund. Zwar hätte es nahegelegen, sie zu fragen, warum sie Puerto Barrios mit Krieg überziehen wollten; doch besann ich mich rechtzeitig darauf, daß hohe Militärs dergleichen nicht gern erörterten, da dies gänzlich außerhalb ihres Gesichtskreises lag. Die Kriegsgründe zu verkünden, pflegten sie den Politikern zu überlassen, in deren Geschäftsbereich das fiel. Denn ein echter Soldat liebt nicht Worte, sondern Taten.

Mein langes Schweigen irritierte die Herren. Der Comandante räusperte sich ungeduldig, und Capitán Molinero fragte endlich: «Halten Sie einen Angriff grundsätzlich für erfolgversprechend?»

Jetzt fiel mir Steves gestrige Bemerkung ein: Sie erwarteten, daß ich ein strategisches Gutachten lieferte – er hatte demnach nicht gelogen! Aber, mein Gott, wollten sie wirklich Puerto Barrios überfallen, wie der Piratenhäuptling Morgan Anno 1670 die spanischen Siedlungen Colon und Panama überfallen, geplündert, verwüstet hatte? Das war doch absurd! Sie dachten darüber freilich anders. Sie saßen da und starrten mich an – ich mußte reden, ob ich wollte oder nicht.

«Caballeros», sagte ich, fest entschlossen, mich, wenn schon nicht durch militärisches Wissen, so doch durch erlesene Höflichkeit auszuzeichnen, die man in jenen Breiten so schätzt. «Caballeros! Sie haben mir einen höchst ehrenvollen Auftrag erteilt. Lassen Sie mich, ehe wir beginnen, zunächst für Ihr großes Vertrauen danken, für die Wertschätzung, die Sie mir völlig unverdient zuteil werden lassen, indem Sie mich einschließen in das kühne Werk Ihrer soldatischen Pläne. Ihr Ehrenauftrag hat heute meine Schritte durch die Straßen von Puerto Barrios gelenkt, ich habe den Nachmittag dazu benutzt, um die Beschaffenheit des Ortes . . .»

«Und der Bevölkerung», warf Steve ein.

«. . . genau zu prüfen. Caballeros, ich behaupte nicht zuviel, wenn ich erkläre, daß ich mir ein umfassendes Urteil bilden konnte. Doch bevor ich zu den Einzelheiten komme, bitte ich Sie herzlich, mir mitzuteilen, welche Kräfte uns zur Verfügung stehen und mit welchen Gegenkräften gerechnet werden muß.»

Die drei Offiziere tauschten Blicke. Es schien ihnen wenig daran zu liegen, ihre Karten soweit aufzudecken. Es entstand eine Pause, die ich dazu benutzte, mir Argumente zurechtzulegen. Übrigens bemerkte ich, daß unser Schiff stärker schwankte als vorhin. Gegen die Bullaugen klatschten Spritzer. Draußen stand fahle Dämmerung, die See hatte Schaumkronen, sie wurde rauh.

Schließlich sah Coronel Gusano auf. «Die Garnison von Puerto Barrios», erklärte er halblaut, «ist eine der stärksten des Landes. Sie zählt drei Kompanien mit vierhundertfünfzig Gewehren und steht unter dem Kommando des Majors Guerra, der mir leider nicht unterstellt ist. Er gilt als ergebener Anhänger des augenblicklichen Regimes.»

«Das kann sich ändern», sagte der Comandante leise.

Jedes dieser Worte prägte sich mir ein, mein Hirn arbeitete rastlos; Gedanken, Vermutungen, Erinnerungen jagten sich in meinem Kopf. Die Pläne dieser Männer gewannen Gestalt. Ich begriff, sie wollten eine Revolte anzetteln, einen Militärputsch von der hier üblichen Art: Emigrierte Politiker und abgehalfterte Offiziere rotteten sich außerhalb des Landes zusammen, konspirierten mit verräterischen, im Lande verbliebenen Befehlshabern, wie Gusano einer war; dahinter jedoch standen ausländische Firmen, Finanzgruppen, Kapitalmächte; sie unterstützten die Verschwörer mit Geld oder Waffen, verhalfen ihnen zur Macht und ließen sich durch Schürfrechte, Konzessionen, Bevorzugung jeder Art hinterher reich belohnen. Seit einem Dreivierteljahrhundert spielte sich das in jener Gegend so ab, und es gehörte nicht viel Verstand dazu, um zu erraten, daß es diesmal um die Interessen der United Fruit Company ging, des Grünen Papstes, der uns alle bezahlte.

«Das wären die Gegenkräfte», sagte ich. «Nun zu den eigenen. Wird uns die Werkpolizei der United Fruit unterstützen?»

«Nein», antwortete Comandante Tempestad schnell. «Sie verhält sich streng neutral, das ist Bedingung. Nur falls Regierungssoldaten versuchen, das Hafengelände zu besetzen, schießt diese Truppe.»

Ich dachte an die wohlgenährten Männer mit ihren Schnellfeuerwaffen. Die Gesellschaft verbot ihnen, sich einzumischen, sie wünschte natürlich den Schein zu wahren. Schließlich, wenn der Putsch scheiterte – das Geschäft mußte weitergehen. Ich hatte lange genug in den Staaten gelebt, mich wunderte das nicht.

«Das kompliziert die Lage sehr», sagte ich.

«Inwiefern?» fragte Coronel Gusano.

«Weil wir das Hafengelände aus unserem Operationsplan ausklammern müssen», antwortete ich. «Bedenken Sie, Caballeros, was dort für Vermögenswerte auf dem Spiele stehn. Werden während der Kampfhandlungen die Silos in Brand geschossen, verzeiht es uns die Gesellschaft nie. Nun kommen wir aber von der Seeseite aus nicht anders als über den Hafen zur Stadt hinein. Denn wo der Hafen endet, fängt der Urwald an, und da kommt man einfach nicht hindurch. Habe mir das angesehen.»

«Carajo», fluchte der Comandante.

«Und von Artillerieeinsatz», sagte ich, «kann gar keine Rede sein. Die Hafengebäude sind höher als die Kasernen, wir können nicht über den Hafen hinweg auf den Stadtkern schießen.»

Ich hatte Mut gefaßt und redete mich in Feuer. Nach und nach erwähnte ich weitere operative Details, die alle gegen den Offensivplan sprachen, und fand, die Rolle eines Militärberaters stünde mir nicht schlecht zu Gesicht. Mein Vortrag freilich wirkte niederschmetternd. Unterm Tisch stieß mich

Steve an; er schien zu befürchten, ich verscherze meine Beförderungschancen. Doch hatte ich gute Gründe, auf meiner negativen Beurteilung der voraussichtlichen Kampflage zu beharren.

«Carajo», sagte nun auch der schweigsame Capitán Molinero, dem über derlei taktischen Ärgernissen ganz entging, daß sein Schiff bedrohlich zu tanzen begann. Nur der gelbhäutige Coronel Gusano blinzelte mir listig zu, und ich glaube, er durchschaute mich. Denn ich muß hier gestehen, daß ich vor allem deshalb gegen den Angriff plädierte, weil der Gedanke, als Primer-teniente womöglich allen voran an der Erstürmung der Stadt teilzunehmen, mir äußerst peinlich war.

«Señor Coronel», sagte ich zu ihm, «Sie haben uns selbst eben erklärt, die Garnison von Puerto Barrios verfüge über zwei einsatzbereite Granatwerfer. Nun ist – ich bedaure das feststellen zu müssen – die Flugbahn von Wurfgranaten bekanntlich steil, ein Umstand, der diesem Major Guerra ermöglichen würde, über den Hafen hinwegzuschießen und unsere Flotte zu bombardieren, während wir ihn nicht fassen können, da unsere Schiffsartillerie aus Maschinengewehren und leichter Flak besteht, also Geschosse verfeuert, die eine geradlinige oder doch sehr gestreckte Flugbahn haben. Bedenken Sie, Señor Coronel, welche Verheerungen eine einzige der gegnerischen Wurfgranaten auf einem ungepanzerten Boot anrichten würde, wie es die ‹Estrella fugaz› ist!»

Der Oberst grunzte; er konnte diesen Gedankengang um so weniger von der Hand weisen, als die «Estrella fugaz» schon jetzt, ohne erkennbare Feindeinwirkung, in allen Fugen ächzte. Das Wetter hatte sich verschlimmert, die Nacht brach herein. Draußen türmte sich die See, schwarze Wassermassen patschten gegen das Bullaugenglas, die Lampe über dem Beratungstisch pendelte oder kreiste sogar, und die Schatten der Verschwörer huschten über die weißlackierten Wände. Es war schrecklich. Die «Sternschnuppe» kämpfte gegen den steifen Nordost an und zugleich gegen eine Südostströmung, die im Golf von Honduras bis zu vierzig Seemeilen pro Tag beträgt. Sie stampfte und schlingerte entsetzlich.

Die Stabsbesprechung endete damit, daß allen schlecht wurde. Comandante Alfonso Tempestad, der stärkste Mann an Bord, unterlag als erster. Er stolperte zur Treppe, verhakte sich dort in den tassengroßen Messingsporen – er war, wie ich später erfuhr, panamesischer Polizeioffizier gewesen und mochte sich nicht von den Abzeichen seiner Kavalleristenehre trennen – und entleerte das in Puerto Barrios genossene Mahl über die Stufen; seinem eisernen Entschluß, den Hafen von der Seeseite her zu erobern, tat dies, wie man sehen wird, keinen Abbruch.

Der stolze kleine Capitán nahm als nächster die Mütze ab (man tut es in diesem Falle: eine Reverenz vor der stärkeren See) und spuckte beherrscht hinein. Oberst Gusano kroch unter den Konferenztisch; an diesem abgeschiedenen Ort entledigte er sich dessen, was ihn bedrängte, mit der ihm eigenen Diskretion. Niemand verlor seine Haltung. Es erwies sich jedoch als notwendig, die Beratung zu vertagen.

Niemals werde ich jene Nacht vergessen. Wir verbrachten sie, da die Kapitänskajüte gar zu verschmutzt und mit dem neuen Gast, Coronel Gusano, belegt war, im Mannschaftslogis unterm Vordeck. All die Stunden hindurch klatschten schwere Brecher mit Wucht auf die Back, zerstoben eine Handbreit über unseren Köpfen, überschwemmten die Decksplanken. Die «Sternschnuppe» zitterte wie unter gewaltigen Fausthieben, unsere Hängematten drohten aus den Ringen zu reißen. Es war aber nicht nur das Rollen und Stampfen des Fahrzeugs, das uns wahnsinnig machte, sondern mehr noch ein unheimliches Vibrieren des ganzen Schiffskörpers; es rührte vom Motor her. Die Maschine lief, wie mir Steve erklärte, pausenlos auf ihrer kritischen Umdrehungszahl, sie riß dabei so stark in ihren Lagern, daß sich die Schwingungen auf den Rumpf übertrugen. Jede Minute konnte die Schraubenwelle brechen – und ich bin überzeugt, dann hätte uns das Karibische Meer verschlungen.

Seit jener Nacht weiß ich, was Matrosen aushalten müssen. Dieser Teufelstanz war noch nicht alles. Hinzu kam nämlich, daß wir nördlich des Kaps Gracias á Dios – wo der Rio Coco mündet, nominell ein Grenzfluß zwischen Honduras und Nicaragua – die Region der gefürchteten Caxones- und Cocorocume-Riffe zu passieren hatten: ohne Sicht, im Tropensturm. Das war mehr, als hartgesottene Seebären gewöhnlich auf sich nehmen. Von der Nachbarkoje her versicherte uns ein costarikanischer Bootsmann, der gerade Freiwache hatte, im Nordteil der Banco de Mosquito, den wir eben durchquerten, seien früher alljährlich siebzig Schiffe gestrandet, die Küstenbewohner hätten daraus viel Nutzen gezogen. Er kicherte, führte mit großem Geschick eine Rumflasche zum Munde und sparte auch sonst nicht mit tröstlichen Bemerkungen. In der Tat hatte die Vorstellung, einer der Caxones-Felsen könne sich urplötzlich gerade dort durch die Bordwand bohren, wo wir mit den Matten hingen, nicht viel Ermutigendes für uns. Jedenfalls wurde mir in dieser Sturmnacht klar, warum es Schiffsoffiziere stets vermeiden, sich im Vorschiff einzuquartieren; weshalb sie es dem niederen Fahrensvolk überlassen, dort zu wohnen, und für ihre Person von alters her die Heckräume beanspruchen.

Stunde um Stunde schwang ich zähneklappernd, mit offenen Augen, hin und her und sann über mein vertanes Leben nach. Ich war ein Tramp, ein vagabundierender Habenichts, und würde es immer bleiben. Es war zwecklos, sich etwas vorzumachen. Alles Unheil rührte daher, daß ich zur

Trägheit neigte und mich treiben ließ, wo andere das Glück beim Schopfe packten. Meine Verkaufserfolge beim Vertrieb des Elektrorasierers konnten den Chef nicht zufriedenstellen, von meinen übrigen Versuchen, zu Geld zu kommen, ganz zu schweigen. Ich war ein Pechvogel, und vielleicht hatte ich heute die Chance meines Lebens verpaßt, als ich den Offizieren widersprach, ihre Kriegslust dämpfte und mich unbeliebt machte bei diesen meinen Gönnern. Jedoch im Unterschied zu ihnen kannte ich einige Schlachtfelder des zweiten Weltkrieges; Mord und Zerstörung waren meine Sache nicht.

Es ist mir heute noch ein Rätsel, wie mich in dieser elenden Lage dann doch der Schlaf übermannen konnte. Ich muß aber gegen Morgen eingeschlafen sein, denn mich plagten sonderbare Träume. Sie sind mir noch gut in Erinnerung.

Ich wartete, umspült vom Konzert der Autohupen, in Savannah-City unterm Denkmal des Generals Pulaski, einer dorischen Säule mit Freiheitsstatue. Doch seltsam, die steinerne Frauengestalt dort oben hielt statt der Freiheitsfackel eine halbgeschälte Banane hoch und sagte zu mir: «Señor Morena, Sie sind uns empfohlen worden. Marihuana-Schmuggel und Notzucht! Wir haben viel Gutes von Ihnen gehört.»

Dann schlenderte ich mit Steve durch die Calle 17, er erläuterte mir die Preise und fügte hinzu: «Wir sind eine kleine Privatarmee, Green Pope ... Halt dich am Zahltag nur immer an mich.»

Doch schließlich war es nicht mehr Steve, der zu mir sprach, sondern ein Priester in violetter Soutane; er hielt ein feinziseliertes silbernes Kreuz in der Hand, mit dem er die ringsum knienden Männer segnete. Die Betenden nahmen die ganze Straßenbreite ein, auch ich kniete unter ihnen. Sie trugen stramme olivgrüne Hosen und wulstige Plastikhelme, kauten Wrighleys Chewing-gum (welcher der beste ist) im Rhythmus ferner Orgelklänge, und aus den Fenstern lehnten, vor Freude weinend, die Mädchen. Der Priester aber sagte mit wohlklingender, weithin vernehmbarer Stimme: «Und Gott der Herr schuf am dritten Tage die United Fruit Company, auf deren Feldern sich ein fremdes Volk, die Guatemalteken, niederließ ...»

Infolge des Windes und der Gegenströmung dauerte unsere Rückreise sechs Stunden länger als die Hinfahrt. Wir erreichten Isla de Puñal erst am Abend des 16. Juni, volle zwei Tage nachdem wir das Eiland verlassen hatten. Der Sturm war abgeflaut, die Wellen gingen noch hoch; auch in der geschützten Südwestbucht polterten sie gegen das Felsengestade, erschwerten der «Sternschnuppe», glatt anzulegen. Mühsam stiegen wir aus – wie gut, nach solcher Qual wieder festen Boden zu spüren!

Matt und durchnäßt gingen wir unter verhangenem Himmel an Land. Das Unterholz atmete Treibhausschwüle, saftgrün und fleischig schlangen Lianen und Bromeliazeen ihre gierigen Arme um die Stämme der Baumriesen; dazwischen schillerten schlammige Pfützen. Es hatte geregnet während unserer Abwesenheit – überhaupt, die Regenzeit schien gekommen. Von Juni bis Oktober währt sie in diesen Breiten und schließt – nach allem, was ich davon gehört hatte – militärische Operationen größeren Umfangs aus. Über den Tümpeln standen Wolken von Mücken, wir schlugen unaufhörlich mit Tüchern nach ihnen und fluchten bei jedem Stich; ich aber betrachtete die Pfützen, dachte an den geplanten Feldzug und schöpfte wieder Mut.

Hinter dem Haus stand das Flugzeug, unsere Bonanza; im Vestibül roch es nach Juchten und Jasmin. Aus dem oberen Stockwerk drang eine schneidende Stimme, eine andere, dumpfere, antwortete ihr ruhig, doch nicht weniger schnell; es war Dr. Guerras Stimme. Beide redeten spanisch, ich konnte kaum ein Wort auffangen; Spanisch verstehe ich nur, wenn langsam gesprochen wird. – «Gott sei Dank, der Boß ist da», sagte Steve. «Da gibt's Zaster. Habe mich gestern restlos verausgabt.»

Jetzt wurde oben eine Tür aufgerissen, sie flog krachend ins Schloß. Über die Galerie schritt ein Mann in blendender Offiziersuniform. Sein Waffenrock war weiß, hatte einen flachen hochstehenden Kragen mit azurblauen Spiegeln, auf denen je ein silbernes Miniaturschwert befestigt war. Von Brust und Schultern leuchtete Gold: in Schnüren, Paspeln, Knöpfen, Sternen, Kordeln, als geschweifte blattförmige Stickerei auch, wie sie Südamerikas Freiheitshelden zur Zeit Simón Bolivars getragen haben und wie man sie heute noch auf den Prunkuniformen des diplomatischen Korps der ganzen Welt bestaunen kann. Nun lief er die Treppe herunter, das Antlitz hochrot, es kontrastierte lebhaft zum Galarock und den gleichfalls weißen, modisch engen Beinkleidern. Ich hatte Don Miguel noch nicht in diesem schneidigen Dreß gesehen und erkannte ihn nicht sofort, Steve jedoch nahm Haltung an.

General Miguel Ydígoras Fuentes – so lautete sein voller Name, wenn auch der Titel umstritten war – blieb dicht vor uns stehen; sein Atem ging kurz. «Wo sind die anderen?» forschte er, und Steve antwortete: «Die kommen gleich, Herr General.»

Don Miguel nickte gereizt, von mir nahm er keine Notiz. Oberhalb seiner linken Brusttasche wippten, von blauweißgoldenen Bändern zierlich gehalten, drei schwere Medaillen, die dem preußischen Johanniterkreuz, dem Orden der französischen Ehrenlegion und dem italienischen «Dell Annunciata» ähnelten. Kein Zweifel, hier stand eine große Persönlichkeit, das Haupt der Verschwörung vielleicht! Wie sich bald zeigen sollte, galt er zumindest als der politische Kopf. Er war ein wohlhabender, gebildeter Mann, im Zivilleben Chefingenieur der United Fruit Company. Nach einem gescheiterten Umsturzversuch hatte er sein Heimatland – Guatemala – vor einigen Jahren verlassen, und es ging das Gerücht, er wolle nicht anders zurückkehren denn als Präsident.

Durch das Portal traten die Offiziere der «Estrella fugaz» ein, grüßten mit südländischer Grandezza und wechselten bedeutsame Blicke, die zweifellos der Erscheinung ihres Obersten Befehlshabers galten. Der General dankte gemessen, er zog sich mit ihnen, noch immer schwer atmend, in ein Nebengelaß zurück.

Wir standen wartend im Vestibül; ich griff in ein Zigarillokästchen, das offenkundig dem Boß gehörte, und Steve kaute an seinen Nägeln. Er tat das nur, wenn ihn etwas bedrückte; tatsächlich bangte er um meine Karriere. Ydígoras hatte mich nicht wiedererkannt, ja völlig übersehen, und keiner der übrigen Herren schien es für notwendig zu erachten, mich dem General in meiner Eigenschaft als Militärberater vorzustellen. Durch die verschlossene Tür drang Stimmengewirr. Ein Gefühl, das mich noch nie getrogen hat, sagte mir, daß man sich dort mit meiner Person beschäftigte. Ich zündete mir einen der feudalen Zigarillos an und trat vom linken Fuß auf den rechten.

Nach einer Weile gesellte sich Don Miguels Pilot zu uns, der junge Amerikaner Ralph Kennard, ein schlaksiger Mann mit Trauerflor und wucherndem Haarschopf. Er war Techniker bei der United Fruit Company und wegen Erpressung vorbestraft. Mit mir knüpfte er ein Gespräch über die Flugeigenschaften der Bonanza an. Aus seinem Munde erfuhr ich später, wie es an jenem Sonntag zu meiner plötzlichen Einstellung in die Revolvergarde der Company gekommen war. Miguel Ydígoras Fuentes, Steve Baxter und Kennard hatten am Freitag, von Boston (dem Stammsitz des Obstkonzerns) herkommend, ihren Flug in Savannah unterbrochen, weil Ralph Kennard telegrafisch erfahren hatte, seine kranke Mutter wünsche ihn zu sehen. Sie wohnte in Waycross, zwei Bahnstunden von Savannah entfernt; Don Miguel hatte seinem Flugzeugführer einen kurzen Urlaub gewährt. Kennards Mutter jedoch lag im Sterben, der Pilot blieb länger bei ihr als vorgesehen, so daß Ydígoras sich nach einem Ersatzmann umsehen mußte. Das war nicht einfach, denn es sollte wegen des geplanten Schurkenstreichs ein Mann ohne Angehörige sein, ein Krimineller womöglich, am besten ein Vorbestrafter, dem kein amerikanisches Gericht Glauben schenken würde, falls er auf die Idee kommen sollte, den Ehrenmann Ydígoras einmal des Menschenraubs zu bezichtigen. Sein Leibwächter Steve half ihm schließlich aus der Verlegenheit, indem er mich dem General als ein solches Subjekt präsentierte ...

Jetzt wurde die Tür geöffnet. Comandante Alfonso Tempestad trat sporenklirrend aus dem Beratungszimmer, stiefelte auf mich zu und sagte: «Caballero, ich habe den stolzen Auftrag und die Ehre, Ihnen zur Kenntnis zu bringen, daß Sie auf meinen Vorschlag hin durch Sonderbefehl des Oberkommandierenden der Freiheitsstreitkräfte, unseres tapferen Generals Ydígoras Fuentes, mit sofortiger Wirkung im Range eines Capitán in die Befreiungsarmee Guatemalas eintreten!» Etwas unfeierlich fügte er hinzu: «Sie werden gleich hier durch mich auf die Fahne vereidigt – die Zeit drängt leider –, diese Herren sind unsere Zeugen.»

Ich warf den Zigarillo weg, stellte mich neben ihn vor eine Vitrine, über die das blauweiße Fahnentuch mit dem Silberschwert recht nachlässig gebreitet war, legte die Schwurfinger auf den kühlen Stoff und sprach hastig eine Eidesformel nach, deren Inhalt mir, falls ich ihn damals verstanden habe, inzwischen entfallen ist. Darauf leerten Tempestad, Kennard, Steve und ich einen enormen Pokal rubinroten Portweins und zertrümmerten das Kristallgefäß, indem wir es auf den Mosaikfußboden schleuderten. Das Zeremoniell fand damit seinen würdigen Abschluß, und Tempestad, anscheinend in äußerster Eile, strebte in den Beratungsraum zurück, wobei er mich vor sich herschob.

Der General stand inmitten des Zimmers; sein Stab, weit weniger prächtig gekleidet, gruppierte sich zwanglos um ihn herum. Ich erkannte sofort, daß Ydígoras ein mitreißender Redner war. Außerdem wurde mir klar, daß er sein Haar färbte und älter als die fünfzig Jahre war, auf die ich ihn erst geschätzt hatte. «Puerto Barrios», rief er aus, «ist das Einfallstor. Jedes Vorgehen zu Lande quer durch Honduras wäre ein nutzloser Umweg, der um so dornenvoller würde, als wegen des Generalstreiks dort – er ist noch immer nicht niedergeschlagen, wie ich höre – keine Gewähr besteht für reibungslosen Transport unserer Truppen, Verpflegung und Nachschub. Es ist auch nicht unsere Art, Caballeros, Umwege zu machen. Wir verschmähen die Hinterpforten, wir sind es gewohnt, zur Haustür hereinzukommen.»

«Viva!» sagten die Offiziere. «Hurra!»

Don Miguel blickte sie tadelnd an, als fühle er sich durch solche Ovationen belästigt. Er entfernte ein Stäubchen von seinem Ärmel und fuhr mit gemäßigter Stimme fort: «Dieser Hafen ist der Schlüssel zu unserem Vaterland. Der Schlüssel zum Hafen ist seine Garnison. Nur ein Idiot vergießt Blut, wo es auch anders geht. Denn was ist der Schlüssel zur Garnison? Das ist ihr Befehlshaber!»

«Dios mediante», äußerte Coronel Gusano. «So Gott will, General.»

«Das hat mit Gott nichts zu tun», antwortete Ydígoras. «Ich kenne den Befehlshaber, er ist fromm, genauso wie wir, Gott wird sich neutral verhalten. Dieser Major Guerra ist eine harte Nuß. Er hat keine Schulden, die wir ihm bezahlen könnten. Jacobo Arbenz hat ihn auch nicht gekränkt. Ferner: Er ist ohne Ehrgeiz. Er will Comandante von drei Kompanien barfüßiger Indios bleiben, wie mir vor fünf Minuten in diesem Haus versichert wurde. Sein ganzes Trachten ist, dem Volk zu dienen.»

Hier kräuselten sich seine Lippen, die Offiziere lachten.

«Aber er hat einen Bruder, an dem er sehr hängt. Sein Familiensinn ist stark. Also werden wir ihm mitteilen, daß wir den Bruder in die Haifischbucht werfen, falls er darauf besteht, Puerto Barrios zu verteidigen. Nun, Caballeros, ich habe eben mit diesem Doktor Guerra gesprochen, er genießt seit einigen Tagen meine Gastfreundschaft. Ein temperamentvoller, überaus mutiger Mann! Er gibt wirklich vor, er ließe sich lieber von den Haien zerfleischen, als daß er das Arbenz-Regime verriete.»

Der General machte eine rhetorische Pause. Er legte die Hände auf den Rücken und lief mit elastischen Fechtmeisterschritten auf und ab; an den verschränkten Fingern blitzte ein Ring. Ich sah, wie in sein noch immer zorngerötetes Antlitz ein Ausdruck teuflischer Verschmitztheit trat. «Auch zum Herzen dieses Mannes», sagte er leise, «gibt es einen Schlüssel. Man muß ihn nur finden. Es ist eine Frage der psychologischen Kriegführung.» (Er sprach spanisch, gebrauchte hier aber den englischen Ausdruck «psychological warfare».) «Ich habe den Schlüssel gefunden!»

Don Miguel hielt inne, blähte die Nasenflügel und warf den Kopf zurück. «Der Doktor Guerra», sagte er, «hängt an seiner Tochter; ein menschlich schöner Zug, ohne Zweifel. Sie heißt Isabel und ist in der Tat ein ganz reizendes Persönchen, wenn auch mit einem Schuß Indianerblut ... Kurzum, ich möchte, daß einer von Ihnen, meine Herren, sich dieses Mädchens annimmt, es in das Geheimnis der Liebe einweiht; dem Doktor Guerra soll es nicht an Gelegenheit fehlen, dies durch die Zimmertür mit anzuhören.»

Er blieb stehen, sein Gesicht wurde starr. «Das wird ihn umwerfen, nehme ich an», schloß er, «falls dieser Mensch ein Herz in der Brust hat.»

Ein paar Minuten lang herrschte Schweigen. Alle standen still, keiner sah Ydígoras an. Capitán Molinero schielte auf seine Fußspitzen. Comandante Tempestad zeichnete mit den Sporen ein Muster in den Teppich, er rutschte dabei ab, ich merkte, der Portwein machte ihm zu schaffen. Coronel Gusano spähte zu einem der nierenförmigen Fensterlöcher hinaus, wo auf dem Mauerwerk eine unscheinbare Drossel sang: jener braune Vogel, der so wunderschön singen kann, daß ihn die Indianer Mittelamerikas den «Vogel der vierhundert Stimmen» nennen. Ganz deutlich war sein Zwitschern jetzt zu hören.

Mein Herz klopfte stark. Ich spürte, dies waren entscheidende Sekunden.

Ydígoras' Ansinnen war widerwärtig, und einen Augenblick lang glaubte ich, daß seine Gefolgsleute aus stillem Protest dazu schwiegen. Sie hatten mehr Stolz, mehr Charakter, als ich vermutet hatte. Dann sah ich von einem zum anderen, und aus ihren gelangweilten Mienen wurde mir klar: Nicht Anstandsgefühl oder Offiziersehre hinderte sie, sich für dieses Verbrechen herzugeben, sondern Stumpfheit, Schwäche, Desinteresse. Die Caballeros hatten keine Lust.

Coronel Gusano, der Dienstälteste unter uns – derjenige also, dem wir der Rangliste nach den Vortritt zu lassen hatten –, äußerte offen, er verzichte. Ihn hatten die Strapazen der Seereise dermaßen mitgenommen, daß er sich, in Anbetracht seines Alters wohl auch, zu schonen wünschte. Der Comandante Tempestad, an den als den nächsten die Reihe kam, mochte gleichfalls noch unter den Nachwirkungen seiner Magenverstimmung leiden, überdies war ich ihm gestern in der Calle 17 begegnet, und seine dortigen Abenteuer schienen ihm mehr als drei Quetzal gekostet zu haben; er scharrte, vom Portwein benebelt, mürrisch auf dem Teppich herum. Und dem schmächtigen Capitán Molinero hatten die Unbilden des Karibischen Meeres mit all den schrecklichen Klippen, Gegenströmungen und widrigen Winden am härtesten zugesetzt, zumal er als der Verantwortliche an Bord die ganze Nacht über kein Auge zutun durfte; dieser wackere Seemann fürchtete bei seiner Kleinheit vielleicht, mit dem Mädchen nicht recht fertig zu werden. Sie schwiegen und glotzten vor sich hin.

Für Don Miguel bedeutete dies eine empfindliche Schlappe. Obschon er es glänzend verstanden hatte, seinen Schandstreich als patriotische Tat hinzustellen, deren Vollbringung geradewegs zur kampflosen Einnahme von Puerto Barrios führen müsse, dem Schlüssel zum Vaterland, meldete sich niemand; ein Fall, mit dem er sichtlich nicht gerechnet hatte. Er verfärbte sich und sagte leise, aber schneidend: «Meine Herren, Sie zwingen mich, dasselbe Angebot der Mannschaft zu machen! Ich tue das ungern, aus Gründen der Disziplin, jedoch wenn Sie mich derart im Stich lassen...»

Der General war kreidebleich geworden; da er kein Verständnis für den körperlichen Zustand seines Stabes aufbrachte, mußte er dessen Weigerung wohl als Schimpf, verkappte Meuterei, persönliche Kränkung empfinden. Durch den Streit mit Dr. Guerra und das Zaudern seines Offizierskorps doppelt gereizt, war er gegenüber den beiden Gefangenen nun sicherlich jeder Gemeinheit fähig. Durch mich waren sie in seine Hand geraten, an mir war es daher, das Äußerste zu verhüten. Ich richtete mich auf, trat einen Schritt vor und meldete: «Ich übernehme es, Señor General!»

In seine Wangen kehrte die Farbe zurück. Er sah mich scharf an und schien sich darauf zu besinnen, wer ich war und daß man mich ihm drei

Tage zuvor zweier Delikte halber empfohlen hatte: Rauschgiftschmuggel und Notzucht. Vermutlich traute er mir zu, ich würde mich meiner Aufgabe sachgemäß und nicht ohne eigenes Vergnügen entledigen; denn er antwortete sofort: «Also gut, machen Sie es, Capitán.»

Ich schlug die Hacken zusammen und verneigte mich ein wenig. Man sah, daß alle erleichtert waren. Sie nickten mir aufmunternd zu, als ich ging. In der Tür trat Comandante Tempestad an mich heran, hauchte mir Weindunst ins Gesicht und wünschte mir Soldatenglück.

«Sehen Sie sich vor», tuschelte er, «sie ist eine Wildkatze!» Diese Bemerkung gab mir zu denken. Sie ließ darauf schließen, daß er schon vor unserer Seereise – fruchtlos – versucht hatte, sich dem Mädchen zu nähern. Noch einmal preßte der Comandante meine Hand, dann entließ er mich mit einem langen Blick – ganz als befürchte er, mich nicht gesund wiederzusehen.

Die Guerras bewohnten im Obergeschoß zwei aneinanderstoßende Zimmer, jedes hatte einen besonderen Eingang, zwei Posten standen davor. Als sie mich erblickten, präsentierten sie die Gewehre. Unten knarrte die Treppe, anscheinend folgte mir jemand. Der Warnung des Comandante eingedenk, drang ich, ohne zu klopfen, rasch ein, sperrte hinter mir zu und vergewisserte mich, daß die Verbindungstür, die ins Zimmer ihres Vaters führte, gleichfalls fest verschlossen war. Dann wandte ich mich langsam um.

Das Mädchen war bei meinem Eintritt aufgestanden, sie hatte zuvor, an einer der Mauerspalten sitzend, in bunten Zeitschriften geblättert. Nun trat sie ruhig hinter den runden Tisch, warf das dicke blauschwarze Haar mit einem Ruck in den Nacken und starrte mich an. Ich hatte das Gefühl, sie wisse, was ihr zugedacht war; dennoch verharrte sie still, die gespreizten Finger auf den Tischrand gestützt, und ließ mich herankommen. In ihrem Rücken befand sich ein Diwan, der ihr als Schlafstatt diente; ich brauchte sie nur anzustoßen, und sie wäre darauf niedergesunken. Gerade das machte mich stutzig. Wollte sie mir eine Falle stellen? Einerlei, ich mußte dichter heran. Meine Erklärung konnte ich nur flüstern, die Wache draußen auf der Galerie hatte vermutlich Befehl, den folgenden Vorgang zu belauschen. Ich mußte sogar damit rechnen, daß Ydígoras sich selbst vergewisserte, wie seine Maßregel auf Dr. Guerra wirkte.

«Señorita Isabel», sagte ich ganz leise, «fürchten Sie sich nicht. Man hat mir befohlen, bei Ihnen einzudringen und Sie zu mißhandeln, weil Ihr Vater unter Druck gesetzt werden soll. Ich werde das nicht tun, seien Sie dessen gewiß! Aber draußen lauscht man, und wenn wir vermeiden wollen, daß ein anderer zu Ihnen geschickt wird, müssen wir die Leute irreführen. Es wäre gut, wenn Sie jetzt schreien wollten.»

Sie blieb jedoch still, sah mich lauernd an. Vielleicht war nur ihre Kehle trocken, sie hatte sichtlich genausoviel Angst wie ich. Ob sie meinen Worten traute oder diese für eine abgefeimte Lüge hielt, die es mir erleichtern sollte, sie wehrlos zu machen, vermochte ich nicht zu erkennen. «Señorita», wiederholte ich und trat nun ganz nahe neben sie, beugte mich zu ihr herab – sie war einen ganzen Kopf kleiner als ich, «bevor Sie schreien, wäre es ratsam, Ihrem Vater ein Zeichen zu geben, damit er nicht wirklich annimmt, daß Sie . . .»

Der Satz blieb mir im Halse stecken. Zu spät verstand ich, daß ihr dies als Gipfel der Hinterlist erscheinen mußte. Mit einer gleitenden Handbewegung hatte sie über die Falten ihres Kleids gestrichen und aus einer verborgenen Tasche ein Ding zutage gefördert, das ich wohl sah, aber nicht deutlich erkannte. Sie riß es hoch und stieß damit zu. Wie sich zeigte, war es ein Dolch, nicht größer als Brieföffner auf den Schreibtischen junger Damen, doch beiderseits scharf geschliffen und spitz; er zerfetzte meinen Rock an der Schulter, drang mir zolltief ins Fleisch, schnitt eine fingerlange Wunde. Ich wich zurück und stöhnte auf. Über den zerrissenen Ärmel rann Blut. Sie hatte ich gebeten, zu schreien, doch nun war ich es, der das als erster von uns tat. Jetzt begriff ich noch besser, warum das ganze Offizierskorps darauf verzichtet hatte, sich an dem Mädchen zu vergreifen.

Inzwischen war sie auf den Diwan geklettert, womit sie den Nachteil ihrer kleinen Statur wohl auszugleichen hoffte, und blitzte mich, das Dolchmesser in der Rechten, den Rumpf katzenhaft gekrümmt, zornig an. Es hatte nicht den geringsten Sinn, mit ihr zu reden; ich mußte ihr schon durch Taten beweisen, daß ich nichts Böses im Schilde führte. Daher sprang ich sie einfach an. Unter meinem Gewicht gab das Polster nach, wir kamen beide zu Fall, und es gelang mir, ihr den Dolch aus der Hand zu winden, ehe sie mich zerstückeln konnte.

«Schreien Sie doch», zischte ich ihr zu, während wir ächzend miteinander rangen, und da sie es immer noch nicht tat, preßte ich ihr die Rippen zusammen. Sie hatte eine so schmale Taille, daß ich meinte, achtgeben zu müssen, sie nicht zu zerbrechen. Jetzt schrie sie wirklich, es gellte durchs ganze Haus; zugleich spürte ich einen brennenden Schmerz im Gesicht: Sie wütete dort mit ihren Fingern, zerkrallte mir die Haut. Und aus dem Nebenraum drang dumpfes Poltern. Dr. Guerra versuchte, die Verbindungstür einzurennen. Jedoch wurde er, wie man mir später sagte, von der Wache daran gehindert.

Rückschauend betrachtet, scheint dieser Vorgang, wie so manches in unserem Leben, seine lächerliche Seite zu haben. Mir war damals nicht nach Lachen zumute. Ich kannte manche Art Gegenwehr, doch das hatte ich noch nicht erlebt; ihr Widerstand war maßlos, aggressiv, im höchsten

Grade schmerzhaft. Während der ganzen Zeit, da ich im Dienst der «Befreiungsarmee» stand, habe ich keinen so verzweifelten Kampf geführt wie am Abend des 16. Juni auf der Isla de Puñal mit diesem jungen Weib.

Zuletzt lag sie regungslos da und starrte mich verwundert an; ich vergesse nie, wie sich in ihren großen Augen Tränen bildeten, sie rannen langsam über die hohen Backenknochen, versickerten in ihrem Haar. Ihr Kleid hatte Risse – sonst war ihr nichts geschehen. «Hör auf», sagte ich, «du hast keinen Grund. Du hast damit angefangen, nicht ich. Ist dir nun klargeworden, daß ich genau das meinte, was ich sagte, als ich vorhin kam?»

Sie schluckte.

Ich gab ihr das Dolchmesser zurück, setzte mich abseits auf einen Stuhl am Fensterloch und fing an, in den Zeitschriften zu blättern. Plötzlich schnellte sie vom Lager hoch, huschte zur Verbindungstür und schabte mit den Fingern daran. Von der anderen Seite wurde in einem bestimmten Rhythmus geklopft, sie pochte zurück; offenbar verständigte sie ihren Vater vom glücklichen Ausgang der Geschichte. Sie kam zurück, verband meine Armwunde mit einem Stoffetzen und erlaubte mir, daß ich mich neben sie auf den Diwan legte. Das tat ich gern; genau wie sie hatte ich Ruhe nötig. Chabelita – so nannte ich sie im stillen – hatte sich in ein zahmes, sanftäugiges Wesen verwandelt. Sie bettete sogar ihren Kopf an meine unverletzte Schulter. Ihr Vertrauen war nun ebenso grenzenlos wie vorher ihr Haß; ich unterließ alles, was es hätte enttäuschen können. Wir dösten friedlich nebeneinander wie Kinder, und ich fühlte mich in eine ferne Zeit zurückversetzt, da es mein einziger Wunsch gewesen war, still neben dem Mädchen zu liegen, das ich liebte, ihren Atem zu spüren, über ihr Haar zu streichen, sie einfach nur bei mir zu wissen. Zwanzig Jahre war das her, eine liebenswerte, schon verblassende Erinnerung.

Unten wurde ich mit Hallo, doch ohne Schadenfreude empfangen. Taktvoll übersah man meine zerrissene Kleidung, die Kratzwunden wurden wie Duellnarben bestaunt. Tempestad reichte mir Portwein zur Stärkung. «Der General ist sehr mit uns zufrieden», flüsterte er, «es hat auf den Doktor Guerra gewirkt!»

Ich spürte einen bitteren Geschmack im Munde und setzte den Becher ab. «Böse Schrammen», sagte er mitfühlend, er deutete auf die blutigen Streifen an meiner Stirn und berührte die zerstochene Schulter. «Da ist nichts zu machen! Ein junger Mustang muß zugeritten werden.»

«Comandante», sagte Coronel Gusano zu ihm, «eigentlich hatten ja Sie die Sporen dazu.» Jetzt führten sie alle das große Wort, und es fielen sämtliche Bemerkungen, die bei dieser Gelegenheit von Landsknechten gemacht werden. Wütend ging ich in mein Zimmer, wusch mich und bat

Steve um ein neues Hemd. Er deutete grinsend auf mein Bett: Dort lag eine luftige weiße Uniform für mich bereit, mit blauen Kragenspiegeln, Silberschwert und drei goldenen Hauptmannssternen auf den prächtig geflochtenen Schulterstücken.

«Spendet dir der General», sagte er. «Boy, boy, boy, du machst hier tolle Karriere. Vergiß bloß darüber deine alten Freunde nicht.»

Ich hob das Geschenk des Obersten Befehlshabers auf, betrachtete es von allen Seiten. Einen so guten Rock hatte ich lange nicht besessen; es gehörten drei blütenweiße Hemden dazu, und auch ein kleiner Ehrendolch fehlte nicht. In der linken Brusttasche knisterte ein Zwanzigdollarschein, darüber baumelte an blauweißgoldenem Bändchen ein Orden. Den hatte Ydígoras mir verliehen, weil ich ihm geholfen hatte, Dr. Guerra gefügig zu machen; eines anderen Verdienstes war ich mir jedenfalls nicht bewußt.

Es würgte mich in der Kehle, ich hätte am liebsten meine Wut laut herausgebrüllt. Aber es hätte nichts geändert, ich war müde, und meine Wunden brannten. Die Medaille war übrigens hübsch: ein weißes, golden umrandetes Kreuz von Gestalt und Format des «Pour le mérite». Es schien dem Militärorden des heiligen Georg nachgebildet zu sein, einer längst verschollenen Auszeichnung, die Rußlands Zar einst bewährten Soldaten zu verleihen pflegte. In den runden Mittelschild war das SUUM CUIQUE des preußischen Schwarzen Adlerordens eingraviert: «Jedem das Seine».

Kurz vor Sonnenaufgang rüttelte mich jemand wach. Ich fuhr hoch und rieb mir die Augen. Es war Dr. Luis Guerra; er bat mich zu einem kleinen Spaziergang hinaus. Er durfte sich wieder frei bewegen. Man hatte, nachdem er sich dem Willen des Generals gebeugt, die Wache von seinem und Chabelitas Zimmer abgezogen; auch vor dem Haus stand kein Posten. In Ydígoras' Hauptquartier waltete Sorglosigkeit. Er war kein Berufssoldat, sondern ein praktisch denkender Ingenieur, daher mochte er unnützen militärischen Aufwand verschmähen und im übrigen darauf vertrauen, daß niemand seine Insel betreten oder verlassen konnte, wenn er nur Flugplatz und Anlegestelle bewachen ließ – was zwei Doppelposten Tag und Nacht besorgten. Feinde, die sich zu Wasser oder durch die Luft dem Stützpunkt hätten nähern können, brauchte er nicht zu fürchten: Das Land, in das er einfallen wollte, lag 700 Kilometer westwärts und besaß keine Seestreitkräfte.

Ich zog mich an und trat an Guerras Seite ins Freie. Die Luft war wunderbar frisch, es roch nach tropischen Blüten. Die Moskitos schliefen noch. Wir gingen schweigend, in langsamem Schlenderschritt (unbeobachtet übrigens, wie ich glaubte) bis zum Ende des Rollfelds an der westlichen Inselspitze und ließen uns auf dem Stamm eines gefällten Campechebaums nieder; zu unseren Füßen rauschte das Meer, von blassem Frühdunst überhaucht.

«Ich danke Ihnen, Señor Morena», sagte Dr. Guerra schlicht. «Sie haben sich klug verhalten und wie ein wirklicher Caballero. Ich habe mich nicht in Ihnen getäuscht.»

«Nur ... ich fürchte, man hat Sie trotzdem erpreßt.»

«Nein», antwortete er, «ein Guerra läßt sich nicht erpressen. Ich hörte Chabelita schreien, und als man mir versicherte, alle Strolche dieser Insel – es sind an die fünfzig, schätze ich – würden so lange über sie herfallen, bis ich nachgäbe, da gab ich nach, das werden Sie verstehen.»

«Die Gefahr ist vorüber», sagte ich.

«Das glaube ich nicht, Señor Morena. Man wird bald wieder anfangen, sie zu quälen. Denn wenn ich eben sagte, ich hätte nachgegeben, so stimmt das nicht ganz. Ich fügte mich Ydígoras' Wunsch, einen Brief an meinen Bruder zu schreiben, aber nur zum Schein. Ich mußte die Sache in seiner Gegenwart zu Papier bringen, auf diese Weise glaubte er ganz sicher zu gehen. Der Brief ist auch wirklich so abgefaßt, wie Ydígoras es wollte. Es steht keine zweideutige Wendung darin. Doch vor dem entscheidenden Absatz befindet sich ein Punkt, ein zufälliger Tintenspritzer scheinbar, ein zwischen dem Major und mir vereinbartes Zeichen, das alles ins Gegenteil verkehrt. Mein Bruder wird lesen, daß ich ihm rate, Puerto Barrios kampflos zu räumen, weil seine drei Kompanien sonst von der Landseite her abgeschnitten würden, und eine Reihe guter Gründe mehr. Aber er wird es richtig verstehen! Er wird die Stadt bis zum letzten Mann verteidigen ... Und sobald Ydígoras' Banditen sich dabei blutige Köpfe holen, wird der vor nichts zurückschrecken ...» Er brach ab und bohrte seine Fußspitze ins taufeuchte Gras. «Lassen Sie mich nicht daran denken», murmelte er.

Bunte Vögel zwitscherten, die Luft war mild und köstlich. Unter dem weißen Rock mit dem Ehrenkreuz und den Hauptmannssternen rann mir ein Schauer über die Haut. Ich begriff plötzlich, er erzählte mir das nicht nur, um seinen Haß, seine Befürchtungen einem anderen mitzuteilen und sich Erleichterung zu verschaffen. Dr. Guerra war kein Mann, der Mitgefühl oder tröstlichen Zuspruch brauchte. Ich hatte das unangenehme Empfinden, er wolle mir eine Entscheidung abzwingen, mich etwa, wie schon einmal, zur gemeinsamen Flucht verleiten. Drei Tage zuvor wäre ihm dies beinahe geglückt. Am Montag vormittag hatte ich noch geglaubt, hier an Gangster geraten zu sein, unter Menschenräuber, auf die der elektrische Stuhl wartete. Heute wußte ich jedoch, die Sache war zwar widerwärtig, doch völlig gesetzlich. Mochten Don Miguels Leute auch Schurken sein, juristisch waren es Soldaten: Ein Mord, von ihnen begangen, galt als legaler Tötungsakt, das Verschleppen anderer Menschen als ordentliche

Gefangennahme, ihre Folterung als militärische Zwangsmaßnahme, in kolonialen Ländern durchaus üblich.

«Kann es nicht auch anders kommen?» fragte ich. «Weshalb muß er diesen Hafen haben? Er ist von der Hauptstadt doch dreihundert Kilometer entfernt. Stößt Ydígoras dort auf Widerstand, wird er's woanders versuchen ... und sich nicht mehr um Sie und Ihren Bruder kümmern.»

Ich weiß nicht, ob Dr. Guerrra mich durchschaute, ob er sah, wie ich versuchte, die Bürde von mir abzuwälzen, noch bevor er sie ganz auf meinen Nacken gelegt hatte. «Puerto Barrios ist unser Fenster zum Atlantik», antwortete er. «Beinah der ganze Import und die Bananen- und Kaffeeausfuhr laufen über diesen Punkt. Es ist Guatemalas einziger Hafen, wo die Schiffe nicht auf offener Reede ankern und von Leichtern entladen werden müssen, sondern am Pier festmachen können. Sie waren ja dort und haben gesehen, wie modern alles ist und daß es der Company gehört, genau wie sämtliche Schiffe, die unser Land anlaufen. Die United Fruit ist jederzeit in der Lage, über uns die totale Blockade zu verhängen – einfach, indem sie ihre Kapitäne anweist, Guatemala nicht mehr anzusteuern.»

Er machte eine Pause, seine Hände schlossen sich. «Der Grüne Papst», fuhr er nüchtern fort, «will aber mehr. Die Company möchte unsere Regierung stürzen, die Machtverhältnisse ändern, die Bodenreform rückgängig machen. Sie ist seit anderthalb Jahren dabei, einen militärischen Feldzug zu finanzieren und nun endlich damit anzufangen. Dabei ist Puerto Barrios für ihre Räuberarmee das Einfallstor. Denn außer San José auf der Pazifikseite, das sie wahrscheinlich auch angreifen wollen, ist Puerto Barrios der einzige Hafen, von dem aus eine Bahnlinie und eine halbwegs brauchbare Straße ins Landesinnere führen. Ohne Bahn oder Straße aber, Señor Morena, kann man die Küstenniederung nicht überwinden. Das ist nämlich eine grüne Hölle, mit Moskitos und Pumas und Giftschlangen und Sümpfen und Malaria und Unterholz, in das Sie mit der Machete eine Gasse hauen müssen; jedes Regiment, das man da hineinjagt, kommt krank und zerlumpt und allenfalls in Kompaniestärke auf der anderen Seite heraus. Ydígoras weiß das natürlich genau. Puerto Barrios muß er haben, glauben Sie mir! Unser nationaler Hafen Santo Tomas, den wir ohne fremdes Kapital südwestlich davon bauen, ist noch lange nicht fertig. Und Livingston hat keinen Bahnanschluß, nur flache Flußboote verkehren von dort ins Innere, auf dem Rio Dulce, über den See von Izabal. Man kommt von dort aus aber nicht nach Guatemala-City, sondern nur in die Alta Verapaz. Das ist nicht das Herzstück unseres Landes, und ins Herz wollen sie uns treffen.»

«Und warum?» fragte ich.

«Warum?» wiederholte er und kehrte mir, die Hände auf den Knien, sein männlich-scharfes Gesicht zu. Ein Ausdruck von Verblüffung, ja von Ratlosigkeit war darin, verschwand aber schnell, und seine Augen lachten. «Señor Morena», sagte er, «ich weiß keine knappe Antwort darauf. Sie haben schon viel für mich getan, und ich möchte Sie nicht mit den Sorgen meines Heimatlandes ermüden. Das ist nämlich eine lange Geschichte.»

Er erzählte sie mir, nicht auf einmal, an diesem Morgen des 17. Juni 1954, da wir nebeneinander auf dem Campechestamm saßen und vor uns der Sonnenball aus dem Dunst des Karibischen Meeres stieg. Das, was er mir damals sagte, ergänzte er später, als wir uns unter denkwürdigen Umständen wiedertrafen, und aus Büchern und Zeitungen erfuhr ich noch mehr. Wenn ich es dennoch hier im Zusammenhang niederschreibe, so geschieht das, um ein vollständiges Abbild zu geben, einen historischen Bericht, den jeder kennen muß, der die folgenden Ereignisse begreifen will. Dr. Guerra sprach voller Leidenschaft, er redete sich heiß; doch später fand ich – jedes seiner Worte war wahr.

Die Geschichte der Republik Guatemala begann 1821 mit der Befreiung ganz Mittel- und Südamerikas vom dreihundertjährigen spanischen Joch. Das Land wurde bald darauf dem mexikanischen Kaiserreich einverleibt und nach dessen Zerfall 1823 in die Föderation der mittelamerikanischen Republiken aufgenommen. Innerhalb dieses Staatenbunds kam es sofort zum erbitterten Kampf zwischen den herrschenden Kreisen; den Liberalen einerseits, die Mittelamerikas Einheit wollten und die Interessen der Geschäftsleute vertraten; und andererseits den Konservativen, die den Standpunkt der katholischen Kirche und der Grundbesitzer einnahmen; sie wünschten die Föderation aufzulösen. Diese Gruppe setzte sich durch; der Staatenbund zerfiel 1839 in fünf einzelne Republiken, von denen eine Guatemala war. Die folgenden Jahrzehnte standen ganz im Zeichen des Kampfes zwischen den Liberalen und den Konservativen, deren Führer abwechselnd die Macht an sich rissen und jeweils eine Militärdiktatur errichteten. In dieses Ringen mischten sich mehr und mehr ausländische Großmächte ein, und das hatte seinen Grund.

Die Geschichte der United Fruit Company begann im Jahre 1870, als ein Kapitän namens Lorenz Bäker, aus dem Karibischen Meer kommend, mit einer Ladung Bananen in den Hafen von Boston einlief. Damals verdarben Obstfrachten oft auf den Segelschiffen, er aber steuerte seine Schaluppe so geschickt, daß Bostoner Kaufleute schließlich mit ihm zusammen eine Handelsgesellschaft gründeten. Das war der Auftakt zu einer neuen Art von Kolonialismus. Die traditionsstolzen Patrizierfamilien von Boston drangen als erste US-«Pioniere» in Mittelamerika ein. Denn bald begnügte sich ihre Firma nicht mehr mit den Handelsgewinnen, die beim Bananentransport heraussprangen, sondern sie kaufte in den mittelamerikanischen Staaten selbst weite Plantagen auf. Bis dann eines Tages der berühmte Eisenbahnmillionär Cooper Keith in das Geschäft mit einstieg.

Keith war von der Republik Costa Rica mit dem Bau einer Bahnlinie beauftragt worden, derselben, die heute noch vom Atlantikhafen Limón über die Hauptstadt San José bis zum Pazifik verläuft. Dabei hatte sich der Eisenbahnkönig das Land angesehen und Appetit auf Bananen bekommen. Er kaufte riesige Ländereien, verband sich mit anderen Bananenfirmen und koppelte 1899 sein Reich mit Bäkers Imperium zu einem gewaltigen Fruchthandels- und Plantagenkonzern zusammen, den er United Fruit Company nannte.

Südfrüchte erfreuten sich um die Jahrhundertwende in der Welt einer wachsenden Beliebtheit. Das neue Mammutunternehmen beherrschte anfangs nur die Obstproduktion in Costa Rica, Panama und auf Jamaica. Dennoch gebot es schon um 1900 über ein Kapital von zwölf Millionen Dollar, über hunderttausend Hektar Plantagenland, 160 Kilometer Eisenbahnlinien, zehn Dampfer, 14 000 Stück Vieh und über die Arbeitskraft einiger hunderttausend Indios, Neger und heruntergekommener Weißer. Früchte waren das wichtigste Wirtschaftsgut dieser Länder, daher beherrschte die Company deren Staatshaushalt, sie kontrollierte also das gesamte politische Leben.

Zu einer derartigen Machtstellung wäre der Trust allerdings nie aufgestiegen, wenn Washington ihn nicht kräftig ermuntert und ihm in schwierigen Situationen den Rücken gestärkt hätte. Für den damaligen Präsidenten «Teddy» Roosevelt (den Älteren) war es selbstverständlich, daß US-Regierung und Big Business identisch seien: Was gut war für die Trusts, war auch gut für Amerika. Und das beruhigende Gefühl, die Regierung werde notfalls bereit sein, für das große Geschäft der United Fruit Kriegsschiffe auslaufen zu lassen und in den Bananenrepubliken Marineinfanterie zu landen, bewog die Company-Direktoren, um das Karibische Meer ihr Reich immer mehr auszubauen. Der Bostoner Konzern investierte immer neue Millionen. Kurz vor dem ersten Weltkrieg drang er in Nicaragua, Honduras, Guatemala, ja sogar in Kolumbien und Ecuadór ein.

«In der guten alten Zeit» – so las ich später in der «New York Times» – «hätte die United Fruit keine südamerikanische Regierung geduldet, die ihr unfreundlich gesinnt gewesen wäre. Sie hätte sie einfach beseitigt. Wenn ihr Hauptanliegen, Plantagen für Trinkgelder aufzukaufen und die Erschließung der unterentwickelten Nachbarn rasch zu vollenden, bei diesen auf Unverständnis stieß, wurde die Company ungemütlich. Sie hatte immer die nötigen Mittel, sich Politiker zu kaufen, sie in den Sattel zu heben und das soziale Leben in ihrem Sinne zu beeinflussen. Sie erwarb die nötigen Parlamentssitze, Gewerkschaften ließ sie verbieten.»

In jener finsteren Periode eroberten amerikanische Truppen Cuba, Haïti, die Dominicanische Republik, Nicaragua, Panama, Portorico und Teile von Mexico. Die Republik Honduras mußte insgesamt fünf Invasionen über sich ergehen lassen; noch 1924/25 hielt US-Militär zwei Hafenstädte besetzt. Guatemala erlebte den letzten Einfall im April 1920. In all diesen Fällen führten die siegreichen Befehlshaber der Marinetruppen ein rauhes Regiment. Sie verhängten das Standrecht, errichteten Protektorate, ernannten Minister, bauten Flottenstützpunkte. Und wenn sie jemals abzogen, so kehrten sie sofort zurück, falls sich etwas regte. Es landeten von neuem «Ledernacken», US-Marineinfanterie stürmte vor, stellte den alten Zustand wieder her, verteidigte das Besitztum der amerikanischen Firmen mit ihren blanken Bajonetten und knüppelte jeden Freiheitskämpfer nieder. «They need the big stick», pflegte Teddy Roosevelt damals zu sagen, «eine Tracht Prügel ist alles, was dieser Bande fehlt.»

Allmählich jedoch entstanden in Mittelamerika revolutionäre Bewegungen, die im Dollarimperialismus den Feind Nr. 1 sahen und eine demokratische Kontrolle über den Außenhandel, die Bodenschätze, Felder, Bahnen und Häfen forderten; der nationale Reichtum sollte aus den Fingern der Yankees gerissen, die einheimische Wirtschaft selbständig werden.

«Neunzehnhundertvierundvierzig war unser großes Jahr», höre ich Dr. Guerra heute noch sagen. «Die Amerikaner waren so gründlich an den europäischen und pazifischen Fronten beschäftigt, daß sie sich kaum mehr um uns kümmern konnten. Franklin D. Roosevelt konnte schlecht zum Kreuzzug gegen die Tyrannei rufen und zugleich auf seinem Hinterhof Faschisten dulden. Er verkündete uns die ‹Politik der guten Nachbarschaft›, was soviel wie Nichteinmischung in unsere inneren Angelegenheiten bedeutete. Sofort krachte es im Gebälk der karibischen Diktaturen. Aus Cuba verschwand Fulgencio Batista, er ging nach Miami und verzehrte dort – bis neunzehnhundertzweiundfünfzig – das, was er aus der Staatskasse abgezweigt hatte. Venezuela jagte den General Medina Angarita zum Teufel, El Salvador das Scheusal Martínez. Alle versuchten auf einmal, es Mexico nachzumachen: einen Staat zu schaffen, der auf das Volk baute, das heißt auf die eigenen Unternehmer, den Handwerkerstand und auf die Masse der indianischen Kleinbauern. Aber nur uns in Guatemala glückte es.»

Ich stellte ihm keine Fragen, Politik hatte mich nie interessiert.

«Vorher», sagte er, «hatten wir einen faschistischen Diktator namens

Jorge Ubico, auch so ein ‹General›. Er fühlte sich als eine Art Soldatenkönig, fuhr auf einem weißlackierten Motorrad im Lande umher, um faule Beamte zu erwischen, baute ein paar protzige Paläste und einen Miniatur-Eiffelturm in Guatemala-Stadt, zahlte sich vierhunderttausend Dollar Jahresgehalt – ohne die Spesen – und bewunderte Hitler. Er achtete auf einwandfreie Straßenbeleuchtung in der Hauptstadt. Nachts standen seine Polizisten unter den Laternen, an jeder Kreuzung einer. Sie hielten alle an und kontrollierten auf Waffen ... Natürlich baute er auch Gefängnisse. Für den Schulunterricht und das Gesundheitswesen tat er nichts. Siebzig Prozent meiner dreieinhalb Millionen Landsleute sind Analphabeten, und die Kindersterblichkeit ist enorm. Das wird Sie nicht wundern, wenn ich Ihnen sage, daß Milch und Weizenmehl Luxuswaren und für die meisten unerreichbar waren; von Fleisch oder Eiern gar nicht zu reden. Unsere zwei Millionen Indios lebten von Mais und Bohnen ...»

1944 erhob sich das Volk in Guatemala. Indios und Mestizen, von berühmten amerikanischen Psychologen als apathisch, träge und schlafsüchtig beschrieben, trieben Ubicos Clique aus dem Lande; sie wurden geführt von jungen Offizieren – unter ihnen Jacobo Arbenz Guzmán. In demokratischen Wahlen gelangte ein Professor namens Arévalo auf den Präsidentenstuhl. Durch ein klares Programm der sozialen Besserung hatte er gesiegt, und nun ging er daran, das Steuerschuldsystem abzuschaffen, das die Indios zu Sklaven gemacht hatte, weil es sie zu Dienstleistungen für den Staat zwang – meist zur mörderischen Arbeit im Straßenbau –, bis die fiktiven und willkürlich festgesetzten Schulden abgetragen waren. Auch duldete dieser Mann die Gründung einer Gewerkschaft, eines Landarbeiterbunds, schuf die ersten Ansätze einer Sozialversicherung und erließ ein Arbeitsgesetz, das – wenn auch mit vielen Einschränkungen – Streiks ermöglichte. Die kommunistische Partei freilich blieb nach wie vor verboten. Arévalo war ein liberaler Lehrer, mit Kommunisten hatte er nichts im Sinn.

Die United Fruit sah mißtrauisch zu. Es paßte ihr wenig, daß zwölftausend ihrer Plantagenarbeiter der Gewerkschaft beitraten; daß in einer ihrer Zuckerfabriken drei Monate lang gestreikt wurde, bis sie einen Tagelohn von jämmerlichen 80 Cents bewilligte; daß die Hafenkulis von Puerto Barrios ihr mit zäh geführten Bummelstreiks feste Tarifverträge abnötigten. Aber solange Arévalo und seine Liberalen nicht das Eigentum der Company antasteten, sah sie davon ab, der Regierung offen den Krieg zu erklären.

Denn Green Pope stand 1950 in Guatemala auf dem Gipfel seiner Macht. Durch finanzielle Beteiligung kontrollierte die United Fruit praktisch alle Wirtschaftszweige, ihre Saugnäpfe steckten überall. Das Pfund

Bananen kostete sie anderthalb Cents, sie verkaufte es in den USA für siebzehn. Ihre fünfhundert Großplantagen, auf denen zur Erntezeit vierhundertfünfzigtausend Tagelöhner schwitzten, lieferten achtzig Prozent der Kaffee-Ernte, und Guatemalas Kaffee-Ernte lag an dritter Stelle der Welterzeugung. Die Gesellschaft besaß zehn Prozent des gesamten Bodens, hatte sich darüber hinaus während des Krieges beschlagnahmte deutsche Plantagen widerrechtlich angeeignet, sie war die größte Landherrin und konnte es sich leisten, weite Flächen brachliegen zu lassen – als billige Anbaureserve. Sie gebot über eigene Polizei, baute Verwaltungspaläste für ihren Angestelltenapparat, der ein Staat im Staate war, hielt die Aktienmehrheit der einzigen Eisenbahnlinie, beherrschte den einzigen guten Hafen; sie kommandierte die Handelsflotte des Landes, hatte das Elektrizitätsmonopol; Telefonverbindungen, wichtige Straßen, ungehobene Bodenschätze, feste Häuser in den Städten, tropische Wälder, Wasserkraftwerke, Schuh-, Zement-, Spirituosen- und Zündholzfabriken, ein Papierwerk und mehrere Zeitungen waren in ihren Händen. Und obwohl ihr dies alles gehörte, zahlte sie wenig Steuern, kaum kommunale Abgaben, überhaupt keine Einfuhrzölle.

Dies wurde anders, als Anfang 1951 – wieder in demokratischen Wahlen – Oberst Jacobo Arbenz Guzmán, bis dahin Verteidigungsminister, den ehrlichen, aber sanften Arévalo ablöste. Der neue Präsident packte ein heißes Eisen an. Was das Volk seit Jahren forderte, woran sein Amtsvorgänger verzagt war, er griff es auf: die Bodenreform. Als die Nationalversammlung am Abend des 17. Juni 1953 endlich das Reformgesetz beschloß, brach im Saal Jubel aus. Er kam nicht sosehr von den Plätzen der siebenundfünfzig Abgeordneten, die ahnen mochten, was nun bevorstand. Der Jubel strömte von der Zuschauertribüne herab, wo Hunderte von landlosen Bauern saßen, die das Parlamentsgebäude seit Tagen umlagert und die Delegierten der reaktionären Grundbesitzerparteien nervös gemacht hatten. Diese sechs Caballeros befanden sich infolge des letzten Wahlausgangs ohnehin hoffnungslos in der Minderheit. Sie durften dennoch zufrieden sein: Die Reform war milde. Sie tastete bebautes Land nicht an, berührte selbst die Plantagen der Ausländer kaum und erfaßte keinerlei Grundbesitz unter hundertachtzig Hektar. Sie bestimmte nur die Einziehung brachliegender Ländereien, gegen Entschädigung sogar. Allerdings setzte Arbenz die Entschädigungssumme klugerweise nach dem Betrag fest, den die Eigentümer in ihrer letzten Steuererklärung selbst dafür angegeben hatten. So erhielt die United Fruit sechshunderttausend Dollar; sechzehn Millionen hatte sie gefordert.

Die Trust-Direktoren schäumten. Sie hatten schon vorher versucht, durch Rundfunk- und Pressekampagnen, Gerüchtemacherei, örtliche

Putschversuche, Attentate auf Linksliberale, Sperrung der Stromversorgung und andere Dinge die Regierung unter Druck zu setzen, und tatsächlich war es ihnen auf diese Weise gelungen, die Verabschiedung des Gesetzes ein volles Jahr zu verzögern. Nun kam ihnen eine neue Idee: Sie steckten sich hinter den Obersten Gerichtshof Guatemalas, in dem die Vertreter der zwanzig reichsten Familien des Landes saßen, und ließen das eben vom Parlament beschlossene Gesetz für verfassungswidrig erklären. Im Volk begann es zu kochen. Unter dem Druck der Massen erklärte die Nationalversammlung ihrerseits den Gerichtsbeschluß für ungesetzlich, löste den Obersten Gerichtshof auf und wählte einen neuen, der keine Einwände mehr erhob. All dies zog die Sache sehr in die Länge. Nachdem jedoch dieses Gegenmanöver gescheitert war, wurden im Herbst 1953 erstmalig hundertfünfzigtausend Hektar Brachland enteignet – schleppend zwar, gegen tausend Widerstände, aber das Reformwerk begann. Und zugleich veranlaßte Arbenz die Company, ihre überhöhten Bahntarife und den Preis für elektrischen Strom zu senken, ja er ließ sogar ein staatseigenes Elektrizitätswerk bauen.

Von dieser Stunde an beschloß Green Pope, es wie in alten Zeiten zu machen und die Regierung mit Waffengewalt zu stürzen. Zunächst wurde die Propagandamaschine gestartet, und der Draht nach Washington spielte. Außenminister John Foster Dulles nahm sich der Sache an. Obwohl es unter den siebenundfünfzig Abgeordneten Guatemalas nur vier Kommunisten gab, verkündete Dulles – selbst lange Zeit Rechtsberater und Großaktionär der Company –, in der Bananenrepublik sei ein rotes Schrekkensregiment ausgebrochen: Die Hand Moskaus bohre in Amerikas weichem Unterleib! Das war ein Hirngespinst. Tatsächlich existierte eine kommunistische Partei seit 1949. Sie gab eine Zeitung heraus – «Tribuna Popular», ich bekam sie später zu sehen –, hatte sich dem Block der drei bürgerlichen Parteien angeschlossen, war aber in der Regierung nicht vertreten. Es ist sicher richtig, daß sie bei der Verwirklichung der Bodenreform eine große Rolle spielte, auch eifrig beim Aufbau einer Einheitsgewerkschaft mithalf, denn die Landaufteilung und der Lohnkampf beschäftigte ihre Anhänger am meisten. Doch von kommunistischer Herrschaft konnte gar keine Rede sein.

Präsident Arbenz ließ sich vom amerikanischen Protestgeschrei nicht beirren. Im August 1953 händigte ihm das State Department eine Denkschrift aus, in der die US-Regierung dringend davor warnte, weiteres Land in die Reformen einzubeziehen; was immerhin offene Einmischung bedeutete. Seine liberalen Minister erklärten darauf, das Reformwerk sei ihre Idee, und sie sähen keinen Grund, damit Schluß zu machen, nur weil auch Kommunisten zu den Reformen stünden.

Das war zuviel; nun wurde es ernst. Da die Vereinigten Staaten nicht, wie sie es früher getan hätten, selbst in Guatemala einfallen wollten – sie hätten damit die UN-Charta verletzt –, zog Green Pope in Nicaragua einen Haufen von Strauchdieben zusammen. Landsknechte aus allen Teilen Zentralamerikas fanden sich bei gutem Sold dort ein, und auf der Insel Momontobito (im Lago de Managua unweit der Landeshauptstadt) bildete ein amerikanischer Oberst namens Carl T. Struder diese Horde im Bandenkampf aus; er schuf den Kern der «Befreiungsarmee». Nicaraguas Herrscher hatten nichts dagegen: In Nicaragua bestand noch das Regime, das 1925 von den US-Besatzungstruppen bei ihrem Abzug zurückgelassen worden war; Staatspräsident Anastasio Somoza drückte gern beide Augen zu.

Von Nicaragua aus konnte die «Befreiungsarmee» nicht geradewegs auf Guatemala marschieren, da der Bananenstaat Honduras dazwischenliegt. Dies war indes kein Hindernis. Der honduranische Präsident Juan Manuel Gálvez war 1948 als Syndikus der United Fruit zu seinem hohen Posten aufgestiegen; er hieß die Streitmacht der Company herzlich willkommen. Es gab und gibt in seinem Staat zwei große Landbesitzer, die Standard Fruit & Steamship Co. und die United Fruit. Ihre Plantagen liegen an der Nordwestküste, wo sie über eigene Häfen – Tela und La Ceiba –, Eisenbahnen und Polizeikräfte verfügen. Gálvez, der übrigens vier Monate darauf abtreten mußte, tat alles, um den Fruchtgesellschaften gefällig zu sein. Als nun deren Privatarmee um die Jahreswende 1953/54 gemächlich nach Honduras übersiedelte und der Nordgrenze des Landes näher rückte, alarmierte Guatemalas Regierung die Weltöffentlichkeit. Sie druckte ein Weißbuch, das Anfang Februar erschien und die USA beschuldigte, sie unterstütze eine Verschwörung der Diktatoren Nicaraguas, El Salvadors, Venezuelas und der Dominicanischen Republik, die allesamt planten, Guatemala zu überfallen. Gleichzeitig versuchte Arbenz, für sein schlecht gerüstetes Heer Waffen aufzukaufen; allein vergebens. In jenem Teil der Erde kontrollierten die Vereinigten Staaten das Waffengeschäft, und Amerika hatte sich seit 1949 beharrlich geweigert, dem unbotmäßigen Kleinstaat auch nur eine Patrone zu liefern.

In seiner Bedrängnis kaufte das Land eine Schiffsladung Kriegsmaterial von der Tschechoslowakei. Washington schien darauf nur gewartet zu haben. Sofort meldeten sämtliche US-Rundfunkstationen diesen Vorgang, und hundert Kommentatoren erklärten pausenlos, Guatemala sei nunmehr in der Lage, ganz Mittelamerika militärisch zu beherrschen und unters kommunistische Joch zu zwingen. Auch im Blätterwald hub ein großes Gezeter an: Die Presse forderte die Regierung auf, etwas dagegen zu tun! Und so richtete das Pentagon auf allgemeinen Wunsch eine Luftbrücke ein, die Guatemalas Nachbarn Waffen brachte, um, wie Außenminister Dulles sagte, «das Gleichgewicht der Kräfte wiederherzustellen». Dr. Luis Guerra war vom Campechestamm aufgestanden; im waagerechten Schein der Morgensonne machte er ein paar ziellose Schritte. Mir war nicht wohl. Ich mochte ihn, und er tat mir leid. Er war ein fairer Partner, aber Guatemala war sein Land, nicht meins.

Plötzlich wandte er sich um, deutete mit dem Daumen über die Schulter – dorthin, wo am Anfang des Rollfeldes die Bonanza stand. Er fragte: «Was würde der Posten tun, wenn Sie in Ihrer schönen Uniform auf ihn zugingen und ihm mitteilten, Sie wünschten einen Probeflug?»

«Er würde nicht wagen, mir zu widersprechen», antwortete ich verblüfft.

«Wir haben seit heute früh Westwind», sagte er. «Nehmen wir an, Sie stiegen allein ein, unter den Augen der beiden Soldaten. Sie würden nichts dabei finden, wenn Sie erst zum Ende der Startbahn rollten und dort die Maschine wendeten, damit Sie gegen den Wind aufsteigen, wie das jeder Flieger tut. Daß meine Tochter und ich hier auf Sie warten und in die Fondsitze klettern würden, könnte von dahinten aus nicht bemerkt werden. Chabelita hält sich bereit.»

Inzwischen hatte ich mich gefaßt. «Der Posten weiß, die Maschine steht nur dem General zur Verfügung», sagte ich. «Er würde mir nicht verbieten zu starten, aber Ydígoras sofort verständigen.»

«Gesetzt den Fall, er unterläßt das?»

«Bleibt der Motorenlärm. Man kann nicht sofort losbrummen, die Motore müssen ein paar Minuten warmlaufen. Natürlich könnten wir uns aus der Kiste heraus mit Maschinenpistolen wehren. Verstehen Sie, damit umzugehen?»

Darauf erwiderte er nichts. Er zog seine Lippen durch die Zähne und starrte aufs Meer hinab. Sich vom Flugzeug aus in ein Feuergefecht mit Gegnern einzulassen, die gut gedeckt und in der zehnfachen Überzahl waren, mochte auch ihm als nicht besonders erstrebenswert erscheinen. Vielleicht stellte er sich jetzt vor, wie ihre Geschoßgarben die Aluminiumhaut unseres Vogels zerfetzten, daß es ihn, Chabelita oder die Benzintanks traf und wir alle in einer steilen Stichflamme verbrannten; man weiß ja nie genau, was in den Köpfen der Mitmenschen vorgeht. Vielleicht suchte sein beweglicher Verstand nach einem Ausweg. Er neigte zu kühnen Lösungen; ich hatte mich schon mehrmals gefragt, ob er Kommunist sei.

Möglich war es. Ich wußte, auch in Zentralamerika gehörten akademisch gebildete Männer dieser Partei an, sofern sie nicht übermäßig reich waren. Bei Dr. Luis Guerra sprach manches dafür, wie die Tatsache, daß in seinen Reden der Honduras-Generalstreik ständig wiederkehrte. Er wollte sogar dorthin! Die wahren Zusammenhänge habe ich erst sehr viel später erfahren, und für das, was hier geschildert werden muß, spielten sie auch keine Rolle. Von den «Befreiungstruppen» sind all diese Leute später sowieso über einen Kamm geschoren, als Rote gebrandmarkt und mit unbeschreiblicher Grausamkeit verfolgt worden.

Jetzt sah er mich an, und mir wurde klar, er gab noch nicht auf. «Motorenlärm?» fragte er. «Der ist nicht so schlimm. Die Schlafzimmer liegen alle nach hinten. Erinnern Sie sich, am Montagmorgen haben weder Sie noch ich gehört, daß die Maschine startete.»

Das stimmte genau. Wir hatten beide geglaubt, sie stünde noch da, und nachher fand ich nur noch die Radspuren im Gras. «Der Posten», fuhr er fort, «wird sich hüten, Ydígoras zu wecken. Jetzt schlafen sie alle noch! Es ist fünf Uhr morgens, die Caballeros haben bis spät in die Nacht hinein gezecht. Wachen sie wirklich auf, werden sie Kimme und Korn ziemlich schlecht unterscheiden können.»

Ich bemerkte, daß er diesmal vermied, mir Geld anzubieten. Am Montag hatte er von fünfhundert Dollar gesprochen, heute schwieg er über diesen Punkt. Entweder bedeutete das, daß ich in seiner Wertschätzung gestiegen war – oder man hatte ihm die Brieftasche weggenommen. Womöglich war der knisternde Zwanzigdollarschein in meiner Brusttasche ein Teil seines Besitzes. Was wollte er ohne Geld in Honduras anfangen? Und ich mit diesem schmalen Schein? Jeder Versuch, die geraubte Bonanza zu verkaufen, schien mir aussichtslos.

Ich sagte: «Selbst wenn wir wider Erwarten gut wegkommen hier, kann Ydígoras uns immer noch erwischen. Dort unterm Dach nämlich sitzt ein Funker, sehen Sie die Antenne? Der würde unsere Flucht sofort durchgeben, mit der freundlichen Bitte, uns abzufangen. Ich nehme an, die Bananenarmee hat Luftstreitkräfte?»

«Eine Staffel Thunderbolts», antwortete er. «Sie steht in den Häfen von Nordwest-Honduras. Vielleicht schickt Ydígoras sie hoch, läßt sie Sperre fliegen vor der Küste ... Aber ich glaube, da schlüpfen wir durch. Die Küstenlinie ist sechshundert Kilometer lang, etwas viel für zwölf Jagdmaschinen, nicht wahr?»

Im stillen bewunderte ich ihn. Wiederum verhehlte er mir nichts, er blieb der faire Partner. Mir gefiel seine Offenheit, die Jagdstaffel gefiel mir weniger. «O nein», sagte ich. «Es ist nicht zuviel. Sie fliegen im Fünfzig-Kilometer-Abstand, und wenn sie Erfahrung haben im Fischen, wird das Netz verdammt eng. Die Thunderbolt ist doppelt so schnell wie die Bonanza; sie hat auch, im Unterschied zu ihr, acht überschwere MGs vorn in den Tragflächen stecken. Ein Feuerstoß daraus genügt für uns.»

«Dann müßte man nachts den Durchbruch wagen», antwortete er, noch voller Zuversicht. «Sie haben kein Radar. Nachts muß es uns spielend gelingen.»

Es tat mir weh, den Kopf zu schütteln, in seinem Gesicht die Enttäuschung zu lesen. Er konnte nicht ahnen, wie mir seit letztem Sonntag vor einem Nachtflug graute: über unbekanntem Meer und fremden Küsten, ohne kundigen Navigator.

«Schade», sagte er. «Señor Morena, ich habe natürlich kein Recht, von Ihnen das zu erwarten. Lassen Sie uns Freunde bleiben.» Und er ging, ließ mich allein. Ich sah seine Gestalt im Haus verschwinden.

Eine Dreiviertelstunde lang saß ich noch auf dem Campechestamm und blickte südwärts übers Meer. Am Horizont schäumte es weiß, das waren die Halbmond-Klippen. Niemals erspähte ich während dieser Tage die Rauchfahne eines Dampfschiffes. Abseits aller regelmäßig befahrenen Routen träumte die Dolch-Insel in den Tropentag hinein. Sie war ein verschwiegenes Piratennest am Westrand der Karibischen See, und ich glaube, die alten Flibustierkapitäne und auch der englische Seeräuber Brewer, dessen Schlupfwinkel 120 Seemeilen westwärts lag, müssen sie gekannt haben.

Ich wartete, weil es mir ratsam erschien, zu vermeiden, daß man Dr. Guerra und mich knapp hintereinander das Haus betreten sah.

Es tat mir wohl, untätig dazusitzen. Ich beobachtete Eidechsen und horchte auf das Kreischen des Cuchochitovogels, dessen Gesang eher dem Winseln junger Hunde ähnelt. Doch als mein Magen immer heftiger knurrte, ging ich zurück, vorbei an dem Doppelposten, der das Flugzeug bewachte. Ich dachte daran, wie leicht es mir am ersten Tag gefallen war, mit dem Mestizen umzugehen, der das Waffenlager streng bewachen sollte. Nur weil Steve das Gerücht ausgestreut hatte, ich sei Primer-teniente, hatte er mir erlaubt, eine der Hamburger Kisten zu öffnen. Aus dem zerlumpten, nichtbestätigten Oberleutnant war nun ein voll uniformierter Capitán geworden, dem die Posten erst recht nicht widersprochen hätten, wäre er jetzt ins Flugzeug geklettert ... Ich schob diesen Gedanken von mir weg. Ich hatte nein gesagt, und dabei blieb es.

Im Zimmer trank Steve schon Kaffee. Neben der Erdbeermarmelade lag eine ziemlich kurze Maschinenpistole, sie hatte dicht unterhalb der Mündung einen Griff für die linke Hand, mit vier Fingermulden, eine fremdartige Waffe, gewiß leicht zu handhaben, ursprünglich wohl für Gangster bestimmt. Dabei stand ein Fläschchen ganz klaren, erstklassigen Nähmaschinenöls. Steve hatte noch nicht mit der Waffenpflege begonnen; er putzte, den Mund voll Frühstücksbrot, an einem blinkenden Brustharnisch herum, der ihm auf den Knien lag. Amerikas G-Men, so erinnerte ich mich, trugen dergleichen zu gefährlichen Sondereinsätzen, etwa, wenn es galt, eine schwerbewaffnete Bande auszuheben.

«Das Frackhemd für den Boß», erklärte er mir. «Wo steckst du bloß? Er will dich sprechen.»

«Weshalb?»

«Zum Coronel befördern wohl.»

Ich setzte mich zu ihm und aß einen Happen. Steve war Ydígoras' Leibwächter und für alles verantwortlich, was die persönliche Sicherheit des Generals betraf. Ein leichtes Amt war das nicht. In einer regulären Gangsterbande nannte man solche Typen «Gorilla». Sie hatten den Boß zu begleiten, wohin auch immer er ging, mußten jedoch Abstand halten, liefen also auf der anderen Straßenseite oder saßen im Lokal ein paar Tische weiter, damit niemand sie als Leibgardisten erkannte, während sie jeden möglichen Feind, der sich dem Boß in unlauterer Absicht näherte, rechtzeitig bemerkten und durch Beinstellen, Tritte, Fausthiebe, Schlagring- und Totschlägergebrauch oder – im Notfall – Schuß aus der Hüfte blitzschnell erledigen konnten.

«Die Kanone ist meine», sagte Steve, «den Panzer zieht er selber an.» Er sprach ohne Bitterkeit, doch ich verstand, was er sagen wollte. Nun rieb er das Kettenhemd mit Silberputzwatte ab. Don Miguel hielt auf Reinlichkeit, er schätzte Eleganz auch dort, wo sie nicht sichtbar wurde.

«Er muß doch darin schwitzen?» fragte ich.

«Ach wo», antwortete er. «Stahl ist ein guter Wärmeleiter. Und dann, mein Sohn: safety first – zuerst kommt die Sicherheit! Er legt das Frackhemd immer an, wenn er Don Castillo seine Aufwartung macht.»

«Don Castillo?»

«Ist der Boß Nummer zwei, und wir befürchten, er möchte gern Nummer eins werden.»

Damals ahnte ich noch nicht, daß er mit seiner dunklen Prophezeiung recht behalten sollte. Ich stellte auch weiter keine Fragen, denn was dabei herauskommen würde, konnte ich mir an den Fingern abzählen. Eins hatte Steve bei Green Pope großartig gelernt – den Mund zu halten. Er rieb unentwegt über die Kettenglieder, sein Nacken schwitzte, und ich fing an, ihn zu verachten. Was für eine gottverdammte Sklavenseele war er doch! Ein bißchen tröstete mich das. Viel wert war ich wohl selber nicht, so tief jedoch wie er, hoffte ich niemals zu sinken.

Als ich bei Ydígoras eintrat, trug er weder ein Hemd noch sonst etwas. Das ganze Bad roch nach Nelken, und er lag in der gläsernen Wanne, von munteren Fischlein umspült. Hätte Don Miguel gewußt, daß Steve vor ein paar Tagen im selben Gefäß, das jetzt seine strammen Glieder umschloß, lebende Austern gehortet hatte, so würde ihn das kaum beunruhigt haben. Er war ein viel zu vitaler Mann, als daß er irgendwann Ekel verspürte. – «Buenos dias, Señor Capitán», grüßte er mich aus dem dampfenden Wasser heraus. «Sie lieben Morgenspaziergänge?»

Das klang harmlos, doch ich begriff sofort, jemand hatte mich mit Dr. Guerra gesehen und es dem General hinterbracht. Während ich nach einer glaubhaften Erklärung suchte, setzte ich mich ungebeten auf einen der Hocker. Mir fiel nichts ein, mein Kopf war, wie es in solchen Momenten geht, vollkommen leer.

«Der Doktor Guerra», sagte er, ohne mein formloses Benehmen zu rügen, «muß ein geistvoller Gesprächspartner sein. Anderthalb Stunden haben Sie mit ihm verplaudert, Capitán! Ich nehme an, Sie haben sich über mich unterhalten. Er wird Ihnen versichert haben, ich sei ein Schuft.» Dabei drückte er mit echtem Behagen den Schwamm über sich aus und starrte mich blinzelnd an, sein krebsrotes Antlitz glänzte naß.

«Verzeihung, Señor General», antwortete ich. «Von Ihnen war nicht die Rede.»

Mit einem Ruck richtete sich Ydígoras auf, am Fußende schwappte das Wasser über. «Von wem dann?» fragte er. «Señor Morena, falls Sie gegen mich konspirieren, spielen Sie mit Ihrem Kopf!»

In dieser Lage griff ich zur Lüge. «Ich habe mit Doktor Guerra über seine Tochter gesprochen», erklärte ich stockend. «Glauben Sie es oder glauben Sie es nicht, mein General: Ich bin in dieses Mädchen verliebt und möchte es bei mir haben.»

Don Miguel blies die Backen auf, er ruderte mit den Armen, unterdrückte ein Prusten. Ich sah, wie ein dicker schwarzgrüner Fisch sich seinem Knie näherte, mit den Flossen wedelte und erschreckt kehrtmachte; ein anderer strich ihm an den Hüften vorbei. Das zornige Glitzern in seinen Augen war erloschen. «Und deshalb sprechen Sie mit ihm?» rief er aus. «Da müssen Sie doch mich fragen!»

«Es tut mir leid, ich kenne mich in den Landessitten noch nicht ganz aus.»

«Dann werden Sie es sehr schnell lernen müssen!» schrie er, es hallte von den lindgrünen Kacheln wider. «Wenn Sie Dienstboten brauchen, dann kommen Sie zu mir! Mit diesem Guerra müssen Sie nicht verhandeln. Gehen Sie hin und holen Sie sich Ihr Indio-Girl. Sie können es an die Kette legen, vor Ihrem Bett schlafen oder nackt auf dem Tisch tanzen lassen – das alles erlaube ich Ihnen, solange die Truppe davon nichts merkt... Die Burschen gönnen uns nämlich solche Späße nicht.»

Er schien bereit, jedes Laster seiner Herren stillschweigend zu akzeptieren, zumal wenn sie für ausländische Spezialisten galten. Die Mannschaft hielt er in strenger Zucht, die Offiziere bei guter Laune.

«In zwei Stunden», sagte er, «fliegen Sie mich nach Tegúc, ins Oberkommando der Armee. Mister Baxter begleitet uns. Das war es, was ich

Ihnen zu sagen wünschte.» Mit diesen Worten richtete er sich auf, das aromatische Wasser rann plätschernd von ihm ab, er entstieg ohne Scham der Wanne und hüllte seine tropfenden Glieder in ein zartblaues Badetuch.

Für mich war dies wohl das Zeichen zu gehen, aber ich blieb. In meinem Kopf quirlte es. Mit den letzten drei Sätzen hatte er mich belogen – soviel war klar. Sein Leibpilot war ja nicht ich, sondern Ralph Kennard von der United Fruit, und wenn er mir nun befahl, ihn zu fliegen, so bedeutete dies, daß er mir noch immer mißtraute. Dem vermeintlichen Komplott begegnete er, indem er mir Guerras Tochter versprach und mich zugleich von dem Doktor trennte. Mir wurde übel beim Gedanken an das, was diesen beiden in meiner Abwesenheit vielleicht bevorstand. Und ich beschloß, mich zu widersetzen.

«Aber wie», fragte ich, «soll's mit dem Mädchen werden, Señor General? Ich bitte Sie, mich hierzulassen! Sie haben mir die Señorita doch eben ...»

Allein ich hatte, als ich dies sagte, nicht mit seiner Führernatur gerechnet, mit seiner Gabe, im Handumdrehen große Entscheidungen zu fällen. «Zum Teufel, wir haben noch einen Platz frei», unterbrach er mich. «Packen Sie das Girl mit ein!»

Er frottierte sich dabei den Rücken, und wie ich ihn so vor mir sah, kraftstrotzend und biegsam, nach Jasmin und Nelken duftend, da wußte ich – diese Antwort war endgültig.

Zwei Stunden später, gegen acht Uhr morgens, hob die Bonanza bei sanftem Westwind unter meinem Ruderdruck von der Startbahn ab, zog eine Schleife über Isla de Puñal, die ich nie mehr wiedersehen sollte, und schraubte sich in den Äther. «Kurs zwei-fünf-zwei», sagte Steve von hinten. Er saß im Fond neben Chabelita. Sie hatte ohne Tränen von ihrem Vater Abschied genommen, sprach aber mit keinem von uns ein Wort. Dr. Guerra hatte sie gebeten, mit mir zu gehen; fraglos, weil er wußte, daß ich sie besser zu schützen vermochte als er. Was in ihr vorging, ahnte keiner von uns.

Schon nach zwanzig Minuten sichteten wir den rotweißen Leuchtturm am Cabo Gracias á Dios – dem Gott-sei-Dank-Kap – und flogen nördlich der Rio-Coco-Mündung in Honduras ein. Auf Steuerbord dehnte sich die Carataska-Lagune; fahlgelber Strand hinter dem schäumenden Weiß der Brandung. Dann kamen Sumpfwiesen und das gleißende Lackgrün der Palmenwipfel. Auf Backbord spülte der Fluß Baumleichen und gelbbraunen Schlamm ins Meer. Er bildete die Grenze nach Nicaragua, doch hatten die «Nikis» sie im Verlauf eines Feldzuges 1937 überschritten und hielten das Küstentiefland seitdem bis zum Rio Kruta besetzt. Unter den Sümpfen und Savannen lagert – heute noch unberührt – Erdöl.

Neben mir sagte der General: «Gehen Sie etwas höher, Capitán. Dahinten kommt die Sierra Misoco. Tegúc liegt dreitausend Fuß hoch!»

Ich zog den Steuerknüppel an. Es war mir nicht angenehm, den General neben mir zu haben; er strahlte herrische Kälte aus. Zu diesem Zeitpunkt wußte ich noch nicht, wie sehr er mir mißtraute. Er hatte Steve mit dem strikten Befehl in meinem Rücken postiert, mich unverzüglich tödlich zu bedrohen, falls ich vom vorgeschriebenen Kurs abweichen sollte. Den Lauf der frischgeölten MPi zwischen den Schulterblättern, steuerte ich nichtsahnend die Metropole der Republik Honduras an. Als ich Steve später fragte, ob er wirklich geschossen hätte, falls ich in Richtung Guatemala abgedreht wäre, antwortete er: «Ich schätze, ja.» Meine zweite Frage, wer dann den Vogel gelandet hätte, kam ihm überraschend. Wie viele Leibwächter großer Herren hatte er ein schlichtes Gemüt. Seine Ehre hieß Treue.

Kurz vor zehn kurvten wir überm Rio Choluteca, einem klaren Bergfluß, an dessen Ufer die Hauptstadt in einem romantischen Hochkessel liegt. Ich fuhr das Fahrwerk aus und bat durch Bordmikrophon um Landeerlaubnis. Sie wurde mir sofort gewährt. Obwohl Tegucigalpa keinen Bahnanschluß hat und sich aller Fernverkehr auf dem Luftwege abspielt, lag der Flugplatz verlassen da. Nur eine DC-4 der «Pan American Airways» stand auf der Piste; niemand nahm von uns Notiz. Außer Steves Steg-gun, der kurzen Maschinenpistole, hatten wir nichts zu verzollen, und er vermied es, den Beamten damit zu erschrecken. Ein Taxi bekamen wir nicht, doch als wir den Vorplatz verließen, raste ein verwahrloster Jeep auf uns zu. Um den Arm trug der Fahrer die blaue Binde mit dem Silberschwert, er sprang heraus, grüßte militärisch und half uns, in sein Vehikel zu klettern.

Die Straßen der Stadt stiegen steil an und fielen dann jäh wieder ab. Sie waren fast menschenleer. Tegucigalpa hatte zu dieser Zeit achtzigtausend Einwohner, nur wenige davon bekamen wir zu sehen. An den Ecken der meist einstöckigen Häuserzeilen – man baut wegen der Erdbebengefahr in ganz Mittelamerika so – standen kleine Gruppen von Polizisten, die amerikanischen Stahlhelme in den Nacken geschoben. Sie hatten Knüppel oder Gewehre in den Fäusten und Löcher in ihren sandfarbenen Hemden. Worauf sie dort warteten, von der Mittagssonne halb betäubt, sollten wir bald begreifen.

Kaum hatten wir den Parque central mit den Kasernen und der Kathedrale passiert, da begegnete uns von rechts ein Zug ärmlich gekleideter Menschen, die Plakate trugen. Darauf las ich in spanischer Sprache: HÄNDE WEG VON GUATEMALA! und FRIEDEN UND BROT FÜR DIE KINDER! und WERFT DIE ARMAS-BANDITEN HINAUS! Es waren sechs- oder achthundert Männer und Frauen, sie marschierten schweigend in der fürchterlichen Glut eine der Treppenstraßen herab, und vor ihnen her lief Polizei.

Als unser Jeep vor einer blendendweißen Hotelfassade stoppte, hörten wir in der Ferne schrille Schreie; die ersten Schüsse fielen. Offenbar versuchte die Polizei, die Demonstration mit Waffengewalt aufzulösen. – «Banditen», sagte der General, und ich war keinen Augenblick im Zweifel, wen er damit meinte.

Die Hoteljalousien waren heruntergelassen, auf dem flachen Dach standen Posten. Im Portal kauerten, den Karabiner im Anschlag, Männer mit blauen Armbinden hinter einer Sandsackbarrikade. Das ganze roch nach Krieg. Die Soldaten machten uns Platz, ein Major salutierte, wir gelangten unangefochten ins Innere. Dort war es schattig und kühl, riesige Topfpflanzen grünten, ein kleiner Springbrunnen erfrischte durch sein Geplätscher. Es wimmelte in der Halle von olivgrünen Uniformen, abenteuerlichen Gestalten und seltsamen Waffen, Offiziere kamen und gingen, und mir wurde klar, das «Oberkommando der Armee», von dem der General gesprochen, hatte sich im Hause einquartiert. Allerdings schenkte man Ydígoras und seinem Galarock hier nicht die Beachtung, die ihm nach Rang und Auftreten gebührte. Sein Erscheinen fiel auf, man drehte sich um, grüßte nachlässig oder korrekt, doch niemand kroch vor ihm wie auf der Dolch-Insel.

Nach kurzer Wartefrist näherte sich eine Ordonnanz und meldete: «Caballero, Coronel Armas erwartet Sie. Wollen Sie die Güte haben, mir zu folgen.» Don Miguel machte uns ein Zeichen: Wir sollten ihn begleiten.

Der Fahrstuhl war außer Betrieb. Es ging über zerschlissene Läufer eine breite, knarrende Treppe hinauf, vorbei an Gipsstatuen und Kreuzen. Mir war nicht entgangen, daß man es allgemein vermieden hatte, Ydígoras mit «General» anzureden; machte man ihm hier seinen Titel streitig? Dann würde es sich bei jenem Oberst Armas wohl um einen unbotmäßigen Unterführer handeln, um den «Boß Nummer zwei» vielleicht, von dem Steve gesagt hatte, er wünsche Nummer eins zu werden. Nun endete die Treppe. Ein trister Hotelkorridor lag vor uns, mit einem Dutzend braungemaserter Türen. Unsere Schritte hallten von den ausgeblaßten Tapeten wider.

Weshalb nahm Ydígoras uns drei mit sich? Sicherlich nur, um nicht ganz ohne Gefolge dazustehen und seinem Auftritt mehr Gewicht zu geben. Chabelita scheuchte er, ehe wir in Armas' Zimmer eingelassen wurden, mit einer Handbewegung weg. Ich konnte eben noch sehen, wie sie sich teilnahmslos auf ein kleines rotes Plüschsofa setzte, neben eine hohe Keramikvase, in der schneeweiße Orchideen steckten – die Nationalblume der Guatemalteken. Um ihr Mut zu machen, winkte ich ihr zu, doch sie kümmerte sich nicht darum. Dann sprang die Tür auf, die Ordonnanz ließ uns passieren.

Wir traten in einen hohen düsteren Raum. Die Jalousien sperrten das Sonnenlicht aus, bis auf ein Dutzend schmal geschnittener Streifen. Sie liefen quer über den dicken weinroten Teppich. Appartements in zentralamerikanischen Hotels sind entweder hypermodern möbliert oder mit traditionsbeladenem spanischem Prunk vollgestopft. Dies hier war eins von den letzteren. Es gab Trumeaus, Wandspiegel mit verschnörkelten Rahmen, geschweiftes Edelholz, Seidentapeten, geschliffene Karaffen, bronzene Wandarme, einen Kristallkronleuchter und all den anderen scheußlichen Kram der Jahrhundertwende. Links an der Wand hing ein vergoldetes Kruzifix, rechts ein Bildnis der Heiligen Madonna, daneben ein riesiges Gemälde, das aus Gründen, die mir bald klarwerden sollten, mit dunklen Tüchern verhüllt war.

Als wir hereinkamen, legte abseits hinter einem altmodischen Sekretär ein magerer kleiner Mann die Feder aus der Hand, stand flink auf und kam um das Schreibpult herum. Er trug eine helle, saubere, schmucklose Uniform, hatte drei goldene Coronelsterne auf den Schultern, doch an der Brust keinen einzigen Orden. Es war der 39jährige Oberst Carlos Castillo Armas, ein ehemaliger guatemaltekischer Generalstabsoffizier, den nach einem mißglückten Putschversuch der damalige Armeeminister Jacobo Arbenz im November 1950 hinter schwedische Gardinen gebracht hatte. Durch einen Erdtunnel unter den Mauern hindurch glückte Armas die Flucht nach Honduras, wo er ein Freikorps aufstellte, das später mit der «Befreiungsarmee» in Nicaragua vereinigt worden war. Wenn Ydígoras als der politische Kopf dieser Bewegung galt, so schien mir Armas eher ihr militärischer Führer zu sein. Er wirkte schlichter, soldatischer; ich fand bald heraus, daß dieser Eindruck mich nicht trog. Freilich mangelte es Armas gänzlich an Beredsamkeit, was in jenen Ländern die Karriere ungemein erschwert. Seine Augen waren umschattet; sooft ich ihn später noch sah, blickten sie melancholisch. Doch zuweilen glomm ein fanatisches Feuer darin.

Jetzt gingen die beiden Befehlshaber aufeinander zu. Ydígoras würdig, die blauweißgolden drapierte Brust geschwellt, mit großem Aplomb, Armas katzenhaft leise, nervös, das schmale Gesicht stolz erhoben – Ydígoras war größer als er, wenn er dicht vor ihm stand, mußte er den Kopf in den Nacken legen. «Ich heiße Sie im Hauptquartier willkommen, Don Miguel», sagte der Oberst mit halblauter, kaum vernehmbarer Stimme. Auch er umging die militärische Anrede. «Hoffentlich hatten Sie eine angenehme Reise.»

Das war dürftig. Der kleine Coronel verblaßte neben dem starken General. Draußen peitschten drei, vier Schüsse, niemand hörte darauf.

«Don Castillo», sagte Ydígoras – und er hütete sich gleichfalls, den Rang seines Partners zu bestätigen –, «ich habe Ihnen mitzuteilen, daß ich jederzeit in der Lage bin, Puerto Barrios einzunehmen. Mein Comandante Tempestad ist bereit, die Stadt von der Seeseite her zu stürmen, und ich habe mir erlaubt, gewisse Vorkehrungen zu treffen, die ein Gelingen des Handstreichs verbürgen.»

«So», sagte der Oberst. «Tempestad . . ., das ist doch dieser Polizist aus Panama? Nicht gerade ein Spezialist für maritime Operationen, scheint mir.»

«Mein bester Mann», erwiderte Fuentes dröhnend.

Unvermittelt deutete Armas auf uns und fragte: «Wer sind diese Leute dort?»

«Mister Baxter, mein Adjutant», antwortete der General, «und mein Militärberater, ein Hauptmann aus dem deutschen Generalstab, hat jahrelang gegen die Bolschewisten gekämpft und kennt alle Kniffe der kommunistischen Kriegstaktik.» Dies fügte er aus eigenem Ermessen hinzu, um das martialische Bild zu runden.

«Wenn diese Leute zu Ihrem persönlichen Stab gehören, sollen sie bleiben», entschied Armas. Er trat zur Tür und rief vier seiner Herren herein – wohl um ein ihm genehmes Mehrheitsverhältnis herzustellen und das Übergewicht seiner Kräfte zu betonen. Dann stellte er sich unter das Bildnis der Heiligen Madonna, wies zu jener schwarzverhängten Wandpartie hinauf und befahl, die Tücher zu entfernen. Zwei seiner Offiziere kletterten auf Stühle.

Mich schauderte. Ein paar Sekunden lang glaubte ich, es stünde ein militärisch-religiöser Weiheakt bevor, eine Kulthandlung, durch welche das Auge des Allerhöchsten auf die Machenschaften der «Befreiungsarmee» gelenkt und sein Segen herabgefleht werden sollte. Ich bin kein gläubiger Mensch, und mir sind solche Szenen stets peinlich gewesen. Auch war der Teppich staubig; wenn ein Kniefall erforderlich war, würde ich mir die weißen Hosen beschmutzen. Doch meine Befürchtungen wurden zerstreut, die Hüllen fielen, und kein frommes Bildwerk hing dort an der Wand, sondern eine strategische Karte des Kriegsschauplatzes.

Sie zeigte ganz Mittelamerika. Blaurote Sternenbanner aus Zelluloid spießten dort, wo sich US-Militärbasen befanden: bei Key West im Norden, auf dem Panama-Isthmus im Süden; dazwischen lagen Exuma (von England gepachtet, inmitten der Bahamas); ein Flugplatz auf dem britischen Jamaica; Guantánamo in Ostcuba; die Insel Navassa vor der Windward-Passage, dem Tor zum US-Mittelmeer zwischen Cuba und Haïti;

Puerto Rico; St. Thomas – die größte der Jungfern-Inseln, die Amerika aus strategischen Gründen im August 1916 für 25 Millionen Dollar von Dänemark gekauft hatte; und die ehemals britischen Stützpunkte auf den Kleinen Antillen: Trinidad, Antigua, Santa Lucia; diese hatten die Vereinigten Staaten 1941 ihren angelsächsischen Brüdern für fünfzig alte Zerstörer auf neunundneunzig Jahre abgeschwatzt. Hinzu kamen zwei Fähnchen links unten in Nicaragua, wo kürzlich amerikanische Luftlandetruppen eingetroffen waren.

Alles war nett und übersichtlich gezeichnet. Ich verstand schon, weshalb Armas die Eintragungen sorgsam auf dem laufenden hielt: Dort, wo die «Stars and Stripes» hafteten, sprudelten die Quellen seines Nachschubs, ruhten die Pfeiler seiner Macht. Diese Fähnchen bedeuteten sein Rückgrat, in ihrem Schatten würde er Zuflucht finden, falls die Sache schiefging.

Der Oberst ergriff einen Bambusstab, der ihm als Zeigestock diente; er sagte: «Wir haben uns entschließen müssen, den Aufmarschplan zu ändern. Sie wissen, Don Miguel, unser Unternehmen in seiner ursprünglichen Form wurde verraten. Danach war vorgesehen, unsere Truppen aus El Salvador und Nicaragua mit Landungsbooten an der Pazifikküste abzusetzen, besonders bei San José und Champerico, und dann auf Escuintla vorzurücken und zunächst das wichtige Kaffee- und Bananengebiet südlich der Sierra Madre in unsere Hand zu bringen. Das hat die Arbenz-Clique in ihrem Weißbuch ja genau geschildert, also kam es nicht mehr in Betracht.»

«Das Weißbuch, Don Castillo», bemerkte der General, «ist im Februar erschienen.» Ich konnte hören, wie es ihn kränkte, daß Armas so tat, als habe er die Entwicklung versäumt.

«Das ist mir bekannt», sagte der Oberst steif. «Bitte, ich möchte der Reihe nach vorgehen. Auch unseren zweiten Plan, nämlich den Schwerpunkt an der Nordgrenze El Salvadors zu bilden und von dort aus längs der Panamerikanischen Autostraße direkt auf Guatemala-City vorzustoßen, mußten wir leider fallenlassen. Die Regierung in San Salvador befürchtet, der Streik könnte auf ihr Territorium übergreifen, wenn wir dort durchmarschieren. Das ist nicht ganz von der Hand zu weisen. El Salvador wünscht sich nunmehr neutral zu verhalten.»

Wieder fielen draußen Schüsse.

«Und wie», fragte der General, «wollen Sie diesen Krieg nun führen? Hier liegt doch jede Verbindung lahm! Nicht mal ein Taxi gab es am Flugplatz! Der Mob macht die Straßen unsicher, soweit überhaupt Straßen vorhanden sind!» – Auf seiner Stirn erschienen Schweißperlen. Er trat dicht an die Karte heran und rief: «Hier sind gar keine eingezeichnet! Zwischen diesem Kaff und Guatemala existiert keine einzige brauchbare Straße! Wie wollen Sie da Krieg führen, Don Castillo?»

«Mit Flugzeugen», antwortete Armas. «Wir haben alle verfügbaren Maschinen gechartert, damit transportieren wir die Armee seit Dienstag westwärts bis zur Grenze; an Benzin fehlt es ja nicht.» Er reckte die kleine, sehnige Gestalt, strich sich nervös über das wellige dunkle Haar und sagte: «Morgen früh um fünf Uhr greifen wir an.»

Großes Schweigen. Keiner der Herren machte eine Bewegung. Des Generals Kinn sank herab, sein Mund klaffte auf, ein sonderbares Röcheln drang aus seiner Kehle. Die übrigen waren erstarrt. Es war ein historischer Augenblick. Oberst Armas stand, das Bambusrohr in der Rechten, kerzengerade unter der Karte. In seinem asketisch-spitzen Gesicht regte sich kein Muskel. Erst jetzt nahm ich an ihm ein Lippenbärtchen wahr.

Vor der Korridortür gellte ein Schrei.

«Qué hay?» fragte Ydígoras. «Was ist los?» Er schien benommen. Armas hatte ihn mit seinem Kriegsplan überrumpelt, verwirrt, an die Wand gedrückt. Ich war gespannt, wie Ydígoras reagieren würde, sobald er erst einmal völlig begriff, daß man ihn restlos kaltgestellt hatte. Es ist immer ein Genuß, einen starken Mann kämpfen zu sehen.

«Verzeihen Sie, Caballeros», sagte der Oberst. «Anscheinend wieder eine Vernehmung. Ich habe mir Ruhe erbeten, aber man nimmt keine Rücksicht. Morgen um fünf schlagen wir los. Unser Motto ist ‹Gott und Ehre›! Wir haben nicht ganz zweitausend Mann ins Grenzgebiet gebracht; natürlich wirken sich die Regenfälle hemmend aus. Das Tagesziel der ersten Welle ist die Linie Quezaltepeque–Gualan; das heißt, ich befehle, in diesem Abschnitt auf breiter Front fünfzehn Kilometer tief in Guatemala einzudringen und mögliche Grenzsperren wegzuräumen. Im Norden soll der Rio Motagua gegen Abend allgemein erreicht sein. Mit dem Fall von Puerto Barrios rechne ich erst am zweiten Tag.»

«Sie wollen es von der Landseite her erobern?» schrie Ydígoras. Er war rot angelaufen, sein Hals schwoll, an der Schläfe trat eine violette Ader hervor.

«Von der Landseite», bestätigte Castillo Armas leise, beinahe flüsternd. Er handhabte seinen Zeigestab graziös und strich über die Bahnlinie, die Gualan mit Puerto Barrios verband. «Don Miguel, das steht vollkommen fest. Die Befehle, von mir unterzeichnet, sind seit gestern heraus.»

Wieder gellte vom Korridor her ein Schrei, hoch und spitz, es ging mir durch Mark und Bein. Mein Gott, die Stimme kannte ich doch! So hatte Chabelita geschrien, gestern abend, als ich in ihr Zimmer eingedrungen war. «Entschuldigen Sie», stammelte ich und wandte mich zum Ausgang; ich glaubte zu bemerken, wie Steve mir folgte.

Ich sah sofort, einer der Armas-Offiziere hatte versucht, mit Chabelita anzubändeln. Sie stand keuchend, den Rücken zur Wand, mit halb ausgebreiteten Armen neben der hohen Vase. Ihr Kleid war an mehreren Stellen zerfetzt. Sie stieß wilde Beschimpfungen aus, von denen ich nichts verstand. Ihr gegenüber preßte ein junger, überaus kräftiger Mann seine Hand gegen die Stirn; zwischen den Fingern sickerte Blut hervor. Jetzt ließ er los, aus seinen Augen traf mich ein schwerer Blick. Den Schulterstücken nach war er Major.

Wie ich nach dem Zwischenfall erfuhr, galt dieser Major in der «Befreiungsarmee» als gefürchteter Raufbold und Weiberheld. Niemand wagte sich an ihn heran, da er – von den Muskelpaketen und seiner Schießkunst abgesehen – mächtige Verwandte hatte. Er hieß Luis Reyes und war ein Neffe von Anastasio Somoza, dem Staatsoberhaupt Nicaraguas. «Tacho» Somoza, den die Amerikaner auf den Präsidentenstuhl gesetzt hatten, ehe sie 1925 Nicaragua verließen, war seit dreißig Jahren im Amt, wenn auch die Verfassung vorschrieb, daß alle vier Jahre ein neuer Präsident gewählt werden müsse. Im Laufe seiner Regentschaftsperiode hatte er sich angewöhnt, das ganze Land als seine höchst private Latifundie zu betrachten: Ihm gehörten elf Prozent des gesamten Bodens der Republik, Hunderte von Häusern, Baumwollmühlen, Schnapsfabriken, Rinderherden, Textilbetriebe, die Handelsflotte und fast alle Zeitungen, die in Managua erschienen. Neben Green Pope war er der größte Privateigentümer im Staate. Einer seiner Söhne kommandierte die Armee, ein anderer die Polizei, der dritte sollte sein Nachfolger werden, und auch für die entfernteren Glieder seines Geschlechts hatte er mit väterlicher Hand gesorgt. Dem Major Luis Reyes, der jetzt vor mir stand, gehörten ein Silberbergwerk in der Sierra de Yali, Erdöltürme an der Küste und Diamantenfelder am Oberlauf des Rio Grande.

«Was wollen Sie?» fauchte der Major mich an. «Was stehen Sie da und glotzen? Zum Teufel mit Ihnen! Scheren Sie sich weg!»

«Erst, wenn Sie das Mädchen in Ruhe lassen», antwortete ich.

Was diesen Worten folgte, spielte sich in vier oder fünf Sekunden ab. Er duckte sich, wollte sich auf mich stürzen. Sicher hätte er mich besiegt, da er aufs äußerste gereizt und ich ihm körperlich unterlegen war. Da aber leistete mir Steve einen großen Freundschaftsdienst. Er öffnete sein Jackett, zerrte mit kurzem Ruck die Maschinenpistole heraus – sie hing an einem Riemen schußfertig unter seiner Achsel – und zielte genau auf Don Luis' Bauch. «Hands up!» befahl er, am Abzug fingernd. Keiner der Gangster, die je eine Filiale der First National Bank in Detroit oder Philadelphia geplündert haben, hätte es besser gemacht als er.

Major Reyes hob langsam die Arme, maßloses Erstaunen und etwas

Blut im Gesicht. Es lief ihm rot in den Mundwinkel, seine Zunge leckte danach. Bald stierte er mich, bald Steve an. Ich werde nie den Haß vergessen, der aus seinen großen, feucht glänzenden Augen sprühte. Und in diesem Moment zertrümmerte Chabelita die Orchideenvase auf seinem Scheitel.

Don Luis' Augen weiteten sich, auch unterhalb der Pupillen wurde das Weiß der Augäpfel sichtbar. Sie quollen unnatürlich hervor, während Keramiktrümmer und Blütenzweige über seine Schultern fielen. Er wackelte ein bißchen mit dem Kopf. Dann knickten ihm die Knie ein, sein Oberkörper rutschte langsam, über die Wand schrammend, abwärts. «Das ... werdet ... ihr ... mir ...», sagte er, war aber nicht mehr imstande, den Satz, der kaum eine Belobigung enthielt, ordentlich zu vollenden. Eine weiße Orchideenblüte – die Nationalblume der Guatemalteken – hing ihm im Haar. Er blinzelte, streckte die Füße quer über den Gang, verdrehte die Augen; dann sank sein bullenhafter Oberkörper um.

«Geht 'rein», sagte Steve. «Ich kümmere mich um den.»

Bevor ich die Tür öffnete und – um Chabelita zu decken – als erster ins Konferenzzimmer trat, fragte ich sie: «Warum die Vase? Das war ein bißchen heftig.»

Als ich in den Beratungsraum zurückkehrte, war eine Wende eingetreten. Ydígoras schien sich gefaßt zu haben, offenkundig war er im Angriff. Ich schickte Chabelita hinter einen Wandschirm – es nahm von uns niemand Notiz – und näherte mich meinem General. Er barst geradezu vor Hohn. In seiner Hand raschelte ein Schriftstück, aus dem er in beißender Ironie Satz für Satz zitierte. Mit militärischen Fragen hatte das, wie ich hörte, nichts mehr zu tun; es schien sich um Propaganda zu handeln. Übrigens hingen wieder schwarze Tücher vor der Wandkarte, so daß man annehmen durfte, die Erörterung strategischer Probleme sei inzwischen zu Ende geführt oder ergebnislos abgebrochen worden – für mich eine Erleichterung, da ich meine Beraterrolle vor so vielen kundigen Augen nicht gern gespielt hätte. Mancher zentralamerikanische Offizier hat eine ausländische Militärakademie besucht, in Guatemala selbst besteht eine Kriegsschule; es ist daher irrig, anzunehmen, ich hätte den Caballeros mühelos Sand in die Augen streuen können.

Den Inhalt der Schrift wiederzugeben, die Don Miguel so sarkastisch verlas, fällt schwer. Sie trug die mystische Überschrift «Durch Symbole zur Wirklichkeit», und was folgte, war verworren. Erst nach und nach dämmerte es mir, daß dies nichts anderes als das politische Programm der «Befreiungsarmee» sein sollte. Coronel Carlos Castillo Armas selbst war der Urheber des merkwürdigen Dokuments, das ein Mittelding zwischen einem patriotischen Aufruf und dem Leitartikel eines Bibelforscherblattes war. Der Coronel empfahl darin seinen Soldaten, für die «Symbole Gott, Vaterland, den gekreuzigten Heiland und die Gnade der Freiheit» zu kämpfen und notfalls zu sterben. Diese Forderung erläuterte er ihnen mit der Behauptung, daß Gott gleichbedeutend sei mit Güte, Wahrheit, Wohlstand und Antikommunismus, während andererseits das Böse, die Lüge, der Hunger, das Teuflische und der Kommunismus mehr oder minder identisch seien. So reihte sich Zeile an Zeile; es war ein dunkles Geschwafel. Die Herren blickten betreten.

Des Generals Stimme schwang hell und scharf durch den Raum. Einige der Kernsätze enthielten groteske Stilblüten; wären nicht die gequälten Mienen der Stabsoffiziere gewesen, ich hätte das Ganze für eine Parodie gehalten, für einen verfrühten Faschingsscherz. Es fiel Ydígoras leicht, die Schale seines Spotts über das tiefsinnige Machwerk zu gießen. Dieses war in nichtssagenden, aber so hochtrabenden Wendungen abgefaßt, daß weder die eigenen Soldaten noch die Bevölkerung, an die sich das Schriftstück gleichfalls wandte, irgend etwas daraus entnehmen konnten, mit Ausnahme eines Satzes, der da lautete: «Bald werde ich bei euch sein!»

«Das ist schon gedruckt, nicht wahr?» fragte der General.

«Gewiß», antwortete Armas. «Seit einer Stunde strahlen auch unsere zwei Sender diese Botschaft aus.»

«Wenn Sie gestatten», sagte Ydígoras, «werde ich das überarbeiten. Vielleicht ist noch etwas zu retten.» Armas zuckte die Achseln, seine Herren nickten erleichtert. Don Miguel steckte das Dokument ein; zu der angekündigten Bearbeitung sollte es übrigens nicht mehr kommen. Ich glaube, in diesem Augenblick überschätzte er seinen Triumph. Bei Licht besehen, war er vom General zum Redakteur befördert worden.

Für die Schwäche seiner Verhandlungsposition, wie sie sich hier am Nachmittag des 17. Juni 1954 in Tegucigalpa offenbarte, gibt es mehrere Gründe. Er genoß das Vertrauen der Amerikaner gewiß ebenso wie Armas; Ydígoras' Verbindung zur United Fruit, deren Angestellter er gewesen war, galt sogar als besonders eng. Doch verfügte Armas über noch andere Geldquellen. Ihn unterstützten zusätzlich nordamerikanische Firmen wie die Standard Fruit Company, die zur Verteidigung ihrer zentralamerikanischen Interessen einen gemeinsamen Fonds geschaffen hatten. Auch eine Gruppe guatemaltekischer Plantagenbesitzer ließ Armas Mittel zukommen; und der US-Geheimdienst CIA förderte ihn gleichfalls, weil er in ihm den fähigeren Soldaten sah. So flossen ihm insgesamt monatlich hundertfünfzigtausend Dollar zu, die er, wie ein Obrist des Dreißigjährigen Krieges, dazu verwenden sollte, eine schlagkräftige Truppe aufzustellen.

Armas tat dies wirklich. Anders als seine Rivalen, verbrauchte er nur wenig Geld für sich. Da die United Fruit ohnehin für Unterkunft, Verpflegung und Besoldung der angeworbenen Strauchdiebe aufkam, finanzierte er mit jener Summe, die ihm gesondert ausgezahlt wurde, drei guatemaltekische Exilzeitungen, betrieb von Honduras aus zwei kleine Rundfunkstationen, kaufte bei der Hamburger Firma H. F. Cordes Maschinenpistolen auf, um die Amerikaner nicht durch Alleinausrüstung mit US-Waffen unnötig zu kompromittieren (das Geschäft wurde von Oberst Somoza vermittelt, dem Sohn des Nicaragua-Diktators, die Waffen via Kolumbien geliefert), und gewährte seinen Offizieren Soldzulagen, was sie fester an ihn band. Seine privaten Bedürfnisse waren gering. Armas wollte nur eins – an die Macht.

Im Raum war es finster geworden. Ein Regenguß klatschte draußen gegen die Scheiben. Wie immer in diesen Ländern war er kurz, doch überaus heftig. Man zog die Jalousien auf. «Bien», sagte einer der Offiziere, «Regen schafft Ordnung, kühlt die Demonstranten ab!»

«Ihre Leute in den Wäldern auch», bemerkte Ydígoras.

Die Verhandlungen stockten; man hatte sich nichts mehr zu sagen. Plötzlich spürte ich, wie Armas mich ansah.

«Ist das der Mann, der Sie geflogen hat?» fragte er.

Der General antwortete nicht.

«In diesem Fall», fuhr Armas unbeirrt fort, «würde ich Sie bitten, ihn an mich abzugeben. Wir sind sehr knapp mit Piloten. Die Luftwaffe hat morgen achtzig Einsätze zu fliegen.»

«Dieser Mann», sagte Ydígoras, «bleibt bei mir!»

Es war ein Rückzugsgefecht; ich glaube, das spürten alle. Don Miguel hatte verloren. Er mochte noch so glänzend reden, er konnte sich lustig machen über die hirnverbrannte Botschaft des Armas an «sein Volk». Insofern gaben ihm die anwesenden Offiziere fraglos recht, aber sie wußten, daß der kleine Oberst sie besser bezahlte und auch imstande war, eine Truppe ins Feld zu führen; also blieben sie ihm treu. Alles, was Ydígoras noch tun konnte, war zu verhindern, daß man ihm seine Leute wegnahm. Während der folgenden Minuten kämpfte er wie ein Löwe um mich und erreichte tatsächlich, daß der Oberst auf meine Dienste verzichten mußte.

«Don Miguel», sagte Armas, «ich danke für Ihren Besuch. Sie können hier unterkommen, das ganze Haus steht zu Ihrer Verfügung. Unsere Zusammenarbeit wird für das Vaterland von großem Nutzen sein.» – Er deutete eine leise Verbeugung an und drehte sich um, noch ehe Ydígoras geantwortet hatte: «Don Castillo, es ist mir stets ein besonderes Vergnügen, Ihnen behilflich zu sein.»

So endete diese historische Begegnung. Man wies uns im obersten Stockwerk zwei schäbig möblierte Zimmer zu. Sie lagen nach hinten und hatten kein fließend Wasser, eine neuerliche Demütigung für den General. Er nahm es, tief in Gedanken, gelassen hin. Heute weiß ich, er brütete schon über neuen Plänen. Sein beweglicher Verstand trieb ihn zu weiteren Schachzügen – dem bitteren Ende entgegen.

Den größeren Raum bezogen Ydígoras und Steve, der seinen Chef Tag und Nacht zu bewachen hatte. Das andere Zimmer bekamen Chabelita und ich. Hier nun begannen gewisse Schwierigkeiten. Es gab keinen Wandschirm darin, auch standen die Betten nebeneinander. Sie zierte sich eine Weile, doch da war nichts zu machen; weder durfte ich bei Ydígoras wohnen, noch bewilligte man uns einen dritten Raum. Es galt, den Tatsachen ins Auge zu sehen. Wir rückten die Betten möglichst weit auseinander, und Chabelita fand heraus, daß der leere Schrank groß genug war, um ihr als Umkleidekabine zu dienen. Kurz entschlossen kroch sie hinein, rumorte eine Zeitlang darin und kletterte in einem hübschen grünweißgestreiften Kleid wieder hervor. Das, was sie zuletzt getragen, hatte der Major Luis Reyes ruiniert.

Ich lag auf meinem Messingbett und musterte sie voller Sorge. Sie kämmte sich vorm Spiegel. Wie sie auf mich wirkte, schien ihr gleich zu sein; Koketterie war ihr fremd. Das neue Kleid – das letzte, das sie besaß – stand ihr gut, seine frischen Farben kontrastierten zu ihrer rotbraunen Haut. Auch anderen würde sie darin gefallen, ich sah neue blutige Zwischenfälle voraus. Man durfte diesen grünweißen Schmetterling einfach nicht frei herumfliegen lassen in einem Hotel, wo es von khakibraunen Uniformen wimmelte. Aber in dieses elende Zimmer einsperren konnte ich sie auch nicht.

Lange dachte ich nach. In den goldenen Kugeln am Fußende des Betts spiegelte sich die trostlose Einrichtung; unsere Situation war ernst. Ich zündete mir einen der Zigarillos an, die noch aus Don Miguels Kiste stammten, blies den Rauch gegen die niedrige Decke und sann auf einen Ausweg. Nach anderthalb Stunden fiel mir etwas ein. Ich ging, schloß von draußen die Tür ab und ließ mir in der Bekleidungskammer die kleinste Uniform geben, die sie am Lager hatten, dazu Nähzeug und eine Schere. Damit kehrte ich in unser Zimmer zurück und sagte zu ihr: «Hör mal zu, Isabel – da ist etwas, das mir Kummer macht: Du bist hübsch . . .»

«Das ist nicht wahr», antwortete sie. «Und wenn, dann dürfen Sie es nicht sagen, und es geht Sie nichts an.»

«Du hast recht, mich geht es nichts an. Aber die anderen Banditen hier im Haus . . . Also, das ist gefährlich. Und du hast nur noch dieses eine Kleid. Heb es auf, bis alles vorbei ist.»

Sie verstand mich, tauchte wieder in den Schrank, polterte und krabbelte heraus, mit den Sachen am Leib, die ich ihr besorgt hatte. Das khakifarbene Tuch schlotterte um ihre Gestalt, sie würde sich die Jacke enger machen müssen, aber das war ihre Angelegenheit. Nun kam das Schwierigste. Ich räusperte mich ein paarmal, dann setzte ich an: «Isabel, hast du schon beobachtet ...: Die Soldaten hier tragen ihr Haar nicht so lang.»

Sie stand ganz still, die großen Augen starr auf jene Schere gerichtet, die zwischen uns auf dem Tisch lag. Es verstrich eine volle Minute. «Señor Morena», sagte sie endlich, «ich kann wohl nicht von Ihnen verlangen, daß Sie mich vor den Scheusalen hier beschützen. Wären Sie ein Guatemalteke, müßte ich Sie jetzt verachten, da Sie mir so etwas raten.» Ihre Mundwinkel zuckten, sie brach ab. In ihren Augen schimmerte es feucht.

«Denken Sie über mich, wie Sie wollen», sagte ich.

Sie setzte sich ans Fenster, zog ein paar Spangen aus dem dicken blauschwarzen Haar, griff mit beiden Händen hinein und warf es in den Nacken. Mit erstickender Stimme flüsterte sie: «Worauf warten Sie noch? Fangen Sie schon an.»

Es wurde ein hartes Stück Arbeit; die Schere war stumpf, und ich wollte ihren Kopf ja nicht so übel zurichten, wie sie mich am Abend vorher zugerichtet hatte. Zwischendurch holte ich uns einen Teller Suppe. Ich traf dabei Steve. Er erklärte mir, er müsse Ydígoras auf einigen dringlichen Wegen begleiten. Der General habe vor, der Reihe nach mehrere Kompaniechefs aufzusuchen, deren Einheiten noch in Tegucigalpa standen. Er hoffe darauf, daß sie ihm noch ergeben seien, und wolle einzeln an ihre Treue appellieren. Vor Einbruch der Dämmerung kämen sie auf alle Fälle zurück, weil diesem Volk hier im Dunkeln nicht zu trauen sei. – «Viel Spaß denn», sagte ich und gab ihm, da ich die Teller hielt, nicht einmal die Hand.

«Gut, daß Sie mich vorhin mit hineingenommen haben», sagte Chabelita zu mir, während wir unsere Suppe löffelten. «Ich konnte alles hören! Dieser Ydígoras ist schlauer, er weiß sich besser auszudrücken als Armas, nicht wahr? Er hätte nicht so einen blöden Aufruf geschrieben. Aber was sonst? Mehr kann er unseren Indios nämlich auch nicht verkünden. Sie wollen ihnen doch das Land wieder wegnehmen, was soll er da schon groß drum herumreden? Sie möchten, daß alles wieder wird, wie es bei Ubico war ... Aber das will keiner von uns, Señor Morena.»

Sie schob den Teller von sich weg, daß die dicke braune Soße überschwappte, und fuchtelte mir mit dem Löffel vor der Nase herum. «Señor Morena, hier in Honduras wird gestreikt. Wissen Sie, daß Präsident Gálvez, diese Kanaille, vor Wut seinen Polizeichef weggejagt hat? Das ist nämlich der erste Generalstreik, den es jemals in Honduras gegeben hat!

Gálvez kann es sich nicht erklären, wie ihm das passieren konnte! Denn er hat doch schon immer alle Gewerkschaften verboten. Ja, wie haben sich die Bergleute von Tegúc organisiert, wenn sie keine Gewerkschaft hatten?»

«Sei vorsichtig mit dem Löffel», sagte ich, «da sind noch Bohnen dran.» Sie leckte ihn ab und schwieg. Sie mochte wohl einsehen, daß sie mich für Dinge wie Gewerkschaften und Streiks nicht interessieren konnte.

Doch nach dem Essen, als ich daranging, ihre Frisur zu vervollkommnen, fing sie wieder an. Sie erzählte mir von dem guatemaltekischen Quetzal, einem der schönsten und seltensten Vögel der Welt. Nach ihren Worten lebte er in den Urwäldern des Pentén, einem kaum erschlossenen Hügelland im Nordwesten ihrer Heimat. Er kreise dort über den Ruinen dreitausendjähriger Mayatempel. Nicht größer als eine Taube sei er, doch wunderschön, wie ein Märchenvogel aus dem Paradies. Rücken und Flügel leuchteten smaragdgrün, mit bläulichem Schimmer, sie schillerten metallisch, die Brust glänze in grellem Purpurrot, Füße und Schnabel seien gelb. Den Kopf des Wundervogels kröne ein Federbusch, und die Schwanzfedern würden fast einen Meter lang – so: Chabelita machte mir mit den Händen vor, wie lang das Zauberwesen dadurch sei. Die Ureinwohner Mexicos und Guatemalas – Maya, Tolteken und Azteken – hätten den Quetzal heiliggehalten. Seine Schwanzfedern durften nur Könige und Priester als Zeichen ihrer Würde tragen.

«Vor hundert Jahren», sagte Chabelita traurig, «begann man das Tier auszurotten. Weil die vornehmen Damen in Europa seine Federn auf ihren Hüten haben wollten. Seitdem gibt es nur noch wenige, und die dürfen nicht mehr gejagt werden. Zehn oder zwölf Menschen bloß haben ihn in den Wäldern fliegen sehen; keiner sah ihn jemals in einem Käfig. In Gefangenschaft kann der Quetzal nicht leben. Deshalb ist er als Sinnbild der Unabhängigkeit auf unserem Staatswappen, auch unsere Währung heißt danach.»

«Sie ist an den Dollar gekoppelt, nicht wahr?» fragte ich lächelnd. «Ein Quetzal ist soviel wert wie ein Dollar.»

«Der Quetzal ist nicht mit Geld zu bezahlen», rief sie und warf ihren Kopf zurück. «Er taugt nicht für den Käfig, genausowenig wie unser Volk, Señor Morena, das werden Sie noch merken, wenn Sie gegen Guatemalas Armee in den Kampf ziehen! Es hat mal einen Mann gegeben, der den stolzen Quetzal als Gefangenen in seinem Palast halten wollte. Das war der blutige Diktator Ubico. Auf seinen Befehl wurden die besten Jäger des Landes ausgeschickt, den Quetzal zu fangen. Nach unsagbaren Mühen gelang es ihnen auch, einen lebenden Quetzal zu ergreifen. Aber als der Käfig mit dem Vogel in den Palast gebracht worden war, sahen alle, daß der Quetzal nicht mehr …»

Sie sprach nicht zu Ende, denn in dieser Sekunde peitschten, ein paar Straßenzüge vom Hotel entfernt, in rascher Folge fünfzehn bis zwanzig Schüsse. Sie knallten scharf und bellend, wie aus einer Maschinenpistole. Draußen war es noch hell. Ein zweiter Feuerstoß prasselte, kürzer als der vorige. Dann wurde es totenstill ... Ich ließ die Schere sinken, ging aus dem Zimmer und klopfte, von einer Ahnung getrieben, an der Nachbartür. Niemand antwortete. Ydígoras und Steve waren noch nicht zurück.

Der genaue Ablauf des Attentats ist mir bis heute ein Rätsel geblieben, obwohl die Zeitungen Tegucigalpas – allen voran das Regierungsblatt «La Gaceta», das nachmittags in der geringen Auflage von 3000 Stück erschien – ausführlich darüber berichteten. Es trug sich auf einer der malerischen Treppenstraßen zu, an denen die Bergstadt Tegucigalpa oder Tegúc, wie sie dort kurz genannt wird, so reich ist. Steve rollte noch ein Stück abwärts, bis in die Nähe jener Gartenmauer, hinter der Ydígoras Deckung gefunden hatte. Dort, zu Füßen seines Befehlshabers, auf roh zusammengefügten, von Regengüssen blankgewaschenen Steinstufen hauchte er sein Leben aus.

Laut amtlicher Darstellung war der Anschlag auf meinen General das Werk linksradikaler Elemente. Und folgerichtig ließ der neue Polizeichef im Wohnbezirk der Bergarbeiter eine Großrazzia veranstalten, eine Anzahl Menschen ergreifen und in den Kerker werfen. Dabei faßte er zwar nicht die Mörder, hob aber die Streikleitung aus und ermöglichte es auf diese Weise der Regierung, den Streik abzuwürgen.

Den Tätern gelang es, unerkannt zu entkommen. Ein übereifriger Kriminalbeamter schloß aus plattgedrückten Geschoßresten, daß sie alte deutsche Maschinenpistolen Modell 40 benutzt hatten; der Mann wurde am nächsten Tage aus dem Polizeidienst entlassen. Von ihm weiß ich auch, daß sie zunächst Steve Baxter aus kürzester Distanz von hinten durchsiebten. Er ging oberhalb auf der anderen Straßenseite dreißig Schritte hinter dem Boß und tat, als gehöre er nicht dazu. Sie müssen gewußt haben, daß er der Leibwächter war, sonst hätten sie ihn nicht zuerst niedergeknallt.

Dem General war nichts passiert, von einem Oberschenkelstreifschuß und zwei Querschlägern abgesehen, die ihm den schönen Rock zerrissen, seine Orden in die Gosse fegten, vom Stahlhemd aber abprallten. Persönlich glaube ich, daß es eher Schreckschüsse waren, mit denen man ihn bedachte. Der General sollte gewarnt, nicht aber getötet werden. Wahrscheinlich schonte man ihn, um die Amerikaner nicht zu verärgern, die es nun einmal nicht gern sehen, wenn ihre Geschäftspartner sich gegeneinander rüpelhaft betragen – so wie jeder Firmenchef es haßt, wenn seine

Angestellten raufen, anstatt zu arbeiten. Doch das sind nur meine Vermutungen. Ich lasse es dahingestellt, ob die Täter in Armas' Auftrag handelten oder ob es ein privater Racheakt des Majors Luis Reyes war, der es Steve nicht vergessen hatte, daß er ihn gezwungen hatte, die Hände zu heben, so daß ein Weib ihn bewußtlos schlagen konnte.

Sang- und klanglos reiste Ydígoras ab, ohne seinen Versuch, dem Armas die Kompaniechefs abzuwerben und sich auf den Präsidentenstuhl zu setzen, jemals zu erneuern. Er wurde in einen klapprigen Chevrolet gesetzt, den ihm Armas zum Abschied schenkte: ein Exportmodell mit rosa marmoriertem Lenkrad; in den dicken Schaltknopf aus hellblauem Glas war eine gelbe Ringelblume eingelegt. Auf den unbeschreiblich schlechten Straßen sollte er nach Puerto Cortez, dem Etappenort jener dreihundert Mann starken Kampfgruppe, die im Dschungel von Buenavista zum Angriff auf Puerto Barrios bereitlag. Der verstörte General ließ es geschehen, daß man ihn nach Ermordung seines Leibwächters auch von seinem Piloten und «Militärberater» trennte, ja sogar sein Privatflugzeug einbehielt. Er hatte wohl nur noch den einen Wunsch, heil herauszukommen aus Tegucigalpa, wo niemand für seine Sicherheit bürgte.

Der Einfall in Guatemala begann im Morgengrauen. Man hatte, wo Flugplätze oder Nachschubwege vorhanden waren, gewisse Schwerpunkte gebildet. Die Bereitstellungsräume lagen hauptsächlich nordwärts Ocotepeque (für den Südabschnitt), nahe der Ruinenstadt Copán (für den mittleren Sektor) und im Zentrum der Sierra de Merendon (für den Norden). Der linke Flügel war stärker als der rechte: Der Hauptstoß zielte auf Guatemala-Stadt. Nach allem, was aus der Funkzentrale zu uns durchsickerte, verlief der Angriff planmäßig.

Man hatte im Stab damit gerechnet. Ein Teniente erklärte mir, die Angriffsspitzen würden voraussichtlich erst dreißig Kilometer im Innern des Landes, vor Garnisonstädten wie Chiquimula und Zacapa, in Gefechte verwickelt werden. Denn obwohl die guatemaltekische Heeresleitung zweifellos gewußt habe, daß eine Invasion bevorstände, seien die Regierungstruppen wegen ihrer zahlenmäßigen Schwäche außerstande gewesen, sich auf eine grenznahe Verteidigung einzulassen. Da sie nicht ahnten, wo der Schlag falle, ob er von der See- oder Landseite her geführt werde, hätten sie mit ihren sechstausend Mann siebenhundertfünfzig Kilometer Landgrenze und Küstenlinie decken müssen, was ein Ding der Unmöglichkeit sei – da kämen acht Soldaten auf den Frontkilometer, und das im Urwald, wo keiner seinen Nachbarn sehen könne. – «Die Linie Quezaltepeque–Gualan, unser Tagesziel, werden wir kampflos erreichen», sagte der Leutnant. «Morgen beginnt dann die große Schlacht.»

Doch noch ehe die Banditenarmee jene Linie ganz erreicht hatte, geriet infolge der Witterung ihr Vormarsch ins Stocken. Im Mittelabschnitt ging gegen vier Uhr nachmittags ein verheerender Regenguß nieder. Er durchtränkte die Uniformen, kühlte den Kampfgeist ab, brachte den Wald zum Dampfen und weichte die Wege dermaßen auf, daß Bagagewagen, Panzerautos, Feldküchen und die gummibesohlten Schnürschuhe der «Befreier» (sie stammten aus überschüssigen US-Armeebeständen) im Schlamm steckenblieben. Kaum brach die Sonne wieder durch, da stiegen Myriaden von Mücken auf und fielen über die Männer her. Kurz danach goß es von neuem. Das war zuviel. Ihrer Stoßkraft beraubt, suchten die Sturmkolonnen Unterschlupf. Sie krochen unter das Astwerk der immergrünen Eichen, Zypressen und Lorbeerbäume, machten es sich in den Indiohütten bequem, zogen ihre Hemden aus und hängten sie zum Trocknen auf.

Angesichts dessen entschied der örtliche Befehlshaber, Posten auszustellen und es im übrigen genug sein zu lassen. Er handelte damit gegen den Rat seines Adjutanten, eines ehemaligen deutschen Wehrmachtoffiziers namens Oberst Haitmann, der ihm ständig versichert haben soll, man müsse den Überraschungsfaktor nützen. In Tegucigalpa wurde die Stockung übel vermerkt. Während die Front auf der Stelle trat, geriet der Stab in Aufruhr. Unser Hotel glich einem Ameisenbau. Man telefonierte und morste, es wurden sogar Kuriere entsandt, mit der Weisung, die Armee sofort wieder auf die Beine zu bringen.

Soviel ich aus Ferngesprächsfetzen entnahm, hielten die Frontkommandeure jedoch eisern an der alten iberoamerikanischen Regel fest: Ein nasser Soldat ist ein schlechter Soldat. Zwar hatte es nur im Mittelabschnitt geregnet, doch da es ihnen gefährlich schien, die Offensive an den Flanken voranzutreiben, während das Zentrum liegenblieb, beharrten die Befehlshaber einmütig darauf, erst am nächsten Morgen wieder anzugreifen. Sie meldeten den Verlust von siebzig Mann, die sich im Busch verirrt, Blasen gelaufen, an ihren Waffen verletzt oder heimlich davongemacht hatten. Zwei Dutzend waren – vorwiegend im Nordabschnitt – der Hitze erlegen, andere von Giftschlangen gebissen worden. Die Stabsoffiziere nahmen es gelassen auf, einer notierte die Zahl; ich glaube, sie hielten die Verlustrate für durchaus tragbar.

Der Munitionsverbrauch war niedrig, er belief sich auf einige hundert Schuß. Präzise Angaben fehlten. Nur vom Mittelabschnitt, wo Oberst Haitmann versuchte, in der ihm vom zweiten Weltkrieg her gewohnten Weise Buch zu führen, kam hierzu eine klare Meldung. Es hatte den Anschein, als seien die meisten Patronen von denen verfeuert worden, die beim Grenzübertritt ihre südländische Freude am Knall nicht hatten zügeln können. Auch war mancherorts in Ermangelung bewaffneter Kräfte Jagd auf Mitglieder des guatemaltekischen Landarbeiterbundes gemacht worden.

Am Spätnachmittag trafen die ersten ausländischen Journalisten ein: Korrespondenten aus Cuba, Mexico, Brasilien oder Venezuela, zwei Reporter der US-Nachrichtenagenturen United Press und International News Service, die sich damals noch nicht zusammengeschlossen hatten, ein Vertreter der «New York Herald Tribune»; später noch mehr. Sie kamen meist in den planmäßig verkehrenden Maschinen der «Panamerican Airways» an, die sie in kurzen Sprüngen von einer Hauptstadt Mittelamerikas zur anderen getragen hatten. Verglichen mit den geographischen Dimensionen Nord- und Südamerikas, war ihnen Zentralamerika eine kleine Welt, die sie nicht für voll nahmen. Die Hotelkorridore füllten sich mit englischen Lauten. Im Vestibül, wo sie warten mußten, mokierten sich die Presseleute: Sie hätten nicht einmal Zeit gehabt, um das Zeremoniell jeder Flugreise (Anschnallen, Losschnallen, Tasse Kaffee, Zigarette ausdrücken, Kaugummi, Wiederanschnallen) ordentlich zu absolvieren, bevor ihr Flugzeug im Nachbarstaat herunter gegangen sei. Einige Journalisten waren vor knapp zwei Stunden in Guatemala-Stadt umgestiegen, andere in San Salvador oder Managua. Das Leben verlief, wie sie erklärten, überall normal. Außer ein paar Vierlingsflaks am Flughafen von Guatemala hatte keiner etwas Außergewöhnliches bemerkt.

«Absolute Katastrophe», hörte ich im Vorbeigehen einen der Burschen sagen; er schwenkte eine Kamera samt Elektronenblitz. «In dem ganzen Nest ist kein anständiges Zimmer mehr aufzutreiben.»

«Ich nehme an, der Stab räumt dieses Hotel hier bald», antwortete ihm der «Herald Tribune»-Vertreter, ein Mann in auffällig gemustertem Jackett namens Homer Bigart. Er trug einen doppelt bebänderten Hut, seine Krawatte baumelte weit über den Leibgurt hinab.

Der Hearst-Korrespondent sagte: «Jesus Christ! Drei Dutzend Revolutionen hab' ich hier unten schon erlebt – aber nie in der Regenzeit! Weiß der Teufel, wie ihnen das einfallen konnte. Was dieser Spaßvogel Armas macht, ist absolut gegen die hiesigen Spielregeln.» Er hatte ein Köfferchen mit der Aufschrift INS neben sich stehen, wahrscheinlich enthielt es ein Tonbandgerät.

«Es geht allerdings zum erstenmal gegen den Kommunismus», äußerte ein alter Mexicaner. Er hieß Manuelo Padilla und vertrat eine linksliberale Zeitung. «Da hält man sich nicht an Spielregeln, Gentlemen.»

«Pardon», grunzte der INS-Mann, «hatte das ganz vergessen. Am Flugplatz lagen übrigens ein Haufen zertrampelter Plakate. Ich hab' die Aufschriften notiert. Können Sie mir das übersetzen?» Er hielt dem Mexicaner sein Notizbuch hin.

«‹Contra la carestía› – ‹Gegen die Not› heißt das», sagte der. «Und ‹Contra los métodos fascistos de los Yankis› – ‹Gegen die faschistischen Methoden der Yankees›.» Er gab das Notizbuch zurück.

«Ich wage zu prophezeien», bemerkte der pausbäckige UP-Reporter, «die Sache wird länger dauern, als wir wünschen. Es soll hier 'nen Golfplatz geben, aber ich hörte schon, er hat verdammt wenig Rasen.»

Sie tranken Gin, schwatzten und machten sich breit.

Die Stabsoffiziere fühlten sich schließlich belästigt. Sie erklärten ihrem Oberst, man werde die Bande nicht los, eine Pressekonferenz sei kaum zu umgehen. Gegen neunzehn Uhr befahl der Armeechef, die Wandkarte mit Tüchern zu verhängen. Durch eine Ordonnanz ließ er den Reportern bestellen, er sei bereit, sie zu empfangen.

Dieser Entschluß kostete ihn viel Überwindung. Anders als Ydígoras, der sich mit Vergnügen dem Auge der Weltöffentlichkeit präsentiert hätte, scheute Armas vor solchem Theater zurück. Seine Abneigung gegen Políticos, Abogados und Periodistas (Politiker, Rechtsanwälte und Journalisten) war im Hauptquartier allgemein bekannt. Da befürchtet wurde, der Coronel könne sich zu unfreundlichen Äußerungen hinreißen lassen, gesellten sich drei seiner Herren zu ihm, die mehr Respekt hatten vor der Macht weltweiter Nachrichtenkonzerne, darunter Fliegeroberst Mendoza, ehemals Chef der Luftstreitkräfte Guatemalas, der nun mein direkter Vorgesetzter war. Durch einen Wink bedeutete er mir, ich solle bei ihm bleiben.

Die Periodistas drängten herein, schossen ihre Leicas ab, und zunächst verlief alles gut. Unterstützt von Rodolfo Mendoza, fand Armas auf jede Frage eine flinke, wenn auch meist knappe Antwort. Der UP-Mann wollte den Zeitpunkt des Endsieges wissen, doch darauf ließ sich der Stab nicht ein. Mr. Bigart erkundigte sich nach der militärischen Entwicklung. Ihm wurde erklärt, die guatemaltekische Bevölkerung habe sich beim Einmarsch der «Befreiungsarmee» allenthalben spontan gegen ihre bisherigen Unterdrücker erhoben. Durch Luftaufklärung seien Unruheherde, riesige Tumulte in Puerto Barrios, Zacapa, Quezaltenango und anderen Städten ausgemacht worden. Rechne man den Gebietsstreifen hinzu, den die Truppe selbst in ihrem unbeschreiblichen Angriffsschwung am ersten Kampftage schon erobert habe, so ergebe sich, daß große Teile des Landes bereits der Kontrolle des Arbenz-Regimes entglitten seien.

«Große Teile», wiederholte der INS-Korrespondent, den man, wie alle US-Reporter, darauf gedrillt hatte, exakte Angaben zu liefern. «Dürfen wir versuchen, Señor Coronel, das ein wenig zu präzisieren? Ist es ein Viertel, ein Drittel . . .»

«Sie können schreiben, ein Drittel», sagte Armas.

Es beeindruckte mich sehr, mit welch souveräner Leichtigkeit er da Falschmeldungen in Umlauf brachte. Zu dieser Stunde war der Armeechef noch ohne genaue Nachricht über den Frontverlauf; an Informationen aus dem Norden fehlte es ihm gänzlich, und die Aufstände im feindlichen Hinterland hatte er wohl soeben erst erfunden. Trotz seiner nervösen Wesensart strahlte er Zuversicht aus, einen penetranten Optimismus, der vielleicht in seiner Frömmigkeit wurzelte.

Auch fiel diese Saat auf fruchtbaren Boden. Gerade das, was ihnen gesagt wurde, hatte die Mehrzahl der Korrespondenten hören wollen. Emsig brachten sie zu Papier: zügiger Vormarsch auf Guatemala-City, Puerto Barrios' Erstürmung steht bevor, Präsidentenpalais aus Bordwaffen beschossen, Öltanks am Pazifik durch Bombenwurf vernichtet, Flugblätter und Waffen im Hinterland abgeworfen, strategische Bahnlinien durchtrennt ... Und Rodolfo Mendoza krönte ihr Geschreibsel mit der haarsträubenden Behauptung, er habe selbst in niedriger Höhe Guatemala-Stadt überflogen, gerade als Arbenz die hauptstädtische Bevölkerung zu einer Treuekundgebung auf die Plaza zwang, und die Gelegenheit benutzt, aus seinem Bordlautsprecher die Menge zum Kampf gegen den Bolschewismus aufzurufen. Es war ein in jeder Hinsicht dicker Bär, den er den Reportern aufband. Mein Chef hatte das Stabshotel den ganzen Tag über nicht verlassen; doch seine Story fand ich später auch auf den Titelseiten seriöser Blätter in angemessener Aufmachung wieder.

Nach alldem schien mir Mendozas Talent eher auf publizistischem denn auf aeronautischem Gebiet zu liegen, vom Schlachtfeld ganz zu schweigen.

Der Zwischenfall kam ziemlich zuletzt. Als der ältliche Mexicaner Padilla anfing, nichtmilitärische Fragen zu stellen, sank das Gesprächsklima, und Armas erstarrte in kalter Wut. Der Eklat bahnte sich harmlos an. Padilla hatte, wie es auf Pressekonferenzen üblich ist, sich zu Wort gemeldet, seinen Namen und den seiner Zeitung genannt und dann, während er die Augen zusammenkniff, höflich gefragt: «Señor Coronel, werden Sie von jemandem unterstützt? Etwa von den Vereinigten Staaten?»

«Höchstens moralisch», antwortete Armas, der den ersten Hieb noch glatt parierte. «Wir gehen daran, Caballero, den einzigen kommunistischen Brückenkopf auf der westlichen Halbkugel zu zertrümmern. Vermutlich beobachten die freien Nationen unseren Kampf mit Sympathie.»

«Würden Sie sich zu der Behauptung äußern wollen», fuhr Padilla fort, wobei ein verschmitzter Zug in sein ledernes Antlitz kam, «daß Ihre Armee bunt zusammengewürfelt ist, daß sie aus internationalen Söldnern besteht. Es ist die Rede von Elementen zweifelhafter Herkunft. Bei meinem

Abflug in Mexico konnte ich die Meinung hören, es handele sich um eine Invasion, die von gewissen ausländischen Kreisen gefördert werde. Möchten Sie dazu Stellung nehmen, Señor Coronel?»

Allein der Oberbefehlshaber mochte nicht. Er sah von dem Störenfried weg, berührte sein Lippenbärtchen mit dem Finger, und sein spitzes stolzes Antlitz verfärbte sich. Im Zimmer wurde es totenstill. Die Reporter hüstelten. Einer der Adjutanten faßte sich und stammelte: «Eigentlich ist dies gar keine Invasion, Caballeros. Unsere Armee besteht aus Tausenden von Guatemalteken, welche die Tür zu ihrem Heimatland aufgestoßen haben, um nach Hause zurückzukehren.»

«Eine letzte Frage», sagte Manuelo Padilla. «Die Honduras-Regierung duldete monatelang Ihre Truppen im Staate, sie erlaubte Ihnen, Flugplätze, das öffentliche Fernmeldenetz und Privatquartiere zu benutzen, auch Ausbildungslager, Munitionsdepots und Lazarette anzulegen. Sie gestattete Ihnen, ohne polizeiliche Kontrolle im Lande Waffen zu transportieren, Flugzeuge und Autos zu mieten, Freiwillige anzuwerben und sie in staatseigenen Baracken unterzubringen. Ferner stellte sie Ihnen alle vorhandenen Transporteinrichtungen unentgeltlich zur Verfügung, ist das richtig?»

«Das sind mehrere Fragen», rief Mendoza. «Caballeros, wir müssen doch ...»

Aber der Mexicaner ließ ihn nicht ausreden. «Und heute früh», fuhr er hartnäckig fort, «erlaubte sie Ihren Soldaten, die Staatsgrenze auf breiter Front zu überschreiten? Glauben Sie nicht, Señor Coronel, daß Honduras beschuldigt werden könnte, damit gegen das Völkerrecht verstoßen zu haben, insbesondere gegen die Charta der Vereinten Nationen?»

In diesem kritischen Moment neigte sich Mendoza mir zu und flüsterte mir ins Ohr: «Melden Sie Coronel Armas, er wird im Kartenzimmer dringend erwartet: eine Nachricht von der Front.»

Ich nickte, drängte mich neben den Oberbefehlshaber und sagte mein Sprüchlein auf. Mir war klar, daß es nur darum ging, den Oberst herauszulösen aus dem Netzwerk politischer Fangfragen, das der pfiffige Mexicaner ihm da um die Füße schlang. Während ich Armas zur Tür geleitete, diese aufstieß und mich anschickte, ihm zu folgen, hörte ich, wie Mendoza den Rückzug deckte: «Die Republik Honduras», donnerte er, «hat damit nichts zu tun! Sie verhält sich neutral! Dieser Kampf gegen die rote Arbenz-Diktatur ist allein unsere innere Angelegenheit. Auch die Vereinten Nationen geht das nichts an.»

«Meinen Sie nicht, daß Guatemala den Sicherheitsrat anrufen und um Schutz vor Aggression bitten wird?»

Was Manuelo Padilla noch sagte, ging in Zwischenrufen unter. Nachdem ich die Tür geschlossen hatte, erreichte der peinliche Vorfall seinen Höhepunkt. Es soll zu tumultartigen Szenen gekommen sein. Padilla übrigens sah ich nie wieder. Er wurde, nachdem Armas seine Gegenregierung gebildet hatte, von deren Presseamt als ordentlicher Berichterstatter nicht akkreditiert.

Der Zufall fügte es, daß wirklich eine wichtige Nachricht auf den Oberst wartete, doch kam sie nicht von der Front, sondern aus Boston. Armas riß die Depesche auf, las ihren Text, knüllte sie zusammen und stopfte sie in seine Rocktasche. Was sie enthielt, erfuhr ich nie, konnte es aber bald erraten.

«Machen Sie sich fertig», sagte er zu mir. «Sie fliegen in zwanzig Minuten eine Dakota zur Front.»

«Señor Coronel», gab ich zu bedenken, «es wird bald dunkel sein.» Ich spürte einen Druck am Adamsapfel. Die Furcht vor Nachteinsätzen saß mir noch immer in den Knochen, und eine Dakota hatte ich erst ein einziges Mal gesteuert – als Copilot.

«Gut eine Stunde haben Sie noch Licht», antwortete er. «Das reicht für den Hinflug. Sie kommen nicht zurück.»

Ich muß ihn wohl verdutzt angesehen haben – es widerfährt einem ja recht selten, daß der Oberbefehlshaber in schöner Offenheit erklärt, man käme nicht zurück –, denn er ließ sich herab, seine Order mit dem Hinweis zu erläutern: «Wir räumen hier, der Stab wird nach vorn verlegt ...»

Wo hatte ich das heute schon einmal gehört?

«... Sie fliegen den Jefe de fuerzas aéreas mit einem Vorauskommando; Sie müssen sich beeilen.»

Ich schlug die Hacken zusammen und entfernte mich im Laufschritt, um Chabelita zu unterrichten. Natürlich mußte sie mit, der Jefe de fuerzas aéreas, Rodolfo Mendoza, würde uns dabei keine Schwierigkeiten machen. Ich hatte ihn als einzigen in unser Geheimnis eingeweiht, weil er mir vertrauenswürdig erschien und irgendein Vorgesetzter den Schwindel schließlich legitimieren, Chabelita ein Papierchen ausstellen mußte. Der Luftwaffenchef war ein Lebemann, er fand Gefallen an der Geschichte, die ich ihm auftischte. Er hatte das Mädchen heute früh unter dem Namen José Barillas im Range eines Dragoneante als Freiwilligen in die Fliegertruppe eingegliedert und mir zur persönlichen Dienstleistung zugeteilt.

Doch als ich unser Zimmer erreichte, fand ich die Tür versperrt. Der Schlüssel steckte von innen. Ich rüttelte an der Klinke und rief: «Gefreiter Barillas! Was ist los? Aufmachen!»

Sie rief zurück: «Bitte warten Sie, Señor Capitán ... ich wasche mich gerade.»

«Mach sofort auf, José», befahl ich. Nichts dergleichen geschah. Drinnen plätscherte Wasser. Das war eine schöne Bescherung. Wenn jemand unseren Wortwechsel mit anhörte, würde er sich seine Gedanken machen ... Oh, mit Chabelita hatte ich mir eine reizende Last aufgeladen.

Endlich öffnete sie, in Hemd und Hose, mit nassem Gesicht und zottigem Haar, das ihr bleistiftlang nach allen Seiten vom Kopf abstand. Im Zimmer roch es nach Seife. In diesem Augenblick fand ich sie scheußlich. Mit ein paar Worten erklärte ich ihr, was uns bevorstand; ich trieb sie zur Eile. Während wir die Koffer packten, sagte sie: «Denen wird hier jetzt der Boden zu heiß. Eins weiß ich: So groß sind die Fortschritte an der Front bestimmt nicht, daß der Stab heute schon nachrücken müßte. Unsere Armee ist überrascht worden, aber morgen schlägt sie zurück!» Vom Spiegel her funkelten mich ihre Augen an.

Ich hörte kaum hin; doch es sollte sich zeigen, daß sie recht hatte. Jenes Telegramm, das unseren überstürzten Aufbruch verursachte, war aus der Bostoner Zentrale des Bananentrusts gekommen. Die Konzernleitung fürchtete diplomatische Komplikationen, falls alle Welt erfuhr, daß die Rebellenführer ihren Krieg von einem Hotel in Tegucigalpa aus dirigierten. In den Augen der öffentlichen Meinung hätte es sich dann um eine Aggression von außen gehandelt, um einen honduranischen Angriff auf Guatemala, und das Einschreiten des Sicherheitsrates – durch Entsendung von Beobachtern, Schlichtungskommissionen oder gar UNO-Truppen – wäre unvermeidbar gewesen.

Saß aber der Armas-Stab auch nur wenige Kilometer hinter der Grenze auf guatemaltekischem Boden, so konnte bei einigem Geschick vorgetäuscht werden, dies sei ein Bürgerkrieg, eine innere Auseinandersetzung also, in die sich niemand einzumischen habe. Tatsächlich war das der springende Punkt in den vielstündigen Reden vorm Sicherheitsrat, die am Sonntag, dem 20. Juli 1954, und am darauffolgenden Freitag im New-Yorker UNO-Hochhaus gehalten wurden. Es fiel dem erlauchten Gremium schwer, festzustellen, ob der Angriff von diesseits oder von jenseits der Grenze begonnen worden sei, da sich fast die ganze Rebellenarmee zu dieser Zeit auf guatemaltekischem Territorium befand. So erwies sich die Green-Pope-Weisung nachträglich als schlauer Schachzug.

Wir starteten vom Flugplatz Tocontin, der ein Stück vor den Toren der Hauptstadt liegt. Unsere Bonanza, mit der wir dreißig Stunden zuvor hier gelandet waren, stand nicht mehr an ihrer alten Stelle. Sie diente der «Befreiungsarmee» als Kurierflugzeug. Statt dessen hatte ich es nun mit einer klapprigen DC-3 zu tun, dem Arbeitspferd der Westalliierten im zweiten Weltkrieg, so wie die Ju 52 das deutsche Arbeitspferd gewesen ist.

Es blieb mir kaum Zeit, Chabelita auf einen der Plätze im schrägstehenden Rumpf zu schicken, den Koffer zu verstauen und vorn zu versuchen, mich im Dschungel der Instrumente (Drehzahlmesser, Anlaßmagnetschalter, Wendezeiger, Trimmschalthahn und wie die vierzig anderen Apparaturen hießen) einigermaßen zurechtzufinden, da setzte sich Coronel Mendoza schon neben mich, klatschte in die Hände und rief: «Adelante, Señor Capitán!» Dann wandte er sich um und donnerte den anderen zu: «Ruhe! Nicht rauchen! Alles festhalten …!» Sich anzuschnallen, konnte er den Leuten schlecht befehlen, die verlotterten Sitze hatten keine Gurte mehr.

Ich ließ die Motoren kommen. O Gott, Mendoza – mein Copilot! Wahrscheinlich verstand er von diesem Flugzeug noch weniger als ich. Hinter uns lärmte das Stabspersonal. Die Leute stimmten ein Lied an, als das Fahrwerk abhob. Niemand ahnte, daß ich kein Dakota-Pilot war. Ihnen genügte es zu wissen, daß ich ein Americano de origen alemán (Amerikaner deutscher Abstammung) war, was für sie eine militärtechnisch famose Kreuzung bedeutete. Sie hatten Vertrauen, und mir blieb nichts übrig, als alles zu tun, um es nicht zu enttäuschen.

Wir flogen der sinkenden Sonne entgegen. Einmal sah ich mich um und fand mit Schrecken, daß die Haupttür handbreit offen stand. Die Offiziere lachten, warfen aus fünfzehnhundert Meter Höhe eine leergetrunkene Flasche hinunter und schoben die Tür wieder zu. Dieser Vorfall blieb nicht der einzige seiner Art.

Man hatte das Flugzeug unsachgemäß beladen, ich mußte es trimmen, wenn ich nicht dauernd an der Steuersäule zerren wollte. Es wurde mir sauer, die Maschine auszubalancieren. Mendoza ließ mir dabei freie Hand. Nachdem ich damit fertig war, standen wir südwärts des Städtchens La Paz; vorn sichtete ich einen Gebirgsrücken, der nach der Karte zweitausendfünfhundert Meter hoch war. Er hieß Sierra Ingrula, sein Osthang verschwand in schwarzgrauen Abendschatten. Unvermittelt wuchs der Boden auf uns zu, ich war genötigt, eine Schleife zu fliegen, um Höhe zu gewinnen. Wir schraubten uns empor. Zeitweilig verschwand die Sonne hinterm Kamm.

«Sie fliegen großartig, Capitán», lobte der Jefe de fuerzas aéreas. «Viel Rote abgeschossen, damals im Krieg?»

«Zweiundfünfzig», antwortete ich zerstreut, in Gedanken bei der Ju 52, die auf den Pedaldruck wahrscheinlich viel gemütlicher reagiert hätte als diese verwünschte Dakota.

«Man merkt es», sagte er. «Wie kühn Sie diese alte Maschine auf die Seite legen! Saubere Arbeit. Sie möchten bei uns zum Comandante avancieren?»

Wir rutschten über den Kamm der Sierra Ingrula hinweg, ich gewann meine Fassung wieder; dennoch wünschte ich keineswegs durch derlei Manöver in dieser Räuberarmee zum Comandante aufzusteigen. «Wenn Sie gestatten, Señor Coronel, möchte ich Ihnen darauf mit einer Anekdote antworten.»

Er ließ die Steuersäule fahren, die er ohnehin nur zum Schein betätigt hatte, verschränkte die Arme über der Brust und nickte mir wohlwollend zu. Auf seiner blatternarbigen Wange lag blutroter Sonnenschein.

«Die Geschichte ist wahr, sie hat sich kürzlich im New-Yorker Astoria-Hotel zugetragen», sagte ich. «Gegen sechs Uhr morgens ruft dort ein Betrunkener an und erkundigt sich, wann die Bar öffne. Das Fräulein in der Astoria-Telefonzentrale antwortet höflich: ‹Um neun, mein Herr.› Eine Stunde später klingelt der Bursche schon wieder an, seine Zunge ist jetzt noch schwerer, er wiederholt seine Frage und bekommt dieselbe korrekte Antwort. Als er aber um acht Uhr zum drittenmal, nun bloß noch lallend, um die gleiche Auskunft bittet, verliert das Telefongirl die Geduld. ‹Mein Herr, ich sage Ihnen zum letztenmal – die Bar öffnet um neun! Allerdings bezweifle ich, daß man Sie in Ihrem Zustand hineinlassen wird.› – ‹Hinein? Wie-wie-wieso hinein?› fragte der Betrunkene. ‹Ich b-b-b-bin ja drin. Ich will doch 'raus ...!›»

Zunächst lachte der Oberst schallend, dann verdüsterte sich seine Miene. Der Groschen war gefallen. «Señor Capitán», äußerte er in scherzhaftem Ton, «hier ist keine Bar, wo man beliebig kommt oder geht.»

Wir überflogen eben La Esperanza, die Stadt der Hoffnung. Sie lag schräg unter mir im Abenddunst, auf halbem Weg zur Front.

Er legte mir väterlich seine Hand auf die Schulter und sagte: «Die Sache wird halb so schlimm. Die Dreckarbeit erledigt wie überall die Infanterie. Damit haben wir nichts zu schaffen. Und Sie als Sieger in zweiundfünfzig Luftkämpfen werden doch die paar guatemaltekischen Militärflugzeuge nicht fürchten! Ich war selbst einmal ihr Befehlshaber und weiß, wie es um sie steht ... Vor allem haben sie nicht genügend Benzin. Wir werden schon morgen die Luftherrschaft erringen!»

«Ist das sicher, Señor Coronel?»

«Absolut», antwortete er. «Wer Nordamerika gegen sich hat, der hat von vornherein verloren.»

Wir landeten dicht hinter der Grenze auf einer großen, ziemlich ebenen Wiese hart nördlich jenes Punktes, wo die Staatsgebiete Guatemalas, El Salvadors und Honduras' aneinanderstoßen. Die Dakota hüpfte ein paarmal, als wollte sie sich die Beine brechen, das Stabspersonal im Passagierraum wurde arg durcheinandergewürfelt; dann aber rollten wir friedlich aus und kamen neben einem Pfahl zu stehen, der uns um ein Haar die Backbordfläche abgerissen hätte. Der Unfug, neben der Einflugschneise Pfähle aufzustellen, kann nicht scharf genug getadelt werden. Ich sah indes gleich, was die Ursache war: Ein Schild mit der Aufschrift BASE DE AVIACIÓN RODOLFO MENDOZA war an dem Pfahl befestigt ... Am anderen Ende des Flugfeldes wurde ein Thunderbolt-Jagdbomber auf seltsame Weise aufgetankt: mittels einer Handpumpe, die zwei schmierige Lümmel bedienten.

Dies also war der erste eigene Luftwaffenstützpunkt der «Befreiungsarmee» auf guatemaltekischem Boden. Kein Wunder, daß man ihn nach dem Jefe de fuerzas aéreas benannt hatte, der sicherlich nicht zögern würde, den Urheber dieser Artigkeit mit einem Orden zu belohnen – ob nun ein paar Maschinen mit der Namenstafel kollidierten oder nicht. Einer der (meist nordamerikanischen) Thunderbolt-Piloten Rodolfo Mendozas hatte den Text ins Englische übersetzt und mit Kreide daruntergeschrieben: ESQUIPULAS AIR FORCE BASE, wodurch die Sache noch lächerlicher wurde. Denn es gab hier weder zementierte Startbahnen noch Hangars, Pistenbefeuerung, Wetterdienst, Tankwagen oder Radargerät. Zwei Fla-MGs, zwanzig schlechtgetarnte Petroleumtonnen, die Funkantenne, ein Windsack und das Zelt fürs Bodenpersonal – das schien die ganze Einrichtung zu sein. Nicht einmal die Rollfläche hatte man ordentlich planiert. Die Base de Aviación Rodolfo Mendoza war noch vor vierundzwanzig Stunden eine simple Viehweide gewesen.

Der Luftwaffenchef stieg als erster aus, betrachtete, von seinem Adjutanten darauf hingewiesen, das Schild mit unverhohlener Genugtuung, wies einen Suboficial an, die Kreideinschrift zu löschen, und kletterte in einen Jeep. Der Wagen brachte uns über ausgewaschene Pfade, auf denen sonst Ziegen dahertrotten mochten, in das Städtchen selbst: den berühmten, doch armseligen Wallfahrtsort Esquipulas.

Es bot sich uns ein tristes Bild. Im violetten Licht des scheidenden Tages erblickten wir am Ende der einzigen nennenswerten Straße die hohe, weiße, in altspanischem Schnörkelstil errichtete Kirche. Ein letzter Widerschein des Abendrots verglühte auf ihren Turmkuppeln. Rechts und links säumten armselige Würfel unseren Weg, einstöckige hellgetünchte Häuser mit schmalen vergitterten Fenstern und Holzveranden rund um die Dächer; außer den Wohnungen bargen sie Tortillerías, Pulquerías und kleine Läden, in denen es – wie ich anderntags erkundete – allerhand Andenken, Fruchtbrot, geweihte Medaillons, oxydierte Kruzifixe, Maislimonade, bunte Bänder, Kürbisflaschen und wundersames Öl zu kaufen gab; dazu jene einheimischen Instrumente, auf denen alljährlich im September die Wallfahrtsmusik gezupft, getrommelt oder geblasen wird.

Das Pflaster war grauenhaft. Der Jeep krachte durch fußtiefe Löcher, meterweit spritzte das Wasser beiseite, beschmutzte die freundlich getönten Fassaden. Wir sahen kaum Einwohner, dafür viele Soldaten. Sie sangen auf der Straße oder lärmten in den Pulquerías; es herrschte Siegesstimmung. Vor einer Pension an der Plaza, in der es nach Urin roch, stieg Coronel Mendoza samt seinem Adjutanten aus. Er hatte dort für den Oberkommandierenden Quartier zu machen. Chabelita und ich blieben sitzen, wir wurden durch Nebengassen hügelaufwärts gefahren. Schon begannen wir zu fürchten, daß wir auf dem heiligen, aber harten Boden der Kathedrale nächtigen sollten – da bog der Wagen ab und stoppte vor einem Gebäude. Nach langem Hupen öffnete sich ein Spalt in der Tür, ein ehrwürdiger Siebziger guckte heraus.

Wer aber beschreibt mein Erstaunen, als auf gut deutsch ein Fluch über seine Lippen kam? Coronel Mendoza hatte es für passend gehalten, mich im Hause eines Deutsch-Guatemalteken unterzubringen, des Herrn von Hardenberg.

Die Ländereien des alten Pflanzers Hardenberg waren längst enteignet worden, nicht von Jacobo Arbenz, sondern schon von Jorge Ubico – während des zweiten Weltkriegs, da Guatemala mit Deutschland im Kriege lag. Seinen übrigen Besitz hatte Herr von Hardenberg behalten dürfen, darunter auch dieses Haus.

Es war eine jener robusten Villen im maurisch-spanischen Kolonialstil, die ich für das Ideal menschlicher Behausungen halte. Gegen die Straße allerdings bieten sie wenig mehr als eine glatte Fassade mit weißem, lichtblauem oder resedafarbenem Bewurf. Die mit Eisen beschlagene, aus unverwüstlichem, rötlich schimmerndem Sapotillholz gefertigte Haustür ist stets geschlossen; sie öffnet sich nur auf energisches Melden mit dem metallenen Klopfer. Wer davorsteht, den mögen die kunstvoll geschmiedeten Rejas – die spanischen Fenstergitter – und die schießschartenähnliche Dachbalustrade an Trutzburgen erinnern. Tatsächlich eignen sich derartige Häuser gut für die Verteidigung. Im Laufe der an Gewalthandlungen reichen iberoamerikanischen Geschichte haben sich revolutionäre oder konservative Partidarios oft hinter ihren Mauern verschanzt und für längere Zeit gehalten.

So abweisend ein solches Gebäude von außen wirkt, so reizvoll ist es innen. Durch den geräumigen Hausgang, den Zaguan, dessen Fliesen meist mit zierlichen Figuren ausgelegt sind, gelangt man in den Patio. Der Hof birgt – einem Steingarten gleich – in hohen gemauerten Trögen prächtige Blumenbeete, mitunter auch einen Springbrunnen. Um das Geviert des Patio herum läuft der Corredor, ein breiter gepflasterter Gang, dessen

Dach von Säulenreihen getragen wird. Auf den Corredor münden die Türen der herrschaftlichen Zimmerflucht: der oft mit schwelgerischem Luxus ausgestattete Sala (Salon), das Comedor (Eßzimmer) und die Dormitorios (Schlafräume) der Familie. Diese Türen stehen ständig offen, und die milde Luft streicht hindurch.

Im Patio des Herrn von Hardenberg tranken wir am ersten Abend Wein. Auf meine Bitte hin duldete der Gastgeber sogar Chabelita am Tisch, die er für einen jungen Unteroffizier halten mochte. Es schien ihn aufrichtig zu freuen, einen Landsmann bei sich zu haben, wenngleich er den Einmarsch der «Befreiungsarmee» zurückhaltend beurteilte. Er war ein sonnengebräunter, lederhäutiger, weißhaariger Mann, und als die Kerzen gebracht wurden, legte sich ein silberner Schimmer um sein Haupt.

«Dieser ganze Aufruhr jetzt», sagte er, nachdem die Vorspeise serviert worden war, «hätte sich erübrigt, wären die Amerikaner nicht vor zehn Jahren, Herr Hauptmann, auf die sonderbare Idee gekommen, fremde Regierungen zu ermuntern, die Grundsätze der Rechtsstaatlichkeit zu verletzen.»

Ich sah ihn fragend an.

«Wie Sie vielleicht nicht wissen werden», fuhr er fort, «haben die Amerikaner seinerzeit die Regierung in Guatemala-Stadt selbst aufgefordert, sich an fremdem Eigentum schadlos zu halten und mit den Enteignungen zu beginnen. Nicht der United-Fruit-Besitzungen freilich. Begonnen wurde bei den deutschen Kaffeeplantagen. Dies war der Anfang der schlimmsten Demagogie gegen das Grundeigentum überhaupt. Mich wunderte die weitere Entwicklung gar nicht. Amerika hat sie verdient.»

Wie ich im Laufe des Abends aus seinem eigenen Munde erfuhr, war Herr von Hardenberg nicht müde geworden, gegen sein Mißgeschick anzurennen. Er hatte Prozeß auf Prozeß geführt um den Boden, den man ihm genommen, und schließlich sogar seine deutsche Staatsangehörigkeit aufgegeben, die sich als arger Ballast erwies. Die dreizehntausend Sack Kaffee, die allein seine hiesige Plantage erzeugte, waren ihm wichtiger als seine Nationalität. So war er denn Bürger des Fürstentums Liechtenstein geworden, woraus ihm neue juristische Möglichkeiten erwuchsen. In seinem Namen wurden Vertreter dieses alpinen Zwergstaates beim Internationalen Gerichtshof in Den Haag vorstellig; man reichte dort eine Klage gegen Guatemala ein und forderte vierzig Millionen Dollar Entschädigung.

«Und wissen Sie», rief Herr von Hardenberg beim Nachtisch mit schriller Greisenstimme, «was mir der Innenminister von Guatemala bei meinem letzten Besuch entgegengehalten hat? Er sagte, sein Sekretariat habe von der Reklamation gehört, sei aber nicht einmal imstande gewesen, den Staat

Liechtenstein auf dem Atlas zu finden. Er hatte die Stirn, das zu behaupten. Ich antwortete ihm, das Fürstentum sei hundertsechzig Quadratkilometer groß und habe elftausend Einwohner. Worauf er sich nicht entblödete, zu erwidern: ‹Elftausendundeinen. Sie haben sich vergessen, Herr von Hardenberg› ... Nein, diesem Unrechts-Regime gönne ich's von Herzen, wenn Leute wie Sie, Herr Hauptmann, wenn ein deutscher Offizier ihm den Todesstoß versetzt. Es hätte schon längst gestürzt werden müssen ...»

Er hielt inne, befeuchtete geistesabwesend seine Fingerspitzen in einem Becken, das der indianische Diener ihm reichte, trocknete sie an einem Damasttuch ab und murmelte: «Es fragt sich nur, was danach kommt.» Und er blickte mich skeptisch an.

«Wir kämpfen für Ordnung und Recht», versicherte ich ihm. «Enteignungen wird es nicht mehr geben.» Er war ein alter Herr, ich wollte ihn ein bißchen trösten, zumal sein Wein vortrefflich mundete. Und doch, wie töricht kam ich mir vor, als ich ihm das sagte. Ich war ein Tramp, ein Mensch ohne Eigentum, was gingen mich seine dreizehntausend Kaffeesäcke an?

«Für Ordnung und Recht», kicherte er. «Ihre Truppen, Herr Hauptmann, haben heute hier im Ort ein Dutzend Landarbeiter ohne Gerichtsverfahren erschossen und zwanzig oder dreißig Mädchen geschändet. Für letzteres hat man gewiß Verständnis. Man weiß ja, wie es im Kriege hergeht, aber ich muß doch ...»

«Das war die Infanterie, Herr von Hardenberg», antwortete ich. «Wir von den Luftstreitkräften haben nichts damit zu tun.»

Am folgenden Vormittag landete Oberst Armas auf der Base de Aviación Rodolfo Mendoza und errichtete sein Hauptquartier an der Plaza, in jener kleinen Pension, in der es nach Pulque und Urin roch; eine andere gab es nicht. Sein Adjutant brachte die Nachricht mit, Guatemalas Außenminister habe bei Gálvez, dem Presidente der República de Honduras, telegrafisch Protest erhoben und ihn ersucht, die Grenze zu schließen, seine Flugplätze für die «Befreiungsarmee» zu sperren und diese selbst zu entwaffnen, soweit sie sich noch auf seinem Gebiet befände. Die Geschichte machte im Stab die Runde, sie erregte allenthalben Heiterkeit. Gálvez, so hieß es, habe die Depesche keiner Antwort gewürdigt.

Ich konnte mir denken, weshalb. Gestern erst hatte Gálvez mühsam den Streik abwürgen können, der offenkundig mit den Vorgängen in Guatemala zusammenhing. Ihm war sicherlich klar, daß die sozialen Verbesserungen der Arbenz-Regierung von seinem Anderthalb-Millionen-Volk aufmerksam beobachtet wurden. Jeder verstand, warum Gálvez nach wie vor zu uns hielt, zumal die Vereinigten Staaten ihn dabei deckten.

Nach dem Attentat auf Ydígoras, so hörte ich weiter, habe Gálvez eine Reihe exemplarischer Urteile gefällt; man hatte sie in der Frühe zu Tegucigalpa vollstreckt. Zwar wußte er wahrscheinlich, daß es keineswegs die Kommunisten allein gewesen waren, die den Streik der siebzigtausend – den ersten Generalstreik in der Geschichte des Landes – ins Werk gesetzt hatten. Denn es bedurfte gewiß nicht vieler Agitatoren, um sein Volk auf die Straße zu bringen. Sein Land war das rückständigste aller fünf mittelamerikanischen Republiken. Auch ohne direkte Agitation pflanzte sich in Honduras der soziale Kampf Guatemalas fort – unterirdisch, wie die Stöße eines Erdbebens.

Weniger ermutigend klangen die Meldungen von der Front. Obwohl es bisher nirgends zu ernsthafter Feindberührung gekommen war, rollte die Offensive nur schwer wieder an. Nachtsüber hatte es geregnet, der Nachschub funktionierte schlecht, unter einigen Frontkommandeuren war Streit ausgebrochen. Die ersten Nachrichten von der Nordflanke besagten, man habe den Rio Motagua an mehreren Punkten erreicht und beherrsche das rechte Ufer. Doch war der Fluß durch die Regenfälle angeschwollen, bei Übersetzversuchen wurden zwei Behelfsbrücken weggespült.

Das alles hörte sich mißlich an. Es wurde Zeit, daß der Armeechef die Fäden wieder straff in die Hand bekam. Castillo Armas ging, während seine Koffer draußen auf der Plaza noch abgeladen wurden, denn auch unverzüglich daran, sich einen Überblick zu verschaffen. Seine Operationskarte hatte er mitgebracht. Er ließ sie an der Wand befestigen und befahl, die erreichten Punkte zu markieren. Er sprach wie immer leise; mitunter fingerte er am Bärtchen, was von den anderen als Zeichen des Unbehagens gewertet wurde.

Von der Kampfgruppe Ydígoras, die in der atlantischen Küstenniederung von Buenavista aus auf Puerto Barrios vorrücken sollte (die Einnahme des Hafens war für heute geplant), erreichte uns gar keine Botschaft. Es schien, als habe der tropische Dschungel den General und seine Leute verschlungen. Ein Aufklärungsflugzeug wurde entsandt, das den Stand des äußersten rechten Flügels ausspähen sollte. Es kehrte zurück, ohne unter dem Urwaldgrün einen einzigen Mann entdeckt zu haben. Dafür traf gegen Mittag aus dem Raum Quirigua-Quebradas die Meldung ein, man habe den Rio Motagua erreicht, sich auf dem linken Ufer erfolgreich festgesetzt und sei im Begriff, die strategische Bahnlinie Gualán–Puerto Barrios an acht Stellen in die Luft zu jagen.

«Ich verbiete es, die Gleise zu sprengen», ordnete der Oberbefehlshaber zur allgemeinen Verwunderung an. «Die Züge sollen beschossen und möglichst gestoppt werden, aber es darf keiner entgleisen. Der Bahnkörper wird nicht zerstört!»

Dieser Befehl entsprang nicht militärischer Einsicht oder humanitären Erwägungen, sondern – wie mir Mendoza erklärte – wirtschaftlicher Notwendigkeit. Der Schienenstrang gehörte der «International Railways of Central America», einer mit der United Fruit innig verflochtenen Gesellschaft. Es war die wichtigste Exportbahn Guatemalas, und die Company hatte darum gebeten, diese im feuchtheißen Regenwaldgebiet unter beträchtlichem Kapitalaufwand gelegten Gleise tunlichst zu schonen. Durch derlei ökonomische Rücksichten gehemmt, war der Coronel in seiner Kampfführung natürlich sehr behindert.

Dennoch, entmutigen ließ er sich nicht. Daß der rechte Flügel in schändlicher Weise liegenblieb, ja sogar unauffindbar war, und auch das Zentrum keine Fortschritte machte, schien ihn wenig zu kümmern. Sein Augenmerk galt dem Südabschnitt, von wo aus der Stoß auf Guatemala-Stadt geführt werden mußte. Hier befahl er, die Ortschaft Quezaltepeque anzugreifen, und bald trug der Westwind wildes Gewehrfeuer zu uns herüber. In den Nachmittagsstunden fiel der Ort. Von da bis zur Hauptstadt waren es freilich noch hundertzwanzig Kilometer – durch die Luft, am Boden das Doppelte. Dazwischen lag ein Bahndamm, hinter dem sich die Regierungstruppen verschanzt hatten, lag das Ipala-Vulkanmassiv, lag die unwegsame Landschaft der tropischen Mittelgebirge mit ihren schäumenden Flüssen, Baumfarnen, von Bambusgestrüpp verfilzten Hängen und den steinigen Hochebenen. Es war noch ein weiter Weg.

Chabelita schlug mir vor, den Abend nicht wieder im Patio des Herrn von Hardenberg zu verbringen, sondern bei denen, die Jahr für Jahr dreizehntausend Sack Kaffee für ihn geerntet hatten. Sie führte mich durch ein Labyrinth holpriger Gassen. Aus purer Neugier lief ich neben ihr her, ohne zu ahnen, in welch gefährliches Unternehmen ich mich da einließ. Es war noch hell, wir gelangten bald an den Rand von Esquipulas, ließen die Häuser hinter uns. Unser Weg führte durch Maisfelder bergab. Gegen den orangefarbenen Himmel zeichneten sich die Hütten der Landarbeiter buschig ab. Sie waren mit Maisstroh gedeckt, ihre Wände bestanden aus Holzstäben und Laubwerk.

«Sie bauen wieder Mais für sich», sagte Chabelita. «Von Kaffeebohnen wird man nicht satt.» Unterwegs gab sie sich redliche Mühe, mir die Merkmale der Bodenreform zu erklären. Diese habe, wie sie versicherte, zunächst Schluß gemacht mit der unentgeltlichen Arbeit, die die Peones dem Latifundista hätten leisten müssen, sobald der sie einmal dazu verleitet hatte, bei ihm Kredit aufzunehmen. Bares Geld – also Kredit – habe der

Indio stets benötigt, wenn er heiraten wollte, wenn er ein neues Kleidungsstück brauchte, wenn seine Frau ein Kind bekam oder er seine Steuern bezahlen mußte. Bares Geld hatte nur der Patrón, und er pflegte es, nachdem er die Arbeitskraft des Mannes abgeschätzt hatte, bereitwillig auszuleihen. Dadurch aber seien die Leute in eine Schuldknechtschaft gekommen, der sie kaum mehr entrinnen konnten. Der Latifundista ließ sie den Kredit niemals ganz abarbeiten. Er betrog sie bei jeder Abrechnung und zahlte einen so erbärmlichen Lohn, daß sie von Zeit zu Zeit neue Schulden bei ihm machen mußten.

«Eine Art Sklaverei?» fragte ich.

«Vielleicht noch schlimmer», antwortete sie. «Durch die Geldvorschüsse war der Landarbeiter völlig in der Hand seines Gläubigers, Señor Morena. Riß er aus, um sich woanders zu verdingen oder in sein Heimatdorf zurückzugehen, hatte der Patrón das Recht, ihn mit Gewalt wiederzuholen. Kleinere Pflanzer machten das selbst, sie fingen ihre Mozos – so nennt man bei uns die Tagelöhner – persönlich wieder ein; größere, wie Ihr Landsmann, ließen es durch Angestellte besorgen. Die ritten dann oft wochenlang die Gegend ab, und spürten sie den armen Teufel auf, gab's daheim auf der Finca Peitschenhiebe ...»

Aus ihr sprach der Haß gegen den Großgrundbesitz; doch was sie sagte, klang plausibel. Ein mittelamerikanischer Pflanzer, den Hautfarbe, Bildungsgrad und Muttersprache völlig von seinen Arbeitern trennen, kennt keine Anteilnahme. Er hält die Gestehungskosten so niedrig wie möglich. Der Kaffeepreis wird ihm vom Weltmarkt vorgeschrieben. Die Differenz ist sein Gewinn. Ich dachte an Herrn von Hardenberg, an sein schönes Haus und an den Silberschein, der gestern abend im Kerzenlicht um sein Haupt lag.

«Außerdem», sagte Chabelita, «wurde das feudale Pachtsystem verboten. Bevor Arbenz das tat, mußten die Bauern, sofern sie kein eigenes Land hatten und sich auch nicht auf einer Finca – so heißen hier die Plantagen – verdingen wollten, dem Besitzer der Felder als Pachtzahlung ein Drittel ihrer Ernte abgeben, oft sogar die Hälfte. Da wurden die Latifundistas fett! Ihre Töchter hängten sich Juwelen um Arme und Hals, reisten jedes Jahr nach New York, Los Angeles oder Paris. Heute darf die Pacht nicht höher sein als fünf Prozent des Ernteertrags.»

Aus einer der Hütten vor uns drang klagende Musik. Mir war, als würde leise gesungen. Chabelita bemerkte es nicht, sie war eifrig dabei, mich einzuweihen in die sozialen Reformen des Jacobo Arbenz. Ich aber fragte mich, warum die Indios wohl sangen. Wußten sie nicht, daß mit dem Einmarsch der «Befreiungsarmee» all das ein Ende nehmen würde? Weshalb taten sie nichts dagegen, warum versteckten sie sich nicht im Busch und bekämpften uns aus dem Hinterhalt, wenn sie unserer besseren Waffen halber schon keinen offenen Angriff wagen konnten? Unwillkürlich verlangsamte ich meinen Schritt. Ich spürte mein Herz klopfen.

«Die Bodenreform», sagte das Mädchen, «hat auch die Dörfer befreit, die innerhalb des Großgrundbesitzes steckten. Sie bekamen eigenes Gemeindeland und durften ihren Bürgermeister wählen; vorher hatten sie dem Hacendado gehorchen müssen. Dann wurden zweihunderttausend Hektar den einheimischen Großgrundbesitzern weggenommen: bloß Ländereien, die sie nicht selbst bebauten, sondern brachliegen ließen oder verpachtet hatten. Señor Morena, das ist eine Fläche, dreizehnmal so groß wie das Fürstentum Liechtenstein, dessen Bürger Señor de Hardenberg kürzlich geworden ist.»

Ich lauschte der Musik, die sonderbar wimmernd aus einer der Hütten kam; mein Mund wurde trocken. Wir hatten die Siedlung fast erreicht. Fern im Westen, hinter dem Ipala-Vulkan, versank jetzt die Sonne. Bald würde die Dämmerung einfallen, jenes kurze Zwielicht, dem hierzulande die pechschwarze Finsternis folgte. War es klug von uns, die Indios aufzusuchen?

«Vor allem aber hat man damit begonnen», erklärte mir Chabelita, «Genossenschaften einzuführen. Die Bauern sollen sich zusammentun, damit die Plantagenkulturen nicht verfallen. Vierzigtausend Familien haben Land bekommen, aber wenn sie es einzeln bewirtschaften, würden die Erträge zurückgehen, hat Vater gesagt. Es ist schwer, ihnen das beizubringen. Auf den ehemaligen deutschen Kaffeeplantagen gibt es schon fünfzig Genossenschaften von Landarbeitern. Hier ist auch eine davon, glaube ich. Vielleicht gehört diese Siedlung dazu.»

«In einer halben Stunde ist es dunkel», sagte ich, «besser, wir kehren um.»

Sie sah zu mir auf und fragte: «Haben Sie Angst?»

«Zum Teufel, nein», antwortete ich.

Und wir schritten zwischen den Hütten hindurch bis auf einen kleinen Platz, wo an die dreißig Mozos mit ihren Familien um ein höchst seltsames Musikinstrument hockten.

Es war die Marimba, ein exotisches Instrument, das aus einem zwei Meter langen Holzrahmen bestand, auf dem, ähnlich den Tasten einer Klaviatur, zwei Dutzend verschieden lange Querbrettchen befestigt waren. Von jedem der Brettchen hing als Resonanzkasten ein aufgeschlitzter Flaschenkürbis herab; von rechts nach links wurden die Kalebassen – wie Orgelpfeifen – kürzer. Später hörte ich, daß die Marimba, obwohl sie einst von Negersklaven aus Afrika mitgebracht worden ist, als das guatemaltekische Nationalinstrument gilt. In seiner einfachsten Ausführung war es leicht anzufertigen und hatte mit seinem vollen Klang das ursprüngliche Musikgerät der Indianer verdrängt.

Hier im Elendsquartier vor Esquipulas wurde die Marimba von zwei alten Indios bedient. Sie saßen dahinter in zerrissenen Jacken auf einer Bank, Strohhüte bedeckten ihre Köpfe und jeder hielt zwei Schlagstöcke in der Hand: fußlange Stäbchen, vorn mit einem Kautschukring umwickelt. Schlugen sie auf die kurzen Platten, so entstand ein heller Glockenton; trafen sie die längeren, dröhnte es hohl und summte. Die Klaviatur umfaßte drei Oktaven. Halbtöne erzeugten die Musikanten, indem sie während des Spiels Gummistücke auf die Hartholzbrettchen klebten. Es war ein süß summendes, rhythmisch bewegtes Klingen.

Als sie uns gewahrten, sahen die beiden Marimberos auf, tauschten einen Blick und fuhren ein wenig gedämpfter in ihrem Spiel fort. Die übrigen starrten uns schweigend an. Ein Kind begann zu schreien, seine Mutter trug es fort. Hinter meinem Rücken tuschelte jemand: «Buena, anda el ajo» – eine Bemerkung, die ich nicht gleich verstand, da «ajo» Knoblauchbrühe bedeutet, doch wird das Wort auch als Kraftausdruck benutzt und hieß hier soviel wie: «Das ist 'ne nette Bescherung.»

«Buenas tardes», sagte ich laut.

Jetzt brach die Marimbamusik ab. Ein paar Männer standen auf. Doch niemand beantwortete meinen Gruß.

Die Situation wurde peinlich. Zum Glück fing Chabelita nun an, sehr schnell in einem von spanischen Brocken durchsetzten indianischen Dialekt zu sprechen. Und wenn auch ihre für einen Soldaten etwas zu hohe Stimme spöttische Zwischenrufe herausforderte, so schienen die Leute doch aufzutauen. Die Männer setzten sich wieder, ein Junge stellte uns Schemel hin.

Von der folgenden Unterhaltung begriff ich nicht das mindeste. Nach einer Weile kam mir der Verdacht, Chabelita sei im Begriff, mich an ihre Landsleute auszuliefern, um sich dann mit deren Hilfe davonzumachen, durch die dünne Front ins nichtbesetzte Guatemala zu fliehen. Aber nein, solchen Verrat traute ich ihr nicht zu. Jedoch ist es immer unheimlich, fremden Gesprächen zu lauschen, deren Inhalt man nicht erfassen kann. Ich berührte ihren Ellenbogen und fragte: «Was reden die Leute?»

«Die Frauen sagen, die Uniform steht Ihnen gut, Señor Capitán. Man wird hier, wenn wir weg sind, noch lange davon sprechen.»

Wollte sie sich über mich lustig machen? Von dieser Seite kannte ich sie noch nicht. «Und die Männer?» forschte ich.

«Die Männer sagen», erklärte sie, «daß die Arbeit schwer ist, weil man dem Hacendado das ganze Gerät belassen hat. Die Bodenreform, meinen sie, habe viele Mängel. Und nun wird befürchtet, daß es noch schlimmer wird. Die Armas-Armee bringt nichts Gutes für sie. Man hat gestern beim Einmarsch elf Mitglieder der Genossenschaft auf der Plaza erschossen.»

Meine Zunge klebte am Gaumen. «Sag ihnen», antwortete ich, «wir haben damit nichts zu tun. Ich bedaure diese Vorfälle und hoffe, sie werden sich nicht wiederholen. Ich bin Deutschamerikaner und mische mich nicht in ihre Angelegenheiten ein.»

Sie zuckte die Achseln und übersetzte. Wenig später begriff ich, daß es falsch gewesen war, ihnen das mitzuteilen. Nach allem, was folgte, bin ich sicher, daß die Männer, die rund um die Marimba hockten, nun in mir den Verbündeten des Herrn von Hardenberg sahen. Einige von ihnen mochten sogar glauben, ich sei gekommen, um den Plantagenaufseher zu spielen, hoch zu Roß die Gegend zu durchstreifen und geflüchtete Mozos einzufangen – wer weiß?

Eine alte Frau mit breitknochigem Pergamentgesicht reichte mir in einer Kürbisschale Atole, Maislimonade, die im Geschmack an verdünnte Grießsuppe erinnerte. «Sabroso, señor oficial, refrescante», murmelte sie, schmackhaft, erfrischend! Doch handelte sie eher aus Furcht als nach dem Gesetz der Gastfreundschaft. Ich sah es der Frau an, sie wollte mich versöhnlich stimmen. Von meinem Waffenrock ging für sie wohl eine Drohung aus. Die Leute konnten sich unseren Besuch nicht erklären, sie waren aufs Schlimmste gefaßt.

«Gracias», antwortete ich und goß den Atole hinunter. Meine Kehle war noch immer trocken, ich hatte genausoviel Angst wie sie. Das Getränk bestand aus gequirltem Maismehl, vermischt mit einem scharfen, exotischen Fruchtsaft. Doch einerlei – ich war bereit, jede Art Flüssigkeit zu schlürfen; alles Nasse hätte mir wohlgetan. «Vielen Dank», sagte ich noch einmal und gab das Gefäß zurück.

Die Dämmerung sank herab. Während Chabelita die Unterhaltung bestritt und glücklich war, mit diesen einfachen Menschen zu reden, sah ich mich unbehaglich um. Zum Hof hin waren die Hütten offen; ihr Mobiliar war äußerst dürftig. In der nächststehenden gab es weder Tisch noch Schrank, von Spiegeln oder Lampen ganz zu schweigen. In einem Winkel entdeckte ich ein primitives Bett. Es bestand aus dicht nebeneinandergelegten Rohrstäben, die auf einem Holzgestell ruhten. Auf derartigen Pritschen pflegt der Indianer mit seinem Weib zu schlafen. Ein paar Töpfe standen herum, und zwei Kinder dösten in einer Hängematte.

Wieder hörte ich jemanden hinter mir tuscheln. Ich wandte mich um und gewahrte ein schlankes viereckiges Türmchen, aus Maisstroh geflochten. Soviel ich wußte, war das der Cincolote, ein Speicher für Maiskolben. Das spitze Dach schützte ihn vor Regen, er stand auf hohen Holzfüßen, damit die Ratten nicht hinaufkriechen konnten. Zwischen den hölzernen erblickte ich jetzt sechs menschliche Füße. Sie waren nicht nackt wie die der Indios, sondern steckten in löchrigen Halbschuhen.

Ich fand, es sei nun genug, stand auf und verabschiedete mich mit höflichem Gruß. Als ich mich nach Chabelita umdrehte, sah ich hinter dem Cincolote drei fahle Gesichter. Sie lugten um die Ecke des Türmchens, und mir schien, als wären sie nicht so tiefbraun wie die der übrigen, sondern heller, fast wie das meiner Begleiterin. Zweifellos, es waren Mestizen. «Wir sollten uns beeilen», sagte ich.

Durch die Maisfelder ging es bergauf. Vögel zwitscherten, und die schwermütigen Klänge der Marimba folgten uns. «Hörst du sie spielen?» fragte ich.

«Sie sind ganz verzweifelt», antwortete Chabelita. Es entging mir nicht, daß sie mit dem Handrücken über ihre Augen wischte. «Sie ahnen, wie's kommen wird, wenn die Banditenarmee hierbleibt.»

«Aber sie tun nichts dagegen», sagte ich. «Sie wehren sich nicht. Sie sind einfach apathisch. Sie mahlen ihren Mais und spielen auf der Marimba. Na, ‹Selig sind die Sanftmütigen! Sie werden das Land besitzen.›»

Überrascht sah sie mich an. Soviel ich wußte, war das eine Zeile aus der Bergpredigt; sie stand zwischen «Selig die Armen im Geiste» und «Selig, die Hunger und Durst haben nach der Gerechtigkeit». Sehr viel mehr als solche Sätze hatte ich von den Religionsstunden her nicht behalten. Sie ernst zu nehmen, hatten wir als Kinder nie fertiggebracht, aber diesem Volk hier war es ernst damit.

«Das verkündete die Heilige Schrift», sagte Chabelita leise. «Aber der Apostel Matthäus hat das nicht wörtlich gemeint. Das ‹Land› ist nicht der Ackerboden, sondern das Land der Verheißung oder der Seligen.»

«Aha», machte ich. «Nicht der Ackerboden! Das Land der Seligen liegt sicher im Jenseits. Ich verstehe langsam, warum die Latifundistas es gern haben, wenn ihre Mozos so fromm sind.»

Gab sie mir recht? Ich weiß es nicht. Schweigend gingen wir ein Stück, bis die Musik verstummte. Einmal war mir, als hätte ich hinter uns ein Rascheln gehört – abseits im Feld. Ich schaute zurück, doch war in der Dämmerung nichts zu erkennen. Nervös öffnete ich meine Revolvertasche. Ich hätte die Waffe gern in die Hand genommen, fürchtete aber Chabelitas Spott.

«Es ist mit ihnen schwer», seufzte das Mädchen. «Sie finden sich nicht gleich zurecht, und das ist ja kein Wunder. Kaum einer von ihnen kann lesen und schreiben. Ehe die Spanier kamen, waren sie ein kluges Volk. Heute ist jeder Patrón imstande, sie bei der Abrechnung zu betrügen, weil sie nicht bis fünfzig zählen können. Wie sollen sie sich auskennen in der Politik? Seit hundertdreißig Jahren macht ihnen jeder Político Versprechungen, es hat zwanzig Revolutionen gegeben, sie haben mitgekämpft und sind dann verraten worden. Wie sollen sie unterscheiden, wer für und wer gegen sie ist? Man hat sie immer geduckt und dazu erzogen, gute Knechte zu sein.»

«Es ist ihr Charakter», erwiderte ich. «Mexicos Indios sind anders, die haben die Spanier gewaltsam verjagt und, glaube ich, eine halbe Million Tote dabei in Kauf genommen. Diese hier machten damals keinen Finger krumm, die Befreiung wurde ihnen geschenkt. Sie sind zu sanft – sonst wären sie vorhin über uns hergefallen. Wir waren zwei gegen dreißig.»

«Täuschen Sie sich nicht, Señor Morena», sagte sie. «Kann sein, Sie werden unsere Leute noch kämpfen sehen. Im Augenblick sind sie verwirrt. Sie fassen nicht so schnell, was geschehen ist. Aber da sind die Ladinos, die machen es ihnen klar.»

«Ladinos?» fragte ich.

«So heißen bei uns die Mestizen», antwortete sie. «In den Gewerkschaften und im Landarbeiterbund spielen sie eine große Rolle. Es sind Ladinos gewesen, die man gestern auf der Plaza ermordet hat.»

Und es waren Ladinos, die hinter dem Maisspeicher gestanden haben, fügte ich im stillen hinzu und nestelte wieder an der Schnalle meiner Pistolentasche. Das Wort «ladino» bedeutet: schlau, verschmitzt, Eigenschaften, die die ursprünglich reinblütige spanische Oberschicht den Mestizen allgemein zuschrieb.

Wir wurden erst überfallen, nachdem wir die holprigen Gassen von Esquipulas erreicht hatten. Es geschah zwischen den niedrigen kalkigen Mauern mit ihren vergitterten Fensterhöhlen, die sich auch beim lautesten Hilfeschrei niemals öffnen. Zu diesem Zeitpunkt war es völlig finster, doch glaube ich eher, die Verfolger zögerten so lange, damit man unsere Leichen nicht vor der Siedlung fände, von der wir kamen, und kein Verdacht auf die dort lebenden Indios falle. Es wimmelte im Ort von Militär, im Grunde war der Anschlag eine ziemlich mutige Tat.

Chabelita hörte sie zuerst, sie zerrte mich plötzlich in eine Tornische – und dann huschten die drei heran. Von dem folgenden Handgemenge ist mir wenig in Erinnerung geblieben. Die Gesichter der Angreifer sah man nicht, nur ihre Zähne blitzten. Ich weiß noch, daß ich sechs oder sieben Schüsse abgab – zuerst in die Luft, dann gezielte, doch auch die trafen nicht. In der Finsternis vor mir tanzte ein Schatten. Ich erhielt einen stumpfen Schlag auf den Kopf, der durch die Mütze gedämpft wurde, bekam eine Hand zu fassen und drehte sie um; etwas Schweres, Metallisches polterte zu Boden. Der Schatten bückte sich, ich trat zu, verfehlte ihn aber. Sicher wären wir beide Opfer des mörderischen Angriffs geworden, hätte sich nicht eine Streife, vom Knall meiner Pistole alarmiert, im Laufschritt dem Kampfplatz genähert. Etwas sauste an meinem Ohr vorbei, Chabelita schrie auf ... Dann war die Streife heran – und die Ladinos im Gewirr der Gassen verschwunden.

«Der dritte Überfall heute, Señor Capitán», sagte der Streifenführer, ein Sargento primero. «Einen Comandante und zwei Tenientes haben sie schon kaltgemacht. Diese Verbrecher.» Er hob den Gegenstand auf, der eben aufs Pflaster geklirrt war, und reichte ihn mir. Es war ein langes, nach vorn allmählich breit werdendes und über den Rücken aufgebogenes, mit kurzer Spitze endendes Messer, ein schweres, zwei Fuß langes Hauwerkzeug, das im konvexen und breitesten Teil der Klinge seine Hauptkraft vereinigte. Im Schein der Taschenlampe blinkte der kalte Stahl. Die Schneide war unheimlich scharf. Ein einziger Hieb mit diesem furchtbaren Schlaginstrument reichte wohl aus, einen menschlichen Schädel zu spalten. Ich steckte es als Andenken in meinen Gürtel.

Chabelita blutete am rechten Oberarm, es rann ihr rot über Ärmel und Hand. Eins der Messer hatte sie getroffen. Wir brachten sie in die nächste Sanitätsstube, wo ein bärbeißiger Suboficial anordnete, ihr den Oberkörper zu entblößen. Ich konnte gerade noch verhindern, daß diese ebenso übertriebene wie für uns peinliche Weisung befolgt wurde. Man schnitt ihr nur den Ärmel auf. Die Wunde war zum Glück nicht tief. Das Messer hatte sie nur gestreift, doch ein Stück Fleisch herausgehackt; eine breite Narbe würde zurückbleiben. Nunmehr von fünf Mann eskortiert, kehrten wir in unser Quartier zurück.

Ich brachte sie bis zum Bett und verbot ihr, es in den nächsten drei Tagen zu verlassen. Sie nickte gehorsam; der Überfall hatte sie sehr erschreckt. Sie sprach nicht viel und erlaubte mir, ihr Uniform und Schuhe auszuziehen. Dann löschte ich die Kerze und ließ sie, auf der Bettkante sitzend, allein. Hungrig und müde betrat ich mein eigenes Zimmer. Den ganzen Abend über hatte ich nichts zu mir genommen außer jener Kürbisschale voll Atole, was wenig war für einen Mann und erbärmlich, verglichen mit den gebackenen Bananen, den knusprigen Hähnchen und dem Malagawein des Herrn von Hardenberg.

Ehe ich einschlief, dachte ich darüber nach, wie es denn kam, daß es sich bei denen, auf deren Seite das Unrecht war, so angenehm lebte, während die, denen man Achtung entgegenbrachte, einem wohl aufwarteten – doch mit Maislimonade und Machetes.

Am nächsten Morgen zeigte ich das Haumesser im Stab herum. Die Herren prüften die Klinge und versicherten mir, es sei in solchen Fällen üblich, daß der durch Gottes Hand Errettete seinen Kameraden einen gehörigen Trunk spendiere. Coronel Mendoza hatte schon von meinem nächtlichen Abenteuer gehört. Er erklärte mir, daß es sich im Grunde hier um keine Mordwaffe handele. Indios und Ladinos benutzen die Machete gewöhnlich zur Arbeit. Die Feldarbeiter jäten damit das zwischen den Reihen der Kaffeebäume schnell wuchernde Unkraut. Dabei wird das Messer mit der rechten Hand waagerecht über den Boden geführt, während die linke mit einem hölzernen Haken die Pflanze lüftet, so daß das Unkraut an der Wurzel gekappt wird. Auf meine Frage, woher er diese genaue Kenntnis der Plantagenarbeit habe, erfuhr ich, daß ihm in Nordwest-Guatemala ausgedehnte Ländereien gehörten, die vom Arbenz-Regime allerdings zur Zeit beschlagnahmt seien.

Es war der 20. Juni 1954, ein strahlender Sonntagmorgen. Die Glocken der Wallfahrtskirche dröhnten wie im tiefsten Frieden. Die Frontberichte klangen nicht anders als gestern. Am dritten Tage ihres mit bombastischen Erklärungen eingeleiteten Feldzuges führte die «Befreiungsarmee» fast überall schmählichen Bandenkrieg. Sie vermied jede Kampfberührung mit bewaffneten Kräften und hielt sich an die wehrlose Bevölkerung.

Im Norden beschoß sie die zwischen Gualán und Puerto Barrios verkehrenden Züge, ging aber sofort in Deckung, wenn Begleitkommandos aus den rollenden Waggons zurückfeuerten. Vor einer Abteilung Regierungstruppen, die vom berühmten Ruinenort Quirigua beiderseits des Bahnkörpers ausschwärmte, entwichen die Angriffsspitzen des Armas in die Seitentäler der Sierra del Mico.

Gegen Mittag setzte der Oberkommandierende, da die Kampfgruppe Ydígoras noch immer nichts von sich hören ließ, am Unterlauf des Rio Motagua einen bataillonsstarken Trupp in Richtung Küste in Marsch. Diese Abteilung hatte den Fluß bei Tenedores überschritten und arbeitete sich nun durch verlassene Bananenplantagen auf Puerto Barrios vor, mit dem Auftrag, den Hafen von der Landseite her einzuschließen, Ydígoras' Eintreffen abzuwarten und dann die Stadt mit vereinten Kräften zu stürmen. Doch gelangten die Leute nur bis Bananera, einem kleinen Ort südwestlich Puerto Barrios', weil die Garnison der Stadt aus leichten MGs und zwei Granatwerfern das Feuer eröffnete. Flußaufwärts dagegen, bei Quebradas, flohen die Angreifer, nachdem sie reguläre Truppen erspäht hatten, vollends aus dem heißen Motagua-Tal und liefen wieder die Hänge der Sierra de Merendon hinauf, deren Kamm die Grenze zwischen Honduras und Guatemala bildet.

Im Mittelabschnitt fand der Kampf in einer waldarmen Landschaft statt, auf Geröllhalden und Strauchsteppen, zwischen niedrigen Akazien, Kalebassenbäumen, Säulen-, Kandelaber- und Kugelkakteen, die stachelbewehrt aus dem lehmig-sandigen Boden sprossen. Obschon in dieser Gegend seltener Regen fiel als anderswo und obgleich hier der ehemalige deutsche Oberst Haitmann den militärischen Ratgeber spielte, ging es kaum vorwärts. Ein Kurier meldete zwar, der Oberst täte sein Bestes: Seit Stunden entwerfe er, von Moskitos und Sandflöhen geplagt, auf dem Klapptisch vor seinem Zelt erstaunliche Zangenoperationen, denen seine Weltkriegserfahrungen zugrunde lägen. Bis zum Lago de Izabal wolle er durchstoßen, alle Verbindungslinien des Gegners zum Meer hin zerschneiden und sämtliche Regierungstruppen zwischen der Sierra de las Minas und dem Golfo de Amatique einkesseln, aufs Haupt schlagen und zur Kapitulation zwingen.

Doch den kühnen Plan zu verwirklichen erwies sich als schwierig. Vor Gualán und Zacapa hatten sich guatemaltekische Soldaten eingegraben, und die United-Fruit-Söldner waren kaum zu bewegen, in das Feuer der wenigen Maschinengewehre hineinzulaufen, das ihre Vormarschpfade bestrich. Sie schätzten den Abschußknall nur, wenn er aus ihren eigenen Waffen kam.

Nachmittags erschienen vor dem Hauptquartier sonderbare Typen: vier in helle Maßanzüge gekleidete Herren mit weißen Sombreros, weißen Oberhemden, kaffeebraunen, makellos gebundenen Krawatten und dottergelben Aktentaschen aus teurem Leder. Das Flugzeug aus Tegucigalpa hatte sie gebracht. Man schleuste sie durch die Stacheldrahtrollen auf der Plaza; ein Jeep mit ihrem Reisegepäck rollte hinterdrein. Wir standen alle am Fenster und beobachteten die Ankunft der schmucken Caballeros.

Der Oberbefehlshaber selbst ging ihnen entgegen. Er begrüßte sie ohne Herzlichkeit. Ihre Namen lauteten José Salazar, Domingo Giocolea, Luis Vallandares und Corado Lira; sie gehörten einer Clique korrupter Exilpolitiker an und hatten zuvor in Honduras das «Antikommunistische Koordinationskomitee Guatemala» geleitet. Zehn Kilometer hinter der vordersten Front fühlten sie sich wahrscheinlich nicht wohl, doch forderte das Vaterland nunmehr den Einsatz der ganzen Person. Oberst Armas hatte, einem Wink der Amerikaner folgend, sich beeilt, mit diesen illustren Gesellen hier auf guatemaltekischem Boden eine Gegenregierung zu bilden.

Diesem Staatsakt lag eine simple Überlegung zugrunde. Wo immer auf der Welt in einem Land zwei Regierungen bestehen, die beide über Soldaten verfügen und diese gegeneinander in den Kampf schicken, da handelt es sich im Sinne des Völkerrechts und der UNO-Satzungen nicht um einen Überfall, um keine Aggression von außen, sondern um einen Bürgerkrieg, eine interne Angelegenheit also, in die sich ohne weiteres niemand einzuschalten hat.

Nun war Armas zwar von Honduras aus in Guatemala eingefallen und hatte damit den völkerrechtlichen Tatbestand einer Aggression durchaus erfüllt. Indem er aber jetzt im Lande selbst eine Gegenregierung schuf, ermöglichte er es seinen Freunden in der UNO, den klaren Sachverhalt zu vertuschen. Und bald sollte sich zeigen, daß dieser Taktik ein gewisser Erfolg nicht versagt blieb.

Seine Políticos machten sich im Hauptquartier zunächst – vom Oberst mißtrauisch überwacht – als Propagandisten nützlich. Corado Lira avancierte zum persönlichen Sekretär des Armeechefs und arbeitete ein Kommuniqué aus, das von Lügen und Falschmeldungen strotzte, obwohl es die haarsträubendsten Behauptungen der vorgestrigen Pressekonferenz unauffällig zurücknahm. Das Kommuniqué war für die Auslandskorrespondenten bestimmt, die ohnehin außerstande waren, den Inhalt nachzuprüfen. Im Stile der ersten Erfolgsnachrichten hieß es darin:

«Die Befreiungstruppen setzen ihren Vormarsch auf Jutiapa, das nur noch fünfundsiebzig Kilometer von Guatemala-City entfernt ist, ungestüm fort. Mehrere wichtige Städte wurden überrannt. Der Widerstand ist gering, da neunzig Prozent der Einwohnerschaft vom Arbenz-Regime abgefallen sind. In zahlreichen Ortschaften hat sich das Volk spontan gegen die kommunistische Regierung erhoben. Das Oberkommando der Befreiungsarmee dementiert Presseberichte, nach denen die Hafenstädte Puerto Barrios und San José bereits erobert worden seien. Da die Offensive ausschließlich zu Lande vorangetrieben wird, ist die Erstürmung dieser Plätze zunächst nicht beabsichtigt. Starke Stoßtrupps haben die Bahnlinie Guatemala-City und Puerto Barrios an mehreren Stellen unterbrochen, wodurch der Hafen vom Hinterland abgeschnitten wurde. Das Regierungsheer ist im Begriff, sich aufzulösen. Ein Fünftel des guatemaltekischen Territoriums befindet sich fest in der Hand der Befreiungstruppen.»

Mit verkniffenen Lippen hörte sich Armas das an. Er stand vor der Karte und sagte nichts. Vom Hof der Pension drang Uringestank herein, aus dem Schankraum roch es nach fettem Fleisch, Bohnen und Pulque, einem ekelerregenden alkoholischen Getränk, das aus Agavensaft bereitet wird.

Schließlich drehte sich der Oberst um und verließ wortlos den Raum. Ich konnte mir denken, was in ihm vorging. Seine Armee beherrschte weder ein Drittel des Landes, wie es am Freitag geheißen hatte, noch das Fünftel, von dem man – vorsichtiger geworden – heute sprach. Sie kontrollierte am Spätnachmittag des 20. Juni einen zweihundertzwanzig Kilometer breiten, im Durchschnitt zwanzig Kilometer tiefen Gebietsstreifen: genau vier Prozent des 110 000 Quadratkilometer großen Staatsgebietes der República de Guatemala. Das war dürftig, beschämend, niederschmetternd. Die Aufstände im feindlichen Hinterland hatte sich Lira aus den Fingern gesogen; von Sympathie der Bevölkerung für ihre «Befreier» konnte keine Rede sein.

Aber das war noch nicht alles. Gegen Abend begann es zu regnen, der Himmel wurde finster. Während schwefelgelbes Licht am Horizont stand, prasselte ein furchtbarer Guß herab, überschwemmte mit elementarer Wucht die Scheiben und klatschte auf die Plaza, wo augenblicklich riesige Pfützen entstanden. Dicke Tropfen schlugen Blasen hinein. Die Umrisse der Häuser verschwammen, von der Kirche hinten auf dem Hügel war nichts mehr zu sehen. In diesem Unwetter landete ein Flugzeug auf der Base de Aviación Rodolfo Mendoza, überschlug sich und zerbrach. Der Pilot kam ums Leben, der Postsack wurde gerettet. Er enthielt eine Depesche aus Boston.

Der Obstkonzern kabelte: UNO-SICHERHEITSRAT AKZEPTIERTE SOEBEN FRANZÖSISCHEN ANTRAG KAMPFPARTEIEN NICHT ZU UNTERSTÜTZEN + SOWJETISCHES VETO VERHINDERTE ÜBERWEISUNG DER SCHLICHTUNGSBEMÜHUNGEN AN ORGANISATION DER AMERIKANISCHEN STAATEN + RÜCKDRAHTET OB ERFOLGREICHE KAMPFBEENDIGUNG JETZT AUS EIGENER KRAFT MÖGLICH + BAGGETT + + +

Womöglich enthielt das Telegramm noch mehr, doch sind mir nur diese wenigen Sätze bekannt geworden; ich kam hinzu, wie Armas mit Mendoza und Lira die Hiobsbotschaft erörterte. Ihrem Gespräch war zu entnehmen, daß der sowjetische Delegierte die «Befreiungsarmee» zum Aggressor erklärt und versucht hatte, ihren Angriff durch eine Streitmacht der Vereinten Nationen stoppen zu lassen. Sein Vorstoß zerschellte an der Mehrheit im Sicherheitsrat. Dem Gremium gehörten zu diesem Zeitpunkt außer den Delegierten der vier Großmächte je ein Vertreter Brasiliens, Kolumbiens, der Türkei, Taiwans, Dänemarks, Neuseelands und des Libanon an, Abgesandte von Regierungen also, die damals die Vereinigten Staaten vorbehaltlos unterstützten.

Jedoch hatte der sowjetische Delegierte durch sein Veto vereitelt, daß Guatemalas Beschwerde der UNO-Kompetenz entzogen und an die «Organisation der amerikanischen Staaten» überwiesen wurde. Bei dieser panamerikanischen Organisation handelte es sich um eine Körperschaft, die ganz nach der US-Pfeife tanzte. Sie hätte, wie Lira schmerzlich hervorhob, Guatemalas Klage zweifelsohne so schleppend untersucht, daß die Waffen den Kampf entschieden haben würden, ehe sie zu einem Ergebnis gekommen wäre. Eine solche langsame Behandlung der Angelegenheit hatte der amerikanische Chefdelegierte Cabot Lodge im Auge gehabt, doch damit war es nun vorbei.

Selbst Amerikas Freunden schien das Vorgehen der United-Fruit-Privatarmee Kummer zu bereiten, und so hatte der Sicherheitsrat der französischen Zwischenlösung zugestimmt: Alle UNO-Mitglieder wurden aufgefordert, sich jeder Hilfeleistung zu enthalten; keine der Kampfparteien durfte unterstützt werden! Auch Honduras war UNO-Mitglied, die Vereinigten Staaten nicht minder – was, wenn sie sich dem Beschluß beugten und weder Benzin noch Proviant, Bomben, Patronen und Dollars mehr hergaben? Wenn sie die Lieferungen stoppten, weil sie glaubten, die Rebellen schafften es nun allein?

«Der letzte Satz hier», sagte Armas, wobei er auf die Depesche tippte, «spielt deutlich genug darauf an.»

«Eine Revolution», knurrte Mendoza, «muß man binnen achtundvierzig Stunden gewonnen haben, oder es wird mulmig. Señor Coronel, erlauben Sie mir, Guatemala-City erbarmungslos zu bombardieren!»

«Bitte nicht», antwortete ihm Lira. «Bitte, kein solches Blutbad! Es könnte uns die letzten Sympathien in der Bevölkerung kosten.»

«Mich interessieren nicht Sympathien, sondern Erfolge», schnaubte der Luftwaffenchef, seine blatternarbigen Wangen wurden krebsrot. «Wer hat denn den Yankees eingeblasen, wir stünden schon vor dem Sieg? Das waren doch Sie mit Ihrem Kommuniqué! Kein Wunder, wenn sie nun denken, wir erledigen Arbenz mit der linken Hand.»

Oberst Armas allein erregte sich nicht; nur leicht berührte er sein Lippenbärtchen, wie er es stets tat, wenn ihm Unangenehmes begegnete. Er vermied es, auf die Argumente seiner Partner einzugehen, offenbar dachte er nach. Schließlich fiel ihm etwas ein: «Lassen Sie zurückfunken: Wir sitzen fest und brauchen weitere Hilfe. Feind leistet zähen Widerstand. UNO-Beschluß darf nicht wirksam werden.»

Mit soldatischer Offenheit hatte er den Knoten zerhauen; alle atmeten auf. «Señor Coronel», sagte Lira, «ich würde vorschlagen, dies auch nach Puerto Barrios durchzugeben. Natürlich chiffriert.»

Das mochte seltsam klingen, doch nicht für Eingeweihte. In Puerto Barrios saß ja nicht nur Chabelitas Onkel, der Major Guerra, mit seinen drei Kompanien, Granatwerfern und dem halben Dutzend MGs, sondern es stand dort auch ein erdbebensicherer Betonklotz: die United-Fruit-Filiale für Guatemala. Ich hatte ihn selbst gesehen, wie er aufragte zwischen Silos, Transportbändern und Ladebrücken – jetzt ein Pfahl im Fleisch der Verteidiger.

Warum zögerte Armas mit seiner Antwort? Heute weiß ich, daß im amerikanisch kontrollierten Hafendistrikt, bewacht von der Trust-Polizei, Leute saßen, von denen zum Hauptquartier straffe Fäden liefen. Sie mündeten bei den Políticos, und Armas argwöhnte zu Recht, man treffe hinter seinem Rücken Abmachungen, die er nicht billigen konnte. Der Bananenkonzern bezahlte ihm die Armee, doch gängeln lassen wollte er sich von ihm nicht, und seinen Políticos mißtraute er grundsätzlich.

Am Dienstag, dem 22. Juni, wurde mir befohlen, Luftaufklärung zu fliegen. Ich bekam eine Pilotenausrüstung samt Kappe und Fallschirm. Mein besonderer Auftrag lautete, in geringer Höhe über das guatemaltekische Hinterland zu streifen, Flugblätter abzurieseln und herauszufinden, wo die oft zitierten Aufstände gegen das Arbenz-Regime eigentlich im Gange seien. Daß es Massenerhebungen gäbe, gehörte zu den ehernen Glaubenssätzen des Obersten Befehlshabers. In dieser unerschütterlichen Überzeugung hatte ich ihn gehorsamst zu bestärken. Kein Pilot hatte es bisher gewagt, Armas' Aufstands-Dogma zu korrigieren, nur deckten sich ihre vorgetäuschten Beobachtungen in geographischer Hinsicht nicht. Ich sollte da Klarheit schaffen.

In zweiter Linie wurde mir aufgegeben, endlich die vermißte Kampfgruppe Ydígoras im Küstendschungel aufzuspüren oder den Verlust dieser Streitmacht authentisch zu bescheinigen, damit die Truppe von der Besoldungsliste gestrichen werden konnte. Auf Mendozas Viehweide setzte man mich in ein dreizehn Jahre altes Jagdflugzeug vom Muster P-51 Mustang, das einst sechzigtausend Dollar gekostet hatte, nun aber kaum noch ein Zehntel wert war, und wünschte mir Hals- und Beinbruch. Es war das erstemal, daß man mir allein ein Flugzeug anvertraute.

Ich kam gut ab und drehte eine Platzrunde. Trotz seines Alters war der Vogel noch ganz rüstig, er machte fünfhundert Kilometer in der Stunde; ich hätte Guatemala-Stadt damit in fünfzehn, die Atlantikküste in achtzehn Minuten erreicht. Zunächst ging ich auf Nordkurs und verschwand aus dem Blickfeld meiner Vorgesetzten. Da die Armas-Luftwaffe weder ein Meldesystem noch Radar hatte, war ich ihrer Kontrolle nun gänzlich entzogen.

Es war nicht meine Absicht, die Flugorder allzu wörtlich zu nehmen und übermäßig tief ins Hinterland einzudringen. Was ging mich ihr Feldzug an? Auch leuchtete mir der Sinn des Befehls nicht völlig ein. Armas nämlich hegte die kindliche Vorstellung, man brauche über dem Feindgebiet nur abwechselnd Flugschriften und Handfeuerwaffen abzuregnen, um gleichsam synthetisch Unruhen hervorzubringen.

Nach knapp acht Minuten erschien unter mir das Motagua-Tal mit seinem rötlichen Schwemmsand und den vielen Schleifen zwischen Lobo und Los Amates. Wollte ich mich am Flußlauf orientieren, ließ es sich nicht mehr vermeiden, den frontnahen Raum zu berühren. Backbord voraus erspähte ich jene Senke zwischen der dicht bewaldeten Sierra de las Minas und der niedrigeren Sierra del Mico, durch die Oberst Haitmann in seinem Übereifer auf den Lago de Izabal hatte vorstoßen wollen; einen siebzig Kilometer langen See, dessen Riesenfläche im Norden blinkte. Beherzt folgte ich dem Rio Motagua. Die angeblich hart umkämpfte Bahnlinie kroch auf dem linken Ufer dahin, ich sah einen Zug stromaufwärts dampfen – doch von Gefechten keine Spur.

Das Tropenkrankenhaus von Quirigua glitt unter mir weg, ein moderner zweistöckiger Bau, mit dem die United Fruit Company viel Reklame gemacht hatte, obwohl es mit seinen zweihundert Betten hauptsächlich für die weißen Angestellten bestimmt war. Die Indios, die unter glühender Sonne im stinkenden Sumpf, von Myriaden von Mücken umschwärmt, beiderseits des Stroms gearbeitet hatten, waren oft nicht aufgenommen worden, wenn sie fieberkrank mit letzter Kraft diese weißen Mauern erreichten, das wußte ich von Chabelita. Viele waren auf dem Wege dorthin gestorben, die meisten jedoch auf dem Lumpenhaufen, der ihr Bett darstellte.

Vor mir dehnte sich die Plantagenzone der karibischen Küste, ein ungesundes Urwald- und Überschwemmungsgebiet, das nach der Jahrhundertwende mit amerikanischem Geld und indianischem Schweiß kultiviert worden war. Um 1925 gediehen hier die meisten Bananenbäume des Landes, fünf bis neun Meter hohe Pflanzen mit gewaltigen, vom Wind zerfetzten Blattflächen. Als sie damals von Sigatoka und der Panamakrankheit befallen wurden, verschob sich die Bananenerzeugung mehr und mehr an die Pazifikküste. Jetzt baute man eher Sisal und Kakao hier an. Ich sah die Barackensiedlungen, Wege und Feldbahngleise, doch oft hatte der Dschungel das Land wieder gefressen. Saftgrün und strotzend glitt er unter der Motorhaube weg, überwucherte den urbar gemachten Boden. An Stelle der niedergesunkenen Bananenhaine schossen – im Tiefflug deutlich zu erkennen – Cohumepalmen hervor; sie sollen mit Vorliebe auf alten Rodungsflächen wachsen.

Ich zog den Steuerknüppel an, das Wipfelmeer fiel zurück. Jetzt näherte ich mich dem Mündungsgebiet. Links ragte der 2350 Meter hohe Gipfel des Cerro San Gil auf, dieselbe waldbedeckte, häufig in Wolken gehüllte Kuppe, die ich eine Woche zuvor schon von See aus gesichtet hatte, als Steve und ich mit der «Estrella fugaz» in den Amatique-Golf eingelaufen waren. Vorn schlängelte sich der Bahndamm bis Puerto Barrios. Auf Steuerbord dehnte sich endlos der Busch, in dem ich meinen alten General zu suchen hatte. Ich drosselte die Geschwindigkeit, ging etwas herunter, zog weite Kreise über den Wipfeln der Zedern, Mahagoni- und Sapotillbäume. Der Motorendonner jagte Schwärme blaurot gefiederter Guacamayas hoch.

Nahe der Küste bildeten die Corozopalmen ein undurchdringliches Dach. Darunter, in jenem dämmrigen Gewölbe, das mir Dr. Guerra so eindringlich beschrieben hatte, rauschten hundert Flüsse, sickerten tausend Bäche dem Meer entgegen, von Luftwurzeln und herabhängenden Lianen chaotisch überspannt. Wie hatte er doch gesagt: «Jedes Regiment, das man da hineinjagt, kommt krank und zerlumpt in Kompaniestärke auf der anderen Seite heraus!» Es war ein grüner, feuchtheißer Tunnel mit Insekten, Reptilien und den hohen ziegelroten Bauten der Blattschneiderameisen, mit dem Rauschen des allabendlich niederprasselnden Regengusses, der in der Ferne wie eine rollende Brandung tönt, die näher und näher kommt, um über das Blätterdach einen Wasserfall auszuschütten...

Doch dann, zehn oder zwölf Kilometer ostwärts Puerto Barrios', fand ich ein Lebenszeichen. Es gab nämlich Lichtungen in dem festgefügten saftgrünen Dach: Immer dort, wo einer der Baumriesen durch Windbruch oder Blitzschlag gestürzt war und ein Dutzend Nachbarn fallend mitgerissen hatte, klafften enorme Lücken. Und in einem solchen Loch erspähte ich eine Horde, die mit Buschmessern einschlug auf das Gewirr der mannshohen Gräser und Sträucher, die hier dem Licht voller Gier entgegenrankten. Ich sah die Leute winken, warf ihnen die Propagandazettel zu, aus denen sie neuen Mut ziehen konnten für ihr vaterländisches Befreiungswerk. Dann machte ich mich mit der frohen Nachricht auf den Rückweg: Der rechte Flügel lebt!

Der Zufall wollte es, daß ich dem Lauf des Rio Motagua stromaufwärts zu lange folgte, weit über Gualán und San Pablo hinaus. Nur dadurch wurde ich Zeuge eines Vorgangs, der mir den Mangel an Aufstandsberichten wettzumachen schien. Hier, in der öden Strauchsteppe nordwestlich Zacapa, entwickelte sich wider Erwarten ein Angriff, und aus der Stoßrichtung ging klar hervor, daß es United-Fruit-Verbände waren, die da so kühn vorprellten.

In dieser trockensten Steppe ganz Guatemalas konnte man vom Flugzeug aus Truppenbewegungen viel besser übersehen als etwa in den Mittelgebirgen oder gar im Regenwald der Motagua-Mündung, wo Luftaufklärung reine Glückssache war. Eine flache Grasnarbe überzog die Ebene, aus dem Schuttboden stießen Kandelaberkakteen empor. Sie warfen kurze Schatten, und zwischen den ausgedörrten, olivbraunen Stachelgewächsen ging United-Fruit-Infanterie mit ihren hellen Hüten, khakifarbenen Hemden, amerikanischen Gamaschen und deutschen Maschinenpistolen vor. Zwei Panzerautos und einige Granatwerfer unterstützten sie; wo ihre Geschosse einschlugen, spritzten rote Staubwolken hoch.

Die Regierungstruppen wichen zurück. Dennoch feuerten sie auf meine Maschine, als ich scharf über sie hinwegzog; es klatschte in die Tragflächen. Das war für mich das Signal, den Rückflug anzutreten. Obwohl das Flugzeug mit seinen Bordkanonen mehr Feuerkraft in sich vereinte als die ganze Kompanie dort unten, wollte ich den Angreifern bei ihrem schändlichen Treiben nicht auch noch Schützenhilfe leisten.

Navigation war meine Stärke nie, der Leser dieser Aufzeichnungen weiß das schon. Als ich nach einigen Fehlanflügen endlich die Mendoza-Weide wiederfand, kreiste darüber ein fremdes Flugzeug. Ich erschrak tödlich.

Das Hoheitszeichen des Fremden war nicht einwandfrei auszumachen, wohl aber glaubte ich zu erkennen, daß starre MGs ihm im Rumpf steckten. Bestürzt machte ich kehrt, suchte Höhe zu gewinnen, bemerkte jedoch, der andere tat dasselbe. Wir kurvten ein paar Minuten lang umeinander herum, ohne daß einer von uns die Attacke eröffnet hätte. Das lauernde Verhalten des Flugzeugs beunruhigte mich sehr. Beim Gedanken an einen Luftkampf drehte sich mir der Magen um; es wäre der erste in meinem Leben gewesen.

Daß mein Benzinvorrat zur Neige ging, verschärfte die Situation. Ich erwog schnelle Flucht und Notlandung auf einer abgelegenen Wiese. Doch war der andere nicht langsamer als ich, er hätte mir folgen und mich am Boden zerstören können. Die P-51 zu opfern und mich am Fallschirm zu retten, schien mir wiederum gar zu schändlich; auch kann man, am Fallschirm hängend, gleichfalls bequem erschossen werden. Da entschloß ich mich, im Sturzflug herunterzugehen, um auf Esquipulas Air Force Base wenigstens im Schutze der dortigen Fla-MGs zu landen – deren Mannschaft allerdings, wie ich dann sah, schlafend im Grase lag.

Kaum war die Mustang ausgerollt, da setzte auch das zweite Flugzeug zur Landung an. Damit löste sich das Rätsel, die Nervenanspannung wich: es war ein eigenes. Mir blieb immerhin die Genugtuung, daß der fremde Pilot noch weniger Heldenmut bewiesen hatte als ich. Er wagte sich erst herunter, nachdem ich schon stand und ihm nicht mehr zu schaden vermochte. Jetzt rollte ein Jeep auf die andere Maschine zu, der ein langer, in dezentes Hellgrau gekleideter Zivilist entstieg. Niemand holte mich ab, der ich entscheidende Neuigkeiten zu überbringen hatte. Der schlanke Zivilist hingegen – allem Anschein nach ein neuer Político – wurde stramm gegrüßt und davongefahren.

Ich mußte zu Fuß gehen und traf daher eine Viertelstunde nach dem anonymen Gast, der einen so feigen Piloten hatte, im Hauptquartier ein. Ich hatte gehofft, meine kriegswichtigen Meldungen dem Oberbefehlshaber selbst ausrichten zu können. Doch weder Armas noch Mendoza waren im Stabszimmer. Aus dem Nebenraum drangen ihre Stimmen, zu dem aber hatte ich keinen Zutritt: es war Don Castillos Schlafgemach. Tagsüber ließ er dort wegen der drückenden Raumenge im Hauptquartier seine Políticos Vorschriften, Kommuniqués und Regierungserklärungen zusammenbrauen. Wollten sie das Privatkabinett verlassen, mußten sie die übrigen Zimmer passieren – so hatte er sie immer unter Aufsicht.

«Ein junger Americano ist im Flugzeug gekommen», verriet mir der diensthabende Teniente. «Aus Puerto Barrios! Und sie zanken sich immerfort, Capitán, hören Sie nur!»

Mich hatte das nicht zu kümmern. Ich antwortete dem Diensthabenden, daß ich den «General en jefe» – den Oberkommandierenden, wie Armas' Dienstbezeichnung lautete – dringend sprechen müsse, es handele sich um Nachrichten von ungeheurer Tragweite.

«Größer kann der Krach ja nicht werden», sagte der Leutnant. «Gehen Sie doch einfach 'rein!»

Ich tat es und klinkte die Tür auf. Doch als ich über die Schwelle trat, wäre ich am liebsten gleich umgekehrt. Sechs oder sieben Herren standen oder saßen in dem länglichen Schlafzimmer, einige liefen gestikulierend umher. Keiner beachtete mich. Sie sprachen so schnell, daß ich wenig verstand. Blauer Zigarrenrauch lag über der Szene.

Unterdessen rekelte sich der junge Americano, der diesen Wirbel wahrscheinlich verschuldet hatte, unbekümmert auf dem Bett des Oberbefehlshabers, ohne zur Unterhaltung beizutragen. Es war ein altmodisches Bett aus Messing, mit gefährlich spitzen Pfosten. Das Jackett hatte er der Hitze wegen ausgezogen, doch die Hemdsärmel keineswegs aufgeknöpft. Auch der kleine gestrickte Schlips saß säuberlich um den akkurat geplätteten nahtlosen Kragen. Wie sich herausstellte, sprach er nicht besser Spanisch als ich und konnte daher dem Wortgefecht gleichfalls schlecht folgen. Er hieß Brandon, war ein leidlich gutaussehender Mann etwa in meinem Alter und bekleidete im Verwaltungsgefüge des Bananentrusts einen achtunggebietenden Posten: Er war Direktor für Öffentlichkeitsarbeit und kontrollierte mit seinem Reklamefonds ein Dutzend mittelamerikanischer Rundfunkstationen und mehr als siebzig Tageszeitungen. Von der Direktion beauftragt, herauszufinden, welche Fortschritte die Privatarmee der Gesellschaft wirklich mache, war er gestern in Puerto Barrios an Land gegangen, hatte Armas' Hilferuf («... sitzen fest, UNO-Beschluß darf nicht wirksam werden») gelesen und sich sogleich auf den Weg nach Esquipulas gemacht.

Ich blieb bescheiden neben der Tür stehen und wartete auf einen stillen Augenblick, der es mir gestatten würde, meine Siegesbotschaft loszulassen. Zunächst jedoch entstand keine Pause. Allmählich dämmerte mir, worum es ging: Mr. Brandon hatte in Puerto Barrios mit einem gewissen Capitán Cruzfer von den regulären Truppen verhandelt, und dieser Cruzfer hatte im Namen seines Vorgesetzten, des mir wohlbekannten Obersten Gusano, Armas einen sonderbaren Vergleichsvorschlag zukommen lassen. Teile des Regierungsheeres schienen unter gewissen Umständen bereit zu sein, mit den Rebellen einen Waffenstillstand abzuschließen.

Im Bett des Generals en jefe richtete sich der Americano jetzt auf, er wiederholte im langsamen, wohlgesetzten Schulspanisch die Kompromißformel: «Guatemalas Heeresleitung ist bereit, die Arbenz-Clique abzusetzen und den Widerstand einzustellen, falls Sie, Señor Coronel, sich verpflichten, innerhalb eines bestimmten Zeitraumes Ihre Armee aufzulösen und die Leute nach Hause zu schicken.»

Brandon sagte das ruhig, beinahe vergnügt. Er rieb sich die glattrasierten Wangen und schabte formlos in seinem kurzgeschorenen Haar. Er war ein sogenannter Eierkopf, ein US-Intellektueller der heutigen Generation, der während der Studienzeit fleißig Rugby gespielt und daneben Vorlesungen über die lateinamerikanische Geschichte, Kultur und Wirtschaft besucht hatte. Ganz augenscheinlich gehörte er jenem Typ wissenschaftlich vorgebildeter Geschäftsleute an, die da glauben, mit sachlicher Kühle alle Dinge im Sinne ihrer Company regeln zu können; besonders im Ausland, in den «unterentwickelten Gebieten», deren Einwohnern sie mit stiller Verachtung entgegentreten, da sie ihnen stets außerstande scheinen, ihre eigenen Angelegenheiten selber zu ordnen.

«Die Auflösung meiner Armee», antwortete ihm Oberst Armas leise, doch mit scharfer Betonung, «kann ich nicht erörtern. Diese Armee kämpft und lebt!»

Die vier Políticos sprangen auf, fuchtelten in der Luft herum und ergingen sich in endlosen Tiraden. Soviel ich ihrem Wortschwall entnehmen konnte, unterstützten sie das amerikanische Vermittlungsangebot.

«Es gibt nur eine Lösung», donnerte Mendoza dazwischen, «wir kämpfen weiter und zerschmettern den Feind!»

«Oder der Feind zerschmettert Sie», sagte Mr. Brandon vom Bett aus in seinem Schulspanisch. Er ließ die Beine herunterbaumeln und sah die Offiziere freundlich an, offenbar überzeugt, es mit unvernünftigen, aber gutartigen Kindern zu tun zu haben, denen man am besten milde zuredet.

Luis Vallandares, ein massiger Mann mit länglich-gelbem, verlebtem Gesicht, der im Schattenkabinett des Armas das Außenressort beanspruchte, kam Brandon zu Hilfe. «Coronel», trompetete er, breitete die Arme schmerzerfüllt aus und preßte sie dann aufs Herz, «leider..., wir müssen uns mit dem Offizierskorps drüben arrangieren!»

«Wir müssen versuchen, uns zu verständigen», sagte Corado Lira, Pressechef und persönlicher Sekretär des Obersten.

«Mangels militärischer Erfolge», ergänzte Domingo Giocolea bedauernd, ein ziemlich fetter Mann, der auf den Posten des Innenministers reflektierte. Er wischte sich den Schweiß von der Stirn und wiederholte kurzatmig mit öliger Stimme: «Mangels irgendwelcher nennenswerter Erfolge! Seit fünf Tagen tritt die Armee auf der Stelle, vom Sturm auf Puerto Barrios hört man nichts mehr...»

Dies war das Stichwort für mich. Während Giocolea pfeifend nach Luft rang, entstand die ersehnte Pause, und ich hatte Gelegenheit, meine Nachrichten abzuschießen. Ich knallte die Hacken zusammen, wodurch man auf mich aufmerksam wurde, und fing an, die Siegesmeldung herunterzurasseln.

Giocolea faßte sich als erster. «Was zum Teufel mischen Sie sich ein?» fragte er, rollte wie eine Kugel auf mich zu, stieß mit dem Bauch einen Stuhl um und vollführte Handbewegungen, wie man sie macht, um Hühner zu verscheuchen. «Wer hat Sie denn überhaupt hier ...»

«Lassen Sie den Capitán ausreden», unterbrach ihn Armas. Mendoza stellte sich schützend vor mich, und als ich geendet hatte, war ich der Held des Augenblicks. Die Políticos glotzten böse, der Jefe de fuerzas aéreas drückte mir die Hand, Armas ließ sein Bärtchen los, an dem er unausgesetzt gefingert hatte. Mr. Brandon erhob sich vom Bettrand, starrte mich an. Er hatte wohl nicht alles verstanden, doch sicherlich dämmerte ihm, daß meine Botschaft seine Pläne zu durchkreuzen drohte. Niemand beachtete ihn mehr, aller Augen waren auf Armas gerichtet.

Der Oberste Befehlshaber trat zur Tür, rief seinen Adjutanten herein und befahl ihm, den Angriffsschwung der Truppe zu nutzen, die bevorstehende Einnahme von Puerto Barrios und den großen Sieg nordostwärts Zacapa allen Einheiten bekanntzugeben und nun auch am linken Flügel in die Offensive zu gehen mit dem Ziel, südwestwärts auf die Panamerikanische Autostraße durchzustoßen.

Eine Viertelstunde darauf reiste Mr. Brandon ab, in der Tasche die Weigerung des Armeechefs, den Kampf vorzeitig aufzugeben. Das Flugzeug brachte ihn über San Salvador nach Guatemala-Stadt, wo er noch am selben Abend in der US-Botschaft diniert und den amerikanischen Gesandten John E. Peurifoy um Rat gebeten haben soll. Wahrscheinlich prüften die beiden, ob es einen Ausweg aus der abscheulichen Lage gäbe, die durch Armas' militärische Schlappen und seinen politischen Starrsinn entstanden war. Es steht fest: Sie kamen zu einem Ergebnis. Doch das ist eine andere Geschichte.

Wenig später hörte ich Mendoza nebenan zum Armeechef sagen: «Capitán Morena kam zur rechten Zeit. Wir wären natürlich nie weich geworden, aber dieser Brandon hatte uns ganz schön zugesetzt, Señor Coronel.»

«Der Gringo war ein Versucher», antwortete Oberst Armas düster. «Er bot uns einen bequemen Sieg. Aber bequeme Siege gibt es nicht, wenn man gegen die Gottlosen kämpft.»

Die neue Südwestoffensive war die Frucht glasklarer militärischer Erkenntnis. Armas hatte bis zum Jahre 1949 die Kriegsschule in Guatemala-Stadt geleitet, er war – bei aller sonstigen Beschränktheit – ein geschulter Generalstäbler. Da er eingesehen hatte, daß er im Frontalangriff die Hauptstadt nie erreichen würde, beschloß er nun, die rechte Flanke der Regierungstruppen zu umgehen, indem er seinen relativ starken linken Flügel auf die dünne Kette der Verteidiger warf und nahe dem Grenzdreieck Honduras – El Salvador – Guatemala mit geballter Wucht auf Asunción Mita und Jutiapa vorstieß. Durch beide Orte lief, von El Salvador heraufkommend, eine asphaltierte Fernverkehrsstraße: der Panamerikanische Highway, wie die Yankees dazu sagten; die Carretera Interamericana, wie Armas es nannte; die Panamerikanische Autobahn.

Vierzig Kilometer vor der vordersten Linie, in einem Tagesmarsch zu erreichen, wand sich das Asphaltband durch die Berge. Es war das Nahziel, die erste Etappe, von der aus man glatt nach Guatemala-Stadt hineinrollen konnte, dem Ziel seiner ehrgeizigen Träume. Hätte El Salvadors Regierung nicht, durch den Proteststreik in Honduras verstört, der «Befreiungsarmee» das Durchmarschrecht verweigert – er wäre von Anfang an entlang dieser Nachschubader vorgerückt, obschon ihr Zustand sich 15 Kilometer hinter der salvadorianischen Grenze sehr verschlechterte. Nun hoffte er, seinen stockenden Angriff neu zu beleben, wenn er sich nachträglich ihrer bemächtigte.

Wie ich später in Mexico herausfand, war der Bau dieser Autobahn 1936 projektiert worden. Elf amerikanische Republiken hatten sich an dem Plan beteiligt, der eine 17 000 Kilometer lange Fernstraße von New York bis Buenos Aires vorsah. Dabei galt es besonders, das Verkehrsvakuum zwischen den mittelamerikanischen Staaten zu überwinden. Trotz ihrer engen Verwandtschaft leben die Bananenrepubliken völlig getrennt voneinander. Ihre Bahnlinien verliefen immer nur vom Karibischen Meer zum Stillen Ozean, in Längsrichtung gab es keine. Die erbärmlichen Straßen brachen in Grenznähe regelmäßig ab.

Wollte man damals von Guatemala-Stadt nach Managua reisen, mußte man zuerst zwölf Stunden mit der Bahn nach Puerto Barrios fahren, dann mit dem Dampfer anderthalb Tage bis Bluefields, von dort aus noch einmal zwei Tage und Nächte auf Landstraßen und über den Lago de Nicaragua. Die Südroute über die Pazifikhäfen San José und Puerto Corinto war zwar kürzer, wurde aber nicht regelmäßig befahren.

Vor dreißig Jahren noch, ehe der Flugbetrieb aufkam, erreichte ein Guatemalteke bequemer und oft auch schneller New York, London oder Paris als irgendeine der benachbarten Hauptstädte.

Der Panamerican Highway machte damit Schluß. Generalmanager

waren natürlich die USA. Als Staatssekretär Cordell Hull, außenpolitischer Berater Franklin D. Roosevelts, kurz vor Ausbruch des zweiten Weltkriegs vom Senat für den Straßenbau Geld verlangte, begründete er das folgendermaßen: Der Highway schafft den Vereinigten Staaten bessere Einfuhrmöglichkeiten für Mais, Reis, Kaffee und Bananen. Der Highway fördert die wirtschaftliche Durchdringung Mittelamerikas, er dient der Erschließung neuer Rohstoffquellen. Der Highway ermöglicht amerikanischen Touristen den Besuch bisher unzugänglicher Gebiete. Der Highway bringt den USA einen ständigen Absatzmarkt für Automobile, Ersatzteile, Benzin, Bagger und Straßenbaumaschinen. Der Highway hat schließlich strategische Bedeutung: Er sichert den Vereinigten Staaten die Landverbindung zum Panamakanal, einem neuralgischen Punkt im System ihrer kontinentalen Verteidigung.

Als der Bau begann, verkündete man aus Gründen der Vorreklame, 1942 schon würden im größten Autorennen der Welt die schnellsten Wagen über den Highway preschen – von Buenos Aires bis Washington. 1942 aber war Krieg, die Panamericana nicht fertig. Mit achtzig neuen Dollarmillionen sprengten, stampften und walzten sich die Bautrupps quer durch Zentralamerika; genau wie oben im hohen Norden, wo der Alaska-Highway zum Rückgrat der Nordfront gegen die Japaner wurde.

Drei Jahre später schwiegen die Waffen, und noch immer klafften Lücken im Panamerican Highway, besonders zwischen Panama und Costa Rica. Von dort nach Nicaragua gelangten auch in der Trockenzeit nur starke, hochbeinige Wagen. Und Honduras lag abseits des Weges. Dies war der Zustand zur Zeit der United-Fruit-Aggression. Mittlerweile ist es durch neue Dollarspritzen – zweihundert Millionen wurden allein am Wegrand in Rasthäuser, Tankstellen oder Werkstätten gesteckt – nahezu gelungen, die Straße zu vollenden.

So schwierig sich der Bau jener Autobahn angelassen hatte, so schwer fiel es den «Freiheitskämpfern» des Obstkonzerns, sie überhaupt zu erreichen. Am geographischen Mittelpunkt des Highway knabberte die Armas-Armee vom 22. bis zum 25. Juni 1954 herum, ohne sich bis auf die Schlagader der Panamericana durchzubeißen. Wieder und wieder warfen reguläre Truppen die Angreifer zurück; sie fochten mit der Straße im Rücken, über die ihr Nachschub floß. Sie setzten dort drei Panzerautos tschechoslowakischer Herkunft ein, bei deren Anblick die feindlichen Sturmkolonnen bleiches Entsetzen packte.

Wie ich am nächsten Tag aus der Luft feststellte, gelang es nicht einmal, die Bahnlinie zwischen Chiquimula und Metapan, der Grenzstadt in El Salvador, für längere Zeit oder auf breiter Front zu überschreiten. Die Ortschaft Agua, südlich des Ipala-Vulkans auf halbem Wege zwischen

Esquipulas und Jutiapa gelegen, konnte nicht erobert werden; dreißig Kilometer vor der Carretera Interamericana blieb der Angriff liegen. Die Offensive endete mit einem völligen Fiasko.

Am Mittwochabend erzählte ich Chabelita von diesem Mißerfolg. Sie saß auf dem Bettrand und klatschte in die Hände; das war das Richtige für sie! Ihre Wunde heilte gut, längst stand sie wieder auf, doch hatte ich ihr verboten, das Haus zu verlassen. Ein alter Bekannter, der Major Luis Reyes, dem sie zu Tegucigalpa die Orchideenvase aufs Haupt gedroschen hatte, war in Esquipulas aufgetaucht. Beim Sturmangriff auf den Bahndamm hinter Quezaltepeque hatte eine Kugel seine Hüfte gestreift. Seitdem ließ er sich in Heilstuben verbinden, würfelte vor den Pulquerias oder lungerte im Stab herum. Mich hatte er sofort erkannt, doch auch gesehen, daß Mendozas Hand schützend über mir schwebte. Der Ort war klein, Chabelita mußte sich vor einer Begegnung hüten.

«Señor Morena», sagte sie, «das haben Sie selbst aus dem Flugzeug gesehen? Wie diese Banditen davongelaufen sind, ja?»

Ich bestätigte es. «Wenn's dir Spaß macht – ja, sie haben es wieder nicht geschafft. Es ist wie verhext, immer wenn's knallt, gehen sie zurück.»

Sie blies sich das Haar aus der Stirn und lächelte, als wollte sie sagen: Das habe ich gewußt. Doch plötzlich sah sie mich aufmerksam an. «Aber Sie? Was haben Sie dabei getan? Nur aus der Luft herunter geguckt – oder sind Sie hinabgestoßen, haben Bomben geworfen, geschossen auf guatemaltekische Soldaten?»

«Bloß keine Aufregung», antwortete ich. «Bin gar nicht scharf darauf, Leute ins Jenseits zu schicken, die ich überhaupt nicht kenne. Ich würde nur schießen, wenn ich angegriffen werde. Aber deine Leute haben keine Vögel mehr in der Luft, da besteht sehr wenig Gefahr.»

Sie stand auf und trat dicht vor mich hin. «Sie töten keinen von uns, nicht wahr?» flüsterte sie. Ihre Augen hingen an meinem Mund; sie nahm das bitterernst. Ich schüttelte den Kopf.

«Bitte schwören Sie's mir, Señor Morena.»

«Warum gleich schwören?» fragte ich.

«Weil ich sonst nicht bei Ihnen bleiben kann.»

«Also gut», sagte ich und hob die drei Finger, «ich schwöre, daß ich nie ohne äußerste Not einen Menschen töten werde.»

Sie dachte einen Augenblick nach; dann entschied sie: «Schwören Sie's beim Andenken an Ihren toten Freund, den Señor Baxter.»

Ich tat es und konnte sehen, daß sie mir nun glaubte. Mit diesem rührenden, an den armen Steve gekoppelten Schwur hatte sie mich dauerhaft festgenagelt. Sie atmete tief, wie erlöst, und war für den Rest des Abends in ein Zauberwesen verwandelt, bis es zu jenem Vorfall kam.

Wir speisten zu zweit.

Herr von Hardenberg hatte sich entschuldigen lassen. Mir fiel das auf, weil es schon zum dritten oder vierten Mal geschah. Wie sich bald herausstellte, war dies kein Zufall. Eine der Dienerinnen, die Chabelita am ersten Tage nach ihrer Verwundung pflegte, hatte entdeckt, daß sie kein Soldat, sondern ein Mädchen war, und diese Kunde dem Patrón hinterbracht. Herr von Hardenberg, ein Edelmann alter Schule, zog daraus Konsequenzen. Es mußte ihn kränken, daß ein fremder Offizier in seinen schönen Räumen, die so viele persönliche Erinnerungen bargen, mit einem heimlich eingeschmuggelten Weibe – wie er glaubte – allnächtlich sündigte. Zwar zeigte er mich nicht im Stabe an, da seine noble Gesinnung ihm einen solchen Schritt verbot und ich schließlich sein Landsmann war. Doch hielt er sich bei den Mahlzeiten fern, um das vermeintliche Verhältnis nicht durch seine Gegenwart zu legitimieren, und vermied auch sonst jede Begegnung. Ich nehme an, die Sache war ihm ebenso zuwider wie peinlich. Unsere Kost verschlechterte sich denn auch, und wir bekamen keine Kerzen mehr.

Nicht aber kürzte er uns die Weinration. Es war noch immer derselbe ölige Malaga. An diesem Abend, gleich nach dem zweiten Glase – mehr trank Chabelita nie – geschah es, daß sie ihre schmale braune Hand auf meinen Arm legte und mich etwas fragte: «Sie haben jetzt wieder ein Flugzeug. Würden Sie mich wegfliegen, wenn Sie mich dafür küssen dürften?»

Ich war froh, daß es dunkel war und wir keine Kerzen hatten. Um Zeit zu gewinnen, fragte ich: «Wohin?»

«Nach Guatemala-Stadt. Dort ist unser Haus. Sie haben gesagt, Ihre Maschine schafft das in fünfzehn Minuten.»

«Wie oft würde ich dich küssen dürfen?»

«Ach, ich weiß nicht ... Ist das so wichtig?»

«Ich muß es wissen.»

«Also gut», erklärte sie verächtlich, «bis Sie genug haben!» Ich fühlte, wie sie ihre Hand wegnahm ... Ich glaube, diese winzige Geste hat viel entschieden, den Verlauf dieses Abends, unser ganzes folgendes Schicksal, alles.

Ich überlegte nüchtern: Dies war der dritte Versuch seitens der Familie Guerra. Die beiden ersten waren – damals auf Isla de Puñal – von ihrem Vater gekommen. Beim ersten Mal hatte er mir fünfhundert Dollar zahlen wollen, beim zweiten Mal vom Kampf seiner Heimat erzählt und mir gezeigt, daß ich auf der falschen Seite stand. Seine Tochter nun appellierte an mein Zärtlichkeitsbedürfnis, aber sie machte es ganz verkehrt.

«Genügt Ihnen das?» fragte sie jetzt.

«Nein», antwortete ich. «Wenn du's nicht gern tust, nützt es mir gar nichts. Es ist völlig witzlos, jemanden zu küssen, der sich nichts daraus macht.»

«Sie sind ein Feigling», fauchte sie. Ich spürte ihren Atem, er roch nach Vanille, wie immer, mit einem Schuß Malaga. «Sie reden sich fein heraus! Aber ich hasse Sie! Damit Sie es wissen, ich hasse Sie!»

«In Ordnung, Mädel», antwortete ich, «das ist es ja, warum's nicht geht. Wir wollen nie wieder darüber sprechen. Und jetzt – schlaf gut.»

Ich strich ihr nicht einmal übers Haar, wie es in jedem guten Roman geschehen wäre. Ich ging in mein Zimmer und legte mich hin. Die Türen standen zum Hof hin offen; vom Bett aus hörte ich Chabelita schluchzen. Gewiß hatte sie Heimweh, ihr wäre wohl alles recht gewesen, wenn sie nur nach Hause gekommen wäre.

Gegen Feiglinge ging Oberst Armas gnadenlos vor. Um die Manneszucht wiederherzustellen, ließ er nach jedem gescheiterten Angriff diejenigen, die sich dabei besonders erbärmlich benommen hatten, bestrafen. Von einer regelrechten Aburteilung konnte keine Rede sein, da es in seiner Armee keine Feldrichter gab. Anscheinend hatte ihm die United Fruit, obschon sie sonst ein ganzes Rudel Juristen beschäftigte, keine Planstellen für Kriegsgerichtsräte bewilligt. Und da es im Urwald gewöhnlich an Arrestlokalen fehlt, griff man auf rohere Methoden des militärischen Strafvollzugs zurück.

Zwar führte der General en jefe die Behandlung mit der «Membrillo», einer zähen dünnen Rute, nicht wieder ein, obgleich Generationen iberoamerikanischer Unteroffiziere nicht ohne sie ausgekommen waren. Ich nehme an, daß er aus ästhetischen Gründen davon Abstand nahm; auch hätte der Anblick verprügelter Soldaten den Einwohnern einen Vorgeschmack davon verschafft, was sie selber nach dem Endsieg erwartete.

Dagegen steckte man die Sünder gelegentlich in den «Cepo», ein ziemlich mittelalterliches Gerät, soweit es auf den Fincas noch vorhanden war. Es bestand aus einem aufklappbaren Doppelbalken mit kreisförmigen Löchern für die Beine des Sünders, der, auf fatale Art angeschraubt, die Nacht auf dem Rücken liegend verbringen mußte. Der «Cepo» (Fußstock) war ein Marterinstrument, das die Spanier vor vierhundert Jahren mitgebracht hatten.

Als höchst probates Zuchtmittel galt in der «Befreiungsarmee» die mobile Abart des Fußstocks: der «Cepo de campaña». Schon die spanischen Kolonialoffiziere hatten es seinerzeit bitter beklagt, daß man ein so brauchbares Folterwerkzeug wie den «Cepo» wegen seines Gewichts auf Feldzügen nur schwer mitschleppen konnte. Sie fanden einen glücklichen Ersatz in der Waffe, die jeder Soldat bei sich führte – dem Gewehr.

Beim «Cepo de campaña» nötigte man den Delinquenten, sich niederzukauern. Dann wurde ihm die eigene Flinte unter den Kniekehlen durchgeführt, und er hatte sie so mit den Armen zu umfassen, daß die Enden des Karabiners beiderseits in die Ellenbogenbeuge zu liegen kamen. In dieser peinlichen Stellung wurden ihm dann die Hände gebunden. Während der Woche, die ich in Esquipulas, dem Etappenort des linken Flügels, notgedrungen verbrachte, habe ich wohl ein Dutzend solch armer Gesellen als hilflose Klumpen am Boden liegen sehen; Opfer des Spotts und Beute der Mücken.

Doch uns Fliegern drohte ein solches Verfahren nicht. Denn erstens waren wir Offiziere, und zweitens sah es niemand, wenn wir uns im Kampf nicht bewährten. Allerdings ordnete Armas, durch den geringen Erfolg der bisherigen Luftangriffe stutzig geworden, am Donnerstag an, die Maschinen sollten die Einsätze immer paarweise fliegen – damit die Angst vor Denunziation den Mut der Piloten beflügele. Nach einer Kette von Niederlagen an der Landfront, über die noch zu berichten ist, kam dem Oberbefehlshaber der Einfall, seinen Luftkrieg zu intensivieren.

Als ich am Donnerstag früh die Mendoza-Weide betrat, hakten eben zwei Lümmel vom sogenannten Bodenpersonal eine Zehnzentnerbombe unter den Rumpf meiner P-51, und man bedeutete mir, ich habe dieselbe überm Zentrum von Guatemala-Stadt abzuwerfen; danach auch noch den Palacio National – oder was davon noch übrig sei – mit Bordkanonen zu beschießen. Es hatte ja längst in den Zeitungen gestanden, daß der Palast beschossen worden wäre, und ausgerechnet ich sollte mich dazu hergeben, diese Behauptung nachträglich zu rechtfertigen. Aber irgendwie mußte die Sache wohl in Ordnung gebracht werden, und es ist allemal leichter, eine Bombe zu werfen als eine Falschmeldung zu dementieren.

Noch unangenehmer war es mir zu hören, daß eine zweite Maschine mich dabei begleiten sollte. Ein schneidiger brasilianischer Fliegerleutnant steuerte sie, den sein Vaterland wegen Bigamie aus der Armee gestoßen hatte. Ich sah seine kohlschwarzen Augen blitzen, als er in die Kabine stieg. Er schien entschlossen, den Schandfleck auf seinem Ehrenschild durch exakte Bombenabwürfe zu tilgen. Wie sollte ich das Ding unterm Rumpf über der menschenleeren Einöde – etwa am Hang eines Vulkans – ausklinken, wenn dieser Bursche mich kontrollierte? Ich spähte hinauf zum Himmel, es gab keine Wolke. Es gab kein Entrinnen.

Wir starteten beide in kurzem Abstand Punkt zehn Uhr dreißig. Auf Kurs zwei-acht-null, diese Ziffern vergesse ich nie, mußten wir die Landeshauptstadt gegen zehn Uhr fünfundvierzig erreichen. Dann war es soweit ... Der Brasilianer flog fünfzehn bis zwanzig Hektometer hinter mir und etwas höher, als habe man ihn angewiesen, mich zu beaufsichtigen und mich im Falle der Feigheit in flagranti zu erledigen. Gewiß, das waren Hirngespinste. Vielleicht überließ er mir einfach die Führung, weil er mich für den besseren Piloten hielt. Ich spielte den Pfadfinder, er behielt mich im Auge, würde alles sehen, was ich tat. Ich dachte an meine Vorsätze, an das, was ich Chabelita geschworen hatte.

Den Palacio National vernichten!

Ich muß hier bemerken, daß die Absicht, die Regierungsgebäude der Hauptstadt aus der Luft anzugreifen, zu den Taktiken südamerikanischer Aufständischer gehört. Nur ihr nicht eben großes Wehrpotential hat zum Glück meist das Schlimmste verhindert. Schon im August 1949 wurde beim Putschversuch einer Militärclique in Bolivien fleißig gebombt; die Aufständischen hatten fünf der neun Regierungsflugzeuge am Boden gekapert, dadurch die Luftüberlegenheit gewonnen, und da sie außerdem die Erdölfelder nebst einer Raffinerie beherrschten, fehlte es nicht an Benzin. Als sich ein Jahr nach den hier geschilderten Ereignissen, im Juni 1955, die argentinische Luftwaffe gegen Juan Perón erhob, war ihre erste Kriegshandlung die Bombardierung des Palastes, in dem der Staatschef residierte. Dasselbe geschah im Januar 1958 in Venezuela, wo wiederum Luftwaffenoffiziere den Diktator Pérez Jiménez zu stürzen suchten, indem sie dessen Palast zu Caracas mit Bomben belegten. In all diesen Fällen – die Liste ließe sich verlängern – verfehlte der Anschlag jeweils seinen Zweck; unter anderem deshalb, weil die Piloten, obwohl sie ausnahmslos in den Vereinigten Staaten eine gewissenhafte Ausbildung genossen hatten, die befohlenen Ziele einfach nicht trafen.

Auch über Guatemala-Stadt konnte ich natürlich danebenwerfen. Aber so weit ich auch danebenzielte, bei der Ausdehnung dieser Stadt, die wegen der Erdbeben einstöckig gebaut und mit dreihunderttausend Einwohnern die größte mittelamerikanische Metropole ist, war es unvermeidlich, daß ich dann andere Häuser traf.

In dieser Zwangslage beschloß ich, einen Maschinenschaden vorzutäuschen. Sieben Minuten vor Guatemala-Stadt, an einer Gebirgskette südlich von Jalapa, nahm ich das Gas weg, ließ die Kiste trudeln und den Motor in unregelmäßigen Abständen aufbrüllen, warf im Gleitflug die Bombe auf eine Geröllhalde, fing den Vogel in letzter Sekunde ab und kehrte um. Unter mir grollte Donner, Dreck spritzte hoch, eine Gesteinsfontäne fiel zurück ... Der Brasilianer aber setzte, während ich mich mit halber Kraft heimwärts schlich, seinen Weg fort. Selbstverständlich hatte er meine Manipulationen beobachtet und würde den Vorfall melden. Doch war mir so leicht nichts anzuhaben. Das Bodenpersonal verstand vom Motor noch weniger als ich. Solche Dinge passierten in der Fliegerei, und ich glaubte, mit meinem Schwindel durchzukommen.

Kalkulierte er anders, so hinderte ihn der Riegel daran, den letzten Hof zu betreten.

Immerhin hielt uns das Vorhandensein dieses schwerbewaffneten Mannes davon ab, unsere Habe aus den Zimmern zu holen. Wir turnten über die Autogarage und pirschten uns durch die Gärten, so wie wir waren, ohne jedes Gepäck. Chabelita klagte über Muskelschmerzen, doch hinterm Ortsrand legte sich das. Mit einem Blick auf meine Orden und Rangabzeichen ließ uns der Posten passieren. Nur durch die Schlamperei der örtlichen Sicherheitsorgane, deren Chef freilich darniederlag, kamen wir so billig davon.

Da feststand, daß man westlich Esquipulas nach uns suchen würde, wo die Front verlief, wandten wir uns nach Norden. Hier stieg das Land zu bewaldeten Hängen an. Wir hasteten vorwärts, wechselten kaum ein Wort. Ab und zu drehten wir uns um; noch verfolgte uns niemand. Sonnenglast lag über den Feldern, die Wallfahrtskirche träumte in den Tag hinein. Außer zwei alten Indios begegnete uns kein Mensch.

Dann hörten die Mais- und Kaffeeanpflanzungen auf, die Pfade verliefen sich, die Wildnis begann. Es war ein lockerer Hochwald. Zwischen den Stämmen der großen Bäume wucherte Unterholz. Farne, Luftwurzeln und Bambusgestrüpp bildeten eine filzige Mauer. Wir mußten da hindurch! Schon hob ich das Haumesser, das dem Wächter gehört hatte – da sagte Chabelita: «So kommen wir nicht weit, Señor Morena. Besser, wir suchen einen Bach.»

Sie fand ihn bald: einen drei Meter breiten Wasserlauf, der glucksend aus dem Urwald kroch. In diesen natürlichen Tunnel drangen wir ein. Auf dem lehmigen Bachbett rutschten unsere Füße aus, aber wir hinterließen keine Spuren. Selbst wenn man uns mit Hunden folgte – hier endete für sie die Fährte.

Der Marsch war beschwerlich. Anfangs reichte das Wasser eben über meine Knöchel, nun ging es mir bis zu den Knien. Wir faßten uns bei den Händen. An einer ruhigen Stelle, wo der Bach klar war, rasteten wir und tranken in vollen Zügen. Zu essen hatte ich nichts. Chabelita gab mir ein paar Maiskörner. Es war dämmrig und heiß. Das laue Naß, in dem wir wanderten, erfrischte nicht. Dreißig oder vierzig Meter über uns stach die Sonne in das vielschichtige Blätterdach. Uns erreichte kein Strahl. Hier unten perlte die Feuchtigkeit an Ästen und Zweigen, tropfte von den Blüten, machte die Baumrinde glitschig.

«Fehlen bloß noch Schlangen», sagte ich und setzte mich vorsichtig. Aber Chabelita schüttelte den Kopf, diese Angst teilte sie nicht.

Zu den phantastischen Vorstellungen, die man allgemein von den Tropen hat, gehört auch die Überzeugung, daß es dort von Raubzeug und

Schlangen wimmelt, giftigen und riesengroßen, die auf der Lauer liegen, den Menschen anzufallen. Doch wird der Urwald allzu selten von Menschen durchstreift; für kein Tier lohnt es sich, auf sie zu warten. Tatsächlich fand ich die Wälder, wenigstens hier im Mittelgebirge, sehr wenig belebt. Solange es nicht regnete und der Wind nicht blies, herrschte eher ein absolutes Schweigen, das bedrückend und lähmend wirkte.

Unser Problem war nicht, mit Boas, Jaguaren, Pumas oder den kleinen Hirschen fertig zu werden, die in Guatemala zwar gelegentlich vorkommen, dem Wanderer jedoch ausweichen. Wir führten den Karabiner, zwei Pistolen und die Machete mit uns und hätten solche Angriffe abwehren können. Unsere Schwierigkeit bestand darin, daß wir infolge der überstürzten Flucht weder Proviant noch einen Kompaß besaßen.

Chabelita drängte darauf, weiterzumarschieren. Sie behauptete, die Richtung müsse stimmen: Der Bach entspringe unterhalb des Gipfels, und diesen kenne sie, er läge nordwestlich von Esquipulas. Ihr hübsches Gesicht war schweißnaß und ziemlich zerstochen, doch sie war guten Muts. Für sie ging es nach Haus! Die Fesselung, in der sie anderthalb Stunden zugebracht hatte, schien vergessen. Der «Cepo de campaña» ist, wie ich glaube, für schlanke junge Leute keine so harte Sache wie für ältere, beleibte, die er durch Abdrosseln der Atmung und der Blutzirkulation sogar töten kann.

Am Nachmittag erreichten wir, dem Bachbett folgend, vier oder fünf Tümpel, die Chabelita «Pozos» nannte. Von Felswänden eingefaßt, waren sie so tief, daß wir schwimmen mußten. Der erste «Pozo» überraschte uns, wir fielen glatt hinein, sie verlor ihre Stiefel, ich Mütze und Karabiner. Das Flüßchen hatte sich scharf ins Gestein eingeschnitten. Kletternde Farne, Schlinggewächse und stachlige Palmen, die in Steinritzen hafteten, überwucherten den Spalt dichter als zuvor. Wasserfälle rauschten, wilder wurde die Szenerie, und diesen Weg zur Unterwelt versperrte uns schließlich ein Felsentor. Mit Wucht schoß das Wasser heraus.

An überhängenden schleimigen Ästen mit ihren Lianen und Epiphyten zerrten wir uns aufwärts, heraus aus der finsteren Schlucht. Das Buschwerk schluckte jeden Laut, bald hörten wir unseren Bach nicht mehr, wußten nicht, wo er entsprang. Hier oben, nahe dem Gipfel offenbar, verdrängten mächtige Eichen die Palmenstämme. Es roch nach Moder und wildem Ananas. Wir stießen auf einen Pfad, der schnurgerade über den Bergrükken verlief. Unzählige Tierspuren zeichneten sich im weichen Boden ab.

«Wildschweine», sagte Chabelita; jetzt fürchtete sie sich.

Gegen ein Wildschweinrudel waren wir machtlos. Meine Besorgnis wuchs, als wir gleich danach vor einer Schlammpfütze standen, einem Loch voll faulendem Laub, auf das von drei Seiten her die Wildpfade zusammenliefen. Schleunigst verließen wir die unheimliche Stelle, bahnten uns einen Weg in den Busch. Es ging jetzt bergab, ich hatte die Orientierung längst verloren.

Schluchten zerschnitten die Hänge, wir mußten sie umgehen oder in die dämmrige Tiefe steigen. Ich begann, an dem Sinn unserer Anstrengungen zu zweifeln. Würden wir nicht verhungern, ehe wir hier herausfanden? Ich schoß nach einem Papagei, traf ihn auch, doch das fallende Tier verfing sich im Blättermeer. Diesem Knall folgte kein Echo, der Unterholzteppich sog ihn auf.

Chabelita ging es noch schlechter, sie hatte keine Schuhe mehr. Sie hinkte ein bißchen und hielt sich hinter mir. Später sah ich, daß ihre Füße bluteten. Während der kurzen Marschpausen grub sie bittere Knollen aus, suchte Sapotilläpfel und allerhand Baumfrüchte, die keinen von uns satt machten.

Zeitweilig begleiteten uns ein paar Greifschwanzaffen von Wipfel zu Wipfel, sie brachten Pfeiftöne hervor, mit denen sie ihr Erstaunen ausdrückten über die nie gesehenen Wesen. Immer schriller wurde das Pfeifkonzert, bis der abendliche Regenguß die Tiere verscheuchte. Zwar zerspritzten die Wassermassen im Blattwerk, doch der Wald hatte sich gelichtet, und ein nasser Schleier senkte sich auf uns herab.

Nach Sonnenuntergang kamen die Moskitos. Man kann nicht schildern, wie sie uns quälten. Ungewöhnlich große Schmetterlinge umtanzten uns wie zum Hohn. Wir sahen schon die ersten Fledermäuse, und ich stellte mir vor, welch eine angenehme Nacht wir verbringen würden. Plötzlich aber endete der Dschungel. Vor uns dehnten sich im Dämmerlicht endlose Reihen blühender Kaffeebüsche; die Silhouetten befiederter Bäume stiegen daraus empor. Chabelita klatschte in die Hände. Mir kam ein Verdacht. Falls wir im Kreis gelaufen waren, mochten das Herrn von Hardenbergs Felder sein ..., und Esquipulas war nicht fern.

Weiter konnten wir nicht. Unter den Büschen sanken wir einfach um. Sie rochen stark nach Jasmin; der Duft kam von den weißen, achtzackigen Blütensternen. Endlich bereiteten wir uns ein Lager aus lappigen Bananenblättern. Der vulkanisch-poröse Boden hatte die Feuchtigkeit schon aufgesogen, doch uns steckte sie noch in allen Gliedern. Platanen und Bananen standen reihenweise zwischen den zarten Kaffeepflanzen, damit diese vor Sonne und Wind geschützt seien. Herr von Hardenberg hatte mir die Anbaumethode vor einer Woche erläutert.

Irr vor Hunger kletterte ich auf einen der Bananenbäume und schlug mit dem Messer die aufrecht stehenden Trauben ab. Wie Bündel schwerer Altarkerzen fielen sie herunter. Jede «Hand» – so nannte Chabelita die Büschel – hatte zehn bis zwanzig «Finger». Sie waren überreif, einen halben Meter lang, armdick und keine von den Sorten, die man ißt. Hier erntete man nicht, die Bäume sollten bloß Schatten spenden. Ihre Früchte schmeckten mehlig, die meisten waren faul, in allen steckten Maden. Wir schlangen sie mit hinunter. Schwärme von Glühwürmchen beleuchteten unser Nachtmahl so dezent, daß wir die Würmer nicht sahen.

Wir streckten uns schließlich auf den Blättern aus, todmüde, zufrieden und satt.

Im Laufe der Nacht wachten wir mehrmals vor Kälte auf. Wind strich über den Hang und kühlte unsere durchnäßten Kleider aus. Zuletzt breitete ich mein Jackett über uns und zog das Mädchen an mich, damit das bißchen Wärme, das in uns steckte, erhalten blieb – in keiner anderen Absicht. Ich fror erbärmlich, sie zitterte genauso, sagte aber: «Nein, das geht nicht, bitte, Señor Morena ...»

«Señor Morena», brummte ich und ahmte zornig ihre Redeweise nach, die kaum zu unserer Lage paßte. «Für dich heiße ich Antonio ..., daß du es weißt.»

«Ja, Antonio», flüsterte sie zähneklappernd und erlaubte mir, den Arm unter ihren Hals zu schieben.

«Und du heißt für mich Chabelita», fügte ich hinzu, um die Sache ein für allemal zu klären. «Im Dschungel sagt man nicht ‹Sie› und ‹Señor› ... Und ‹Isabel› klingt zu fein für ein schmutziges Biest, wie du es bist.»

Als ich die Augen aufschlug, war es hell. Über mir wiegten sich spitze, dunkelgrüne Blätter, ihr Umriß zeichnete sich scharf gegen den Himmel ab. An jedem der feinen Zweige hafteten sechs oder acht Blüten, dazwischen saßen Kaffeekirschen, deren Gelb schon in Rot überging.

Es durchzuckte mich: Die Sonne stand nicht über dem Wald, aus dem wir gekommen waren! Wir konnten uns also nicht gänzlich verirrt haben – vor allem nicht im Kreise gelaufen sein. Der Wald lag im Süden, und alles war gut. Ich weckte Chabelita, sagte es ihr, und wir machten uns, die Sonne schräg im Rücken, westwärts auf den Weg. Im Frühdunst erspähten wir ein flaches Gebäude, das zur Finca gehörte. Wir hörten Stimmen und schlugen einen Bogen um das Gut. Nach meiner Berechnung näherten wir uns der Front, die zum Glück alles andere war als eine durchgehend gesicherte Linie. In festen Häusern aber lagen oft Soldaten.

Nach zweieinhalb Stunden hörte das Kulturland auf. Wir hatten zuletzt saftgrüne, drei Meter hohe Zuckerrohrfelder passiert, nun gerieten wir in eine Strauchsteppe. Es gab kohlschwarze Stellen im Gras, die äußeren Zuckerrohrflächen waren niedergebrannt. Verkrüppelte Akazien und stachlige Mimosazeen wechselten ab mit Agaven oder graubraunen Kugelkakteen. Da wir eine gerade Richtung einhalten konnten, kamen wir viel schneller voran als am Vortag.

Wir wurden schweigsam. Die Sonne brannte auf unsere Köpfe, uns peinigte Durst. In kalkig-tonigen Löchern stand mitunter ein trüber Wasserrest; wir hüteten uns, davon zu trinken. Waren das Granattrichter? Wir stießen auf leere MPi-Magazine, Geschoßhülsen, Stoffetzen, ein zerbrochenes Gewehr ... Die Kriegszeichen mehrten sich. Wir kamen an eine Vertiefung, aus der schwarze Aasgeier aufstoben.

Ich bat das Mädchen, zurückzubleiben, und inspizierte den grausigen Ort. Vor Tagen hatten hier Kämpfe stattgefunden. Die beiden Leichen, die dort hinter einem umgestürzten Maschinengewehr kauerten, trugen Armbinden an den zerfetzten Hemden, blaue Armbinden mit dem Schwertabzeichen der «Befreiungsarmee». Sie stanken so entsetzlich, daß ich mich mit dieser Feststellung begnügte.

«Sieh nicht hin», sagte ich zu Chabelita. «Sie gehörten mal zu Armas.»

«Dann hat er dieses Stück schon geräumt», antwortete sie. «Ach, Antonio, bald haben wir's überstanden.»

Offenbar glaubte sie, die Rebellen hätten ihre MG-Schützen beerdigt, wenn der Geländestreifen noch in ihrem Besitz gewesen wäre. Aber es konnte ebensogut sein, daß die «Freiheitskämpfer» sich vom Totengräberdienst gedrückt hatten. Wer ging denn schon gern bei dieser Hitze mit Hacke und Spaten um? – «Bestenfalls», sagte ich, «sind wir zwischen den Fronten.» Und gegen ihren Rat trennte ich nicht die Silberschwerter von den Kragenspiegeln ab, das Emblem der Truppe, der ich gedient hatte.

Mittags erreichten wir eine geschotterte Chaussee, sie führte nach Nordwesten. Auf den glühenden Steinen konnte Chabelita nicht gehen, auch war es zu riskant, der Straße zu folgen. In einigem Abstand pirschten wir neben ihr her, behielten sie ständig im Auge. Niemand benutzte sie, was bei dem Mangel an Wegen absonderlich war. Kein Windhauch regte sich, der Himmel spie brennende Pfeile. Die mächtigen Kandelaberkakteen warfen winzige Schatten. Von Rastplatz zu Rastplatz wankten wir, halb erstickt und verdurstet, durch hüfthohes Gras.

Das Fehlen jeglichen Verkehrs machte mich stutzig. Es ließ darauf schließen, daß wir durch Niemandsland schritten. Gegen zwei Uhr erhob sich jenseits der Straße eine Staubtrombe, sie quirlte auf uns zu. Wir warfen uns hin. Es war einer der harmlosen Luftwirbel, die sich auch noch zu Beginn der Regenzeit in den heißen Senken Ostguatemalas bilden. Er überschüttete uns mit Sand und lockerem Dreck.

Durch diesen Vorfall litt unser Äußeres noch mehr. Unrasiert, mit zerknittertem Rock und verdorbenen Hosen, verschwitzt und verdreckt, ähnelte ich einem Landstreicher.

Kaum hatten die Staubschleier sich verzogen, da gewahrten wir, daß die Chaussee nach links abbog. Sie kroch in ein Tal hinab; die Vegetation wurde üppig. Zwischen Zypressen und Lorbeerbäumen blinkte ein Fluß. Dahinter, am anderen Ufer, erspähten wir Indiohütten, schließlich auch flache Gebäude, überragt von zwei Kirchtürmen. All dies verschwamm im Sonnenglast. Zwischen uns und dem Ort lag eine Brücke.

«Zwei Kirchen», sagte Chabelita, «das muß Chiquimula sein.»

Dies also war das Städtchen, das ich am Freitag hatte bombardieren sollen! Chiquimula war Grenzgarnison der Regierungstruppen, Stabsquartier eines Arbenz-Regiments. Ich beeilte mich, die Schwerter von den Kragenspiegeln, meine Hauptmannsschulterstücke und beide Orden abzureißen. Besser wäre es gewesen, den ganzen Waffenrock zurückzulassen. Dieser Gedanke kam mir nicht. Auch warf ich die Orden und Capitánssterne nicht etwa weg, sondern schlug sie ins Taschentuch und steckte sie sorgsam ein. Wir humpelten auf die Brücke zu, Chabelita heiter, ich voll düsterer Ahnungen.

«Das ist der Rio Zacapa», sagte Chabelita. «Komm doch! Gleich sind wir bei guten Freunden.»

«Auf keinen Fall zugeben, woher wir kommen», sagte ich. «Mit Armas haben wir nichts zu tun, verstehst du?»

Sie nickte, die Brücke rückte näher. Sie bestand aus graubraunen Quadern. Darüber flimmerte erhitzte Luft. Die Brücke war schmal, ziemlich lang und – leer. «Au», machte Chabelita, als sie aufs Pflaster trat. Ich hob sie hoch, trug sie ein Stück. Sie wog kaum hundert Pfund und wurde mir doch zu schwer. Es war unheimlich still, ich hörte meine Schritte. Der Fluß unter uns, ein Nebenfluß des Rio Motagua, strömte zwischen gleißenden Kiesbänken lautlos nordwärts. In meinen Schläfen hämmerte das Blut. Ich hatte es fast geschafft, als links und rechts aus dem Strauchwerk des Westufers Soldaten sprangen.

«Acaba ya!» rief ein hellhäutiger Ladino-Feldwebel. «Alto! Halt! Wer sind Sie? Wo kommen Sie her? Wohin wollen Sie?» Er brüllte uns an und richtete eine riesige Pistole auf mich.

Ich ließ das Mädchen los; die Augen des Wachhabenden weiteten sich. Er erblickte jetzt das, was Chabelitas Körper bis dahin verdeckt hatte: meine Kragenspiegel. Der blaue Stoff war verblichen, bis auf den Fleck, wo die Schwerter gesessen hatten – später wurde mir das klar.

Die Antwort auf seine vielen Fragen wartete der Sargento primero nicht ab. Er war ein Mann, der keine großen Worte machte. Er drehte die schwere Pistole um, packte sie am Lauf und schmetterte mir den Kolben seitlich gegen den Kopf. Mir war, als liefe ein Riß durch den Knochen. Ich schmeckte Blut, sah schwarze Punkte, die immer größer wurden, hörte Chabelita aufschreien . . ., aber das schon sonderbar leise. Dann glitten die Beine unter mir weg, ich fiel gegen den steinernen Brückenrand.

Ich kam in einer scheußlichen Taxe zu mir, einem offenen Fordmodell aus den zwanziger Jahren, das als Militärfahrzeug diente. Ich saß zwischen zwei Soldaten. Chabelita war fort. Ich drehte mich um, in der Hoffnung, daß es hinter mir noch Plätze gäbe. Aber hinter mir war das Auto zu Ende. Mein Kopf schmerzte, ich bewegte ihn nicht. Chabelita war fort.

Zu beiden Seiten hüpften einstöckige Häuser vorbei, lindgrüne, hellgelbe, blaßviolette Würfel, die jemand durcheinanderschüttelte. Ladengeschäfte, wie ich sie von Esquipulas her kannte, nur tanzten sie aus der Reihe. Und ein paar der Häuser waren ausgebrannt. Das Bild wurde unscharf; ich begriff, gleich würde ich wieder bewußtlos werden. Meine Zunge war dick und kratzig wie ein Reibeisen, ich hatte einen schalen Geschmack im Mund. Von irgendwoher drang vielstimmiges, anschwellendes Geschrei. Mir kam die Idee, es müsse sich um ein Erdbeben handeln. Dann sackte ich nach vorn. Chabelita war fort. Meine Hände schurrten abwärts über die Lehnen der Vordersitze; ich sah nichts mehr. Wo steckt sie bloß? Das war mein einziger Gedanke.

Eine Menschenmenge hatte das Fahrzeug umringt. Alle starrten auf mich, schrien Beschimpfungen, drohten mir mit geballten Fäusten, bis ein Mann dazwischentrat, den ich nie vergessen werde. Er war nicht groß, aber unglaublich kräftig, dunkelhäutig, mit Stiernacken, krausem Wollhaar und breiten Nasenlöchern. Ein gestreiftes Hemd umspannte seinen Oberkörper. Mit rudernden Armbewegungen brach er sich Bahn, blieb vor mir stehen, blitzte mich an und wandte sich dann, während er die Arme ausbreitete, den übrigen zu.

«Compañeros!» rief er. Seine Stimme kam aus den Tiefen eines gewaltigen Brustkorbs, und der Lärm ringsum ebbte ab. Stille breitete sich aus; nur am Rande der Menge rumorte es noch. Seltsam, jetzt erst empfand ich Furcht. Von diesem Mann hing alles Weitere ab. In seiner Hand lag mein Leben. Ich konnte sehen, wieviel Autorität er genoß. Auf einen Wink von ihm vergrößerte sich der Kreis um das Auto. Jemand schleppte ein leeres Pulquefaß herbei, und der kleine Mann stieg darauf.

«Compañeros», rief er. «Genossen! Einerlei, was dieser Armas-Strolch da getan hat» – er deutete auf mich –, «es ist nicht unsere Sache, ihn zu bestrafen.»

Die Menge murrte, der Mann fuhr lauter fort: «Das soll der Garnisonkommandant tun, unser sauberer Señor Coronel, und wir werden uns davon überzeugen, wie er es macht. Wenn die Soldaten den da abführen, gehen ein paar von uns mit. Es interessiert uns sehr, was aus dem Strolch hier wird.»

Die Gesichter der Männer ringsum entspannten sich. «Olé», riefen einige, «cierto! Bravo!» Die meisten schwiegen.

«Aber, Compañeros», rief der Dunkelhäutige ihnen zu, «wir dürfen uns dadurch nicht ablenken lassen von dem, was wir eigentlich wollen. Was verlangen wir denn von unserem schmucken Herrn Oberst? Waffen! Waffen! Waffen!»

«In der Kaserne liegen sie», schrie einer aus der Masse. «Wir müssen sie uns bloß holen!»

Die Leute gerieten wieder in Bewegung. Ich sah, wie sie ihre Strohhüte in die Luft warfen und den Ruf «Waffen, Waffen» rhythmisch wiederholten. Mit ihren bloßen Füßen wirbelten sie den Straßenstaub hoch.

«Ruhe», donnerte der Mann auf dem Faß. «Wir fordern Waffen für uns, um unser Land zu verteidigen. Waffen zum Kampf gegen Armas-Banditen, von denen der da nur einer ist» – wiederum wies er auf mich – «und noch dazu einer, der die Hosen schon voll hat und anscheinend überlaufen wollte.»

Die Menge johlte, und der Mann fuhr in seiner Rede fort. Er war, wie ich bald erfahren sollte, ein Führer der örtlichen Landarbeitergewerkschaft. Ich kniete im Wagen und hörte ihm zu.

«Der dort», rief er aus, «ist nicht wert, von uns auch nur bespuckt zu werden. Wir machen uns die Finger an solchem Geschmeiß nicht schmutzig. Ihn übergeben wir dem Militärgericht – mag es herausfinden, ob er Bomben geworfen hat auf unsere Wohnstätten ... und ihn dann meinetwegen an die Wand stellen. Wir wollen nur eins: Die Banditen aus unserem Land jagen! Unsere Toten rächen! Es den Armas-Strolchen heimzahlen – für die ermordeten Genossen von Esquipulas, Quezaltepeque und Los Amatas! Wir müssen die Armeeoffiziere zur Vernunft bringen! Das Heer zwingen, endlich Seite an Seite mit uns gegen die Feinde des Volkes zu ziehen.»

Was er noch in die Menge schleuderte, konnte ich nicht mehr verstehen.

Der Motor unseres Wagens sprang an. Zwei Männer mit roten Armbinden stellten sich beiderseits auf die Trittbretter, riefen etwas, und der Menschenstrom zerteilte sich. Ächzend rollte das Auto los. In diesem Augenblick sah ich im Fond – Chabelita. Zwischen dem Schalthebel und den Stiefeln des Beifahrers lag sie am Boden, wie eine Katze zusammengerollt.

Wir rumpelten über die Plaza. Ich sah die Wache mit aufgepflanztem Seitengewehr, eine Sandsackbarrikade und Stacheldraht. In meinem Kopf hämmerte es, ich kämpfte eine Übelkeit hinunter. Als wir durch das Kasernentor rasselten, nahm ich etwas Merkwürdiges wahr: Die beiden Zivilisten wurden von den Trittbrettern gestoßen. Sie wälzten sich im Staub, rafften sich auf – und man trieb sie mit vorgehaltenem Bajonett auf die Plaza zurück. Hinter uns schloß sich das eiserne Gitter ... Wir waren im Machtbereich der Armee.

In einer trostlosen Wachstube ließ man uns schmoren. An der Wand klebten erschlagene Fliegen. Ein Radio plärrte. Da zwei Drittel der Landeskinder Analphabeten sind, spielt der Rundfunk in Mittelamerika eine weit größere Rolle als anderswo. Wir tranken einen Krug Wasser leer und lebten etwas auf.

Wenn man aufpaßte, konnte man unterscheiden, daß dreierlei aus dem Lautsprecher kam: Frank Sinatras Gesang, Reklame für Goodyear-Reifen, welche die zähesten sind, und Aufrufe der Armas-Regierung («Bald werde ich bei euch sein»). Zum Teufel, das Programm kannte ich genau. Weshalb hörte man sich in einer Garnison der Regierungstruppen den Rebellensender an? ... Ich griff suchend in meinen Rock, grub in den Hosentaschen. Die Pistole war weg und mein ganzes Geld. Die Orden und Hauptmannssterne im Taschentuch hatte man mir gelassen – oder, wahrscheinlicher, übersehen.

Chabelita musterte mich besorgt. «War's sehr schlimm?»

«Es ist nichts», antwortete ich.

«Jetzt kommt alles in Ordnung. Jeder hier kennt meinen Onkel, den Major Guerra. Er war der beste Turnierreiter in der Armee, heute ist er der treuste und tapferste Offizier! Seit zehn Tagen hält er Puerto Barrios.»

«Treue», sagte ich, «ist vielleicht nicht mehr so gefragt. Hör dir an, was sie im Rundfunk haben. Und Tapferkeit? Dein Onkel hat vor Puerto Barrios eine Armas-Kompanie vernichtet – mit Hilfe der Hafen- und Landarbeiter.»

«Ja, ich bin stolz darauf.»

«Sieht aber nicht so aus, als ob man solches Zusammengehen in Chiquimula besonders schätzt. Wenn ich dir raten darf: Laß deinen Onkel aus dem Spiel. Das kompliziert die Sache bloß.»

Sie wollte etwas erwidern, doch ich legte den Finger auf die Lippen. Im Nebenraum wurde eine scharfe Stimme laut. Soviel zu verstehen war, erstattete ein Soldat des Begleitkommandos Meldung, und man erörterte den Zwischenfall.

«Der Nigger hat also wieder das Maul aufgerissen», hörte ich jemanden sagen. «Waffen, Waffen; das alte Lied!»

«Ohne ihn hätte die Meute unsere Gefangenen zertrampelt», wurde geantwortet.

«Na und?» fragte die scharfe Stimme. «Der Coronel hätte es lieber gesehen, wenn dieser Hetzer nicht zum Zuge gekommen wäre. Ein Lynchakt hätte die Massen ernüchtert und beruhigt.»

«Capitán, man weiß das vorher nie genau. Manchmal bildet eine Gewalthandlung den Auftakt zu Schlimmerem.»

«Sorgen Sie dafür, daß die Vorposten verstärkt werden.»

«Zu Befehl!»

«Die beiden übrigens sollen heute abend noch auf der Plaza erschossen werden.»

Der Wortwechsel riß ab, eine Tür fiel zu. Chabelita und ich, wir starrten uns an. Kein Zweifel, «die beiden», das waren wir. Man wollte uns hinrichten, um das Volk zu beschwichtigen. Statt Waffen offerierte man ihm Leichen – ein originelles Tauschgeschäft.

Wohl erschrak ich, doch bei weitem nicht so, wie ich hätte erschrecken müssen. Wir waren beide zu erschöpft, um die ganze Schärfe der Todesangst zu schmecken. Wir spürten viel mehr unsere brennenden Füße, die schmerzenden Köpfe und den sauren Knoten, der unser Magen war.

Herein trat ein hagerer, kleiner Mann mit knochigem, gelbem Gesicht und hohlen Wangen. Seine Abgezehrtheit mochte von Malariaanfällen oder einem Magenleiden herrühren, die schlechte Farbe schien auf Gallenbeschwerden hinzudeuten. Er stand im Range eines Hauptmanns, und wie sich gleich herausstellte, gehörte die scharfe Stimme ihm. – «Aufstehen», kommandierte er, «folgen Sie mir!»

Ich blieb sitzen, zog meine Schulterstücke aus der Tasche und hielt sie ihm hin. «Ich bin Offizier», erklärte ich, «und einen anderen Ton gewöhnt.»

Er blinzelte, glotzte die Sterne an. Als ob dies alles veränderte, begann er die Sache von vorn. «Buenos tardes», sagte er steif und legte die Hand an den Mützenschirm. «Capitán Cruzfer.»

«Capitán Morena.»

«Señor Capitán, ich muß Sie bitten. Das gilt auch für Ihren Begleiter. Der Coronel will Sie vernehmen.»

«Und dann erschießen lassen», äußerte ich. «Na, daraus wird nichts, Señor Capitán.»

Er sah mich verdutzt an und ließ mich vorangehen. Ich habe immer gefunden, daß in verzweifelten Situationen ruhige Unverschämtheit durchaus am Platze ist. Wer überleben will, muß bluffen können. Wir überquerten den Kasernenhof, eine glühende Fläche. Capitán Cruzfer führte uns in einen weißgekalkten zweistöckigen Trakt; er lag an der Westseite des Hofs und schien das Hauptgebäude zu bilden. Es ging eine Treppe hinauf, durch zwei oder drei backofenwarme Vorzimmer. Dann klopfte Cruzfer an eine Tür, sie trug die Aufschrift JEFE DE REGIMIENTO. Niemand antwortete. Der Capitán klopfte abermals, und da es still blieb, drückte er die Klinke. Wir traten hinter ihm ein.

Es war ein großes, staubiges Gemach mit zerschlissenem Teppich, Wandspiegel, gedrechseltem Mobiliar und einem Mahagonischreibtisch, auf dem ein Messingventilator surrte. Von irgendwoher schrillten menschliche Stimmen. Es klang wie das Geschrei der Menge vorhin auf der Straße; es tönte mir noch in den Ohren. «Guten Tag, meine Herren», krächzte jemand hinterm Schreibtisch. Es war ein Papagei, der dort in einem Messingkäfig saß. «Zu Befehl, Herr Oberst», sagte er.

Ich sah mich im Raume um. Jalousien dunkelten alle Fenster ab, außer einem; es reichte bis auf den Boden und stand offen. Ein breiter Sonnenstrahl fiel herein, Staubpartikel tanzten darin. Mich blendete das Licht, ich erkannte erst nach einigen Sekunden, daß dieses Fenster eine Tür war. Sie führte auf den Balkon hinaus, und dort, vor der hölzernen Balustrade, gewahrte ich die Rücken zweier Offiziere: denjenigen des Regimentskommandeurs und den seines Adjutanten.

Der Kommandeur, ein schmaler hochgewachsener Mann, fuchtelte in der Luft herum, er schrie jetzt hinab: «Seid vernünftig, Leute! Geht nach Hause! Gewehre darf ich euch nicht aushändigen! Dazu bin ich nicht befugt ...» Seine Stimmkraft erlahmte, der Adjutant löste ihn ab. «Dazu sind wir nicht befugt», trompetete er. «Habt Vertrauen zu eurer Armee! Waren die Armas-Banditen nicht schon vor Chiquimula? Wer hat sie geschlagen? Die Armee! Wir haben sie zurückgeworfen, und ich schwöre euch, sie werden nie diese Stadt betreten!»

Stimmengewirr brandete herauf, die Worte des Offiziers gingen darin unter. Man besaß in dieser Provinzstadt kein Mikrophon und konnte die Menge nicht niederschreien. Ich sah, wie der Coronel ein Tüchlein zog und sein Gesicht abtupfte. Vermutlich ging der Balkon auf die Plaza hinaus, doch war für uns, die wir hinten im Zimmer standen, nichts von dem zu sehen, was unten geschah.

«Wo kommen die vielen Leute her?» fragte ich den Capitán.

«Heute ist Sonntag», antwortete er.

«Zu Befehl, Herr Oberst», krächzte hinter uns der Papagei.

«Haben Sie wirklich überschüssige Waffen?»

«Achthundert alte Karabiner – die wissen das genau.»

«Weshalb rücken Sie die nicht heraus?»

Cruzfer musterte mich erstaunt, er sagte nichts. Offenbar argwöhnte er, ich mache mich über ihn lustig. Das Getöse draußen schwoll an, ebbte ab. Der Oberst gestikulierte. Aus dem allgemeinen Lärm hoben sich nun einzelne Rufe ab.

«Señor Coronel», hörte ich und glaubte die Stimme des Gewerkschaftsvorsitzenden wiederzuerkennen, jenes dumpfe lautstarke Organ. «Señor Coronel! Der Strolch Armas steht noch immer im Land. Lassen Sie uns mithelfen, unsere Heimat zu verteidigen. Gemeinsam mit Ihren Truppen wollen wir ihn hinauswerfen – Schulter an Schulter! Haben wir ihn verjagt, liefern wir die Gewehre wieder ab. Jedes einzelne, dafür verbürgt sich die Gewerkschaft.»

«Wir glauben euch das», antwortete der Oberst, «aber ...»
«Aber jetzt», donnerte es von unten, «müssen wir sie erst einmal bekommen! Schon vorgestern, das wissen wir, hat unser Präsident Jacobo Arbenz der Armee befohlen, an alle Wehrwilligen Waffen auszugeben! Warum geschieht das nicht?»
«Präsident Arbenz», brüllte der Oberst hinab, «ist vor einer Stunde zurückgetreten. Seine Befehle gelten nicht mehr.»
«Provisorischer Staatspräsident», schrie der Adjutant, «ist der bisherige Armeechef, Coronel Enrique Diaz! Wir müssen seine Anweisungen befolgen.»
«Das ist nicht wahr», rief eine Frauenstimme schrill. «Arbenz ist unser Präsident!»
Die Nachricht, daß Präsident Arbenz gestürzt sei, hatte die Masse gelähmt ... Damals glaubte ich zunächst, der Regimentskommandeur habe in seiner Bedrängnis gelogen, um das Volk mit dieser Unheilsbotschaft zu verwirren. Tatsächlich aber war Jacobo Arbenz unter schwerem Druck plötzlich zurückgetreten.
Schon am Donnerstag hatten ihn achtzig konservative Armeeoffiziere, die sich mit Armas arrangieren wollten, ultimativ aufgefordert, bis zum Wochenende abzudanken. Der Präsident hatte darauf erwidert, ihn habe das Volk gewählt, und nur das Volk sei berechtigt, ihn abzusetzen. Falls die Armee ihm in den Rücken falle, werde er sich auf seine Wähler stützen müssen. Und er befahl seinem Armeeminister Diaz, die Heeresmagazine zu öffnen. An alle wehrwilligen Einwohner – ob Reservisten oder Gewerkschafter, Indios oder Ladinos – sollten Waffen verteilt werden.
Enrique Diaz war, wie ich später erfuhr, zu diesem Zeitpunkt seinem Präsidenten noch treu ergeben. Erst als er das Ausmaß des Widerstands erkannte, wurde er schwankend. Mit seiner Weisung, das Volk zu bewaffnen, kam Diaz bei den Garnisonkommandanten nicht durch. Sie weigerten sich fast alle, gemeinsam mit der Bevölkerung gegen die United-Fruit-Truppen zu kämpfen. Weil Diaz sich das Vertrauen der Armee erhalten wollte, verzichtete er darauf, den Befehl gewaltsam durchzusetzen – selbst dort, wo er es hätte tun können. Es war zudem ein Befehl, den auch er innerlich keineswegs billigte. Wie die meisten guatemaltekischen Stabsoffiziere entstammte Diaz der landbesitzenden Klasse, und manches in ihm sträubte sich dagegen, in die Hand der Besitzlosen Gewehre zu legen. In seinen Augen beruhte jegliche Staatsordnung darauf, daß die Armee, geführt von den Söhnen der Hacendados, der einzige Waffenträger im Lande war. So zauderte er, und die putschenden Kommandeure lohnten es ihm, indem sie ihn zum provisorischen Präsidenten machten, wenn auch nur für anderthalb Tage.

Unten war es noch immer still. «Geht nach Hause», sagte der Oberst väterlich, «habt doch Vertrauen zu uns!» Er beugte sich über die Balustrade, und nun, da er zum erstenmal leiser sprach, kam mir seine Stimme bekannt vor. Wo zum Teufel hatte ich dieses ölige Organ schon einmal gehört? Es konnte gar nicht lange her sein ... Doch ich erinnerte mich nicht.

«Denkt an die Armas-Flugzeuge», rief der Adjutant. «Sie werden kommen und euch alle töten, wenn ihr so dicht beisammen steht. Nehmt Vernunft an! Ja, ihre Schandtaten vergelten wir! Heute schon! Die beiden gefangenen Flieger lassen wir nachher auf der Plaza erschießen. Sie müssen nur erst verhört werden. Jetzt geht nach Hause ..., denkt an die Bomber!»

Es war vielleicht nicht sehr klug, der Menge mit den verhaßten Feindflugzeugen zu drohen. Das Maß war voll, die dumpfe Wut der Bevölkerung machte sich Luft. Die Leute spürten zweifellos, daß man sie betrog und verriet. Unter gellenden Schmährufen schickten sie allerhand Gegenstände zum Balkon hinauf: Stöcke, Flaschen, Obst und Steine prasselten gegen das Holzgeländer.

Der Adjutant ließ sofort die Jalousie herunter, damit der Geschoßhagel abprallte. Cruzfer öffnete die Läden zum Hof. Der Coronel hatte sich bis ans Ende des Zimmers geflüchtet. Schwer atmend stand er am Schreibtisch, wischte sich das Gesicht, und über ihm krächzte der Papagei: «Guten Tag, meine Herren. Zu Befehl, Herr Oberst!» Das erschreckte Tier flatterte zeternd im Käfig umher und sagte alles auf, was es wußte.

Der Regimentskommandeur warf ein Tuch über den Käfig. Und in dem Schein, der vom Hoffenster kam, erkannte ich ihn. Es war der gelbhäutige Coronel Gusano.

Ich weiß nicht, ob er gleich begriff, wer ich war. Wir hatten uns elf Tage zuvor an Bord der «Estrella fugaz» gegenübergesessen und die Frage ventiliert, ob Puerto Barrios von der Seeseite her zu erobern sei oder nicht. Trotz meines Aufzugs – mich mußte er wiedererkennen, nicht aber Chabelita. Er hatte sie auf der Dolch-Insel nie zu Gesicht bekommen und mußte sie für meinen Begleiter halten. Wie gut, daß ich ihr eingeschärft hatte, mit keinem Wort ihren Onkel zu erwähnen. Major Guerra und Coronel Gusano dienten zwar in derselben Armee, doch hatte ich allen Anlaß zu vermuten, daß zwischen ihnen gewisse Meinungsverschiedenheiten bestanden.

«Dieser Señor», meldete ihm Cruzfer, «nennt sich Capitán Morena.»

«Ich weiß», sagte Gusano, er wandte sich mir voll zu. Sein Blick war sonderbar leer, seine Lippen waren blaß und zitterten. Er war schon ein älterer Herr, Unterhaltungen mit der Bevölkerung schienen ihm nicht zu liegen.

«Wir sind uns schon einmal begegnet», murmelte er und drehte am Ventilator. «Leider standen die Dinge da erfreulicher – für Sie. Die Armee, der Sie sich angeschlossen haben, besteht aus Feiglingen und Nieten. Sonst wäre sie schon hier! ... Das sind keine Soldaten, Capitán, das ist doch hergelaufenes, stinkendes Gesindel! Sie verzeihen.»

«Wozu erzählen Sie das mir?» fragte ich und wollte hinzufügen, daß ich dem Armas-Haufen den Rücken gekehrt habe, doch davor warnte mich ein bestimmtes Gefühl. «Sonst wäre sie schon hier!» hatte der Coronel eben gesagt; etwas wie Enttäuschung spürte ich da heraus. Also schwieg ich, es ist immer besser. In unklaren Situationen soll man eher zuhören, als selber viel reden. Und wirklich, diesmal rettete mein Schweigen mir das Leben.

Der Oberst trommelte auf den Tisch. «Man hat Ihnen unterwegs eins mit der Pistole über den Schädel gegeben», höhnte er und musterte mich von Kopf bis Fuß. Anscheinend schrieb er meinen verwahrlosten Zustand ausschließlich jenem Vorfall zu. «Sicher begreifen Sie nun, wie lächerlich die Starrheit Ihres Coronel Armas ist. Ydígoras hätte sich weniger töricht benommen. Bedingungslose Kapitulation, haha! Wir könnten Ihre Räuberarmee jederzeit vernichtend schlagen. Merken Sie sich: Mit uns muß verhandeln, wer etwas will. Wir haben das Volk auf unserer Seite!»

«Möglich», antwortete ich. «Aber das Volk hat Sie nicht auf seiner Seite.»

«Capitán Morena», sagte der Oberst ernst, «ich muß Sie erschießen lassen.» Er hatte hinter dem Schreibtisch Platz genommen und spielte mit einem Brieföffner. «Unserer flüchtigen Bekanntschaft zuliebe darf ich Sie nicht schonen. Sie gehörten der Luftwaffe an, haben friedliche Guatemalteken im Hinterland gemordet ...»

Draußen krachte eine Gewehrsalve. Cruzfer trat zum Fenster, er berichtete: «Die Wache schießt nur in die Luft. Sie geht mit gefälltem Karabiner vor und versucht, den Platz zu räumen. Man wirft mit Steinen ...»

«Danke», sagte der Coronel. Er fingerte zerstreut am Ventilator, drehte ihn so, daß der Luftstrom sein Haar hochblies. Der Adjutant fragte mich: «Sind Sie desertiert – oder wollten Sie spionieren? Geben Sie's zu, das ändert nichts.»

Die Vernehmung war Formsache, in ihren Köpfen stand der Urteilsspruch fest. Da half nur noch eins: die unverschämte, überwältigende Lüge.

«Ich bin Geheimkurier», sagte ich, einem tollen Einfall folgend. «Mich schickt Coronel Mendoza, unser Luftwaffenbefehlshaber und Stabschef. Ich habe die Fronten auf Schleichwegen passiert, ohne Wissen des Supremo Jefe militar. Mein Auftrag lautet, mich mit Coronel Diaz in

Verbindung zu setzen und ihm eine Botschaft zu übermitteln. Hinter der Sache stehen auch die Regierungsmitglieder Lira, Giocolea, Salazar und Vallandares.»

Gusano sah mich scharf an, ein Lächeln spielte um seinen Mund. Ich merkte, er glaubte mir nicht. «Das hätten Sie viel einfacher haben können», versetzte er. «Warum wählten Sie nicht den Weg über Puerto Barrios?»

«Die United Fruit», antwortete ich, «soll davon nichts erfahren. Mendoza fürchtet, sie könnte Armas von seinem Schritt unterrichten.»

«Und weshalb flogen Sie nicht einfach nach Guatemala-Stadt?»

«Wenn ein Flugzeug fehlte, hätte Armas es bemerkt.»

«Zeigen Sie die Botschaft her!»

«Es ist ein mündliches Angebot, Señor Coronel.»

Drei Augenpaare belauerten mich.

«Wird höchste Zeit, daß ich weiterkomme, Caballeros», fuhr ich frech, aber verzweifelnd fort.

«Daß Sie an den Galgen kommen, Señor Capitán», verbesserte mich der Adjutant.

«Wir werden Ihre Angaben überprüfen», sagte der Oberst. Er winkte Cruzfer heran, flüsterte ihm etwas zu. Der Capitán verließ uns, er begann im Vorzimmer zu telefonieren. Er sprach zu schnell, ich konnte nichts verstehen. Informierte er die Heeresleitung in Guatemala-Stadt? Meldete er den Vorgang nach Puerto Barrios? In diesem Lande war alles möglich. Es konnte sogar sein, daß eine direkte Leitung von hier nach Esquipulas lief. Die Armas-Truppen hatten das Fernsprechnetz nicht zerstört. Trieb Gusano sein Doppelspiel so weit? Wenn er sich nicht scheute, im feindlichen Hauptquartier anzufragen, kam mein Schwindel sofort heraus. Dann waren wir verloren.

Während sich draußen mein Schicksal entschied, versuchte ich, unbefangen zu erzählen. Um den Oberst glauben zu machen, ich sei der Vertraute des Stabschefs, gab ich Geheimnisse des Hauptquartiers preis. Ich nannte Zahlen und erklärte die Mißerfolge der Luftwaffe. Jetzt kam mir zugute, daß ich wirklich einiges von dem wußte, was sich seit zehn Tagen in Armas' Umgebung zugetragen hatte. Ich schilderte den Besuch des United-Fruit-Beauftragten Brandon, ohne meine Rolle dabei zu erwähnen. Ich stellte den Gegensatz zwischen dem Obersten Befehlshaber und seinen kompromißbereiten Políticos heraus und log hinzu, vorgestern sei auch Mendoza in die Front derer eingeschwenkt, die einen Waffenstillstand wünschten und Verhandlungen befürworteten.

«Mendoza hat immer am lautesten geprahlt», sagte Gusano.

«Das änderte sich, nachdem sämtliche Angriffe steckengeblieben waren», antwortete ich. «Heute ist Coronel Armas fast isoliert. Noch hat er die

Truppe ziemlich in der Hand. Vom Gelingen meiner Mission hängt es ab, ob das so bleibt oder nicht.»

Er schwieg und starrte vor sich hin. Der Gedankengang, den ich ihm entwickelte, paßte gewiß zu seinen Plänen, doch konnte ich nicht erkennen, ob er meine Anspielung ernst nahm, ob er sie verstanden hatte. Sollte ich deutlicher werden, auf die Gefahr hin, Fehler zu begehen? Ich mußte ihm einreden, im gegnerischen Hauptquartier bahne sich eine Spaltung an. Nur so konnte ich ihn dazu verleiten, zu glauben, die gemäßigte Partei habe einen Kurier entsandt.

«In Esquipulas hofft man auf günstigen Bescheid», sagte ich vorsichtig. «Dann würden die Starrköpfe den kürzeren ziehen ... Mit Mendoza an der Spitze der Befreiungsarmee würden Sie, Señor Coronel, und Ihre Kameraden bald zu einem friedlichen Ausgleich kommen.»

Da er noch immer schwieg, fügte ich halblaut hinzu: «Gegen die schriftliche Zusage, daß er Stabschef des guatemaltekischen Heeres wird und das Luftwaffenkommando behält, wäre Oberst Mendoza bereit, sich persönlich für die Auflösung der Befreiungsarmee einzusetzen ... Ich bitte Sie, diese Mitteilung vertraulich zu behandeln.»

Gusano warf mir einen abwägenden Blick zu. Nebenan telefonierte Cruzfer ununterbrochen. Würde er Esquipulas anrufen, wo Armas-Anhänger die Gespräche kontrollierten – obwohl ich vorgegeben hatte, gegen Armas zu konspirieren? Wohl kaum. Dennoch, ich saß wie auf Kohlen. Eigenmächtig hatte ich am Netzwerk der Intrigen weitergesponnen, das man im Hauptquartier so eifrig knüpfte. Und man weiß nie, wie so etwas endet. Wenn man zu tief in die Kiste guckt, haut einem manchmal der Deckel auf die Nase.

Cruzfer trat ein, er raunte Gusano etwas ins Ohr. Der Oberst überlegte einen Augenblick, und dann stellte er mir seine letzte Frage: «Weshalb schickt Mendoza Sie ausgerechnet zu Coronel Diaz?»

«Weil die Zusage, von der ich eben sprach, nur vom Armeechef gemacht werden kann.»

«Sie haben gehört, Diaz ist inzwischen Präsident geworden?»

«Um so besser für meine Mission», antwortete ich.

Der Oberst dachte nach, er trommelte auf die Tischplatte. Ganz schien ihm die Sache nicht zu gefallen. Vielleicht war es von mir falsch gewesen, diesen Namen zu nennen. Enrique Diaz hatte sich durch seine langjährige Zusammenarbeit mit Arbenz in den Augen des Offizierskorps kompromittiert; restlos traute man ihm nicht ... Ich tauschte mit Chabelita einen kurzen Blick. Draußen begann es zu regnen. Die tägliche Wasserration klatschte herab. Der Adjutant schloß das Fenster.

«Schön», sagte Gusano endlich. «Ihrer Weiterfahrt nach Guatemala-Stadt steht nichts im Wege. Wir werden Sie angemessen unterstützen.»

Mein Herz setzte aus, dann spürte ich das Blut im Halse schlagen. Ich atmete tief ... Geschafft! Etwas zu flink antwortete ich: «Dann möchten wir sofort aufbrechen. Der Moment ist günstig, Coronel. Dieser Regenguß wird die Menschen in die Häuser treiben ... Würden Sie mir ein Fahrzeug stellen?»

Diese Hast hätte Leuten, deren Lieblingswort «mañana» lautet, eigentlich auffallen müssen, doch waren sie damit beschäftigt, einige praktische Fragen zu klären. «Erlauben Sie zuvor», sagte Capitán Cruzfer, «daß wir Sie und Ihren Begleiter neu einkleiden. Sicher möchten Sie sich etwas erfrischen und für die Reise stärken.»

«Nicht nötig», wehrte ich ab, bestrebt, rasch davonzukommen. «Wenn ich nur das Geld zurückhaben könnte, das Ihre Brückenwache einbehalten hat ..., zweiundsiebzig Dollar.»

Der Oberst schloß den Schreibtisch auf und zog eine schwere Stahlkassette hervor. Er feuchtete seine dürren Finger an und zählte hundert Quetzal vor mich hin. «Der Rest ist Schmerzensgeld», bemerkte er säuerlich. Ich steckte die Scheine ein.

«Ihre Uniform, Señor Capitán, sollten Sie trotzdem wechseln», äußerte Cruzfer. «Ich habe die Ehre, Sie nach Guatemala-Stadt zu begleiten, und bin für Ihre Sicherheit verantwortlich. Auseinandersetzungen mit der Bevölkerung müssen wir vermeiden.»

Draußen zuckte ein Blitz, und der Regen rauschte.

Wir wurden vom Coronel gnädig entlassen, bekamen zu essen, durften uns baden und fanden danach staubgelbe neue Uniformen vor. Chabelitas Rock war aus Drillich, meiner aus Gabardine. Während es draußen donnerte, nähte sie mir die Hauptmannsschulterstücke fest. Die beiden Orden warf ich, so schön sie auch glänzten, in die Abortgrube.

Das Radio in der Kantine war nicht auf Tegucigalpa, sondern auf Guatemala-Stadt eingestellt. Wir warteten auf den Wagen, der uns in die Hauptstadt bringen sollte.

Gegen neun Uhr abends redete im Lautsprecher ein Mann. Nur Chabelita lauschte den Worten, die etwas verzerrt aus dem Apparat drangen – ihr kamen zuletzt Tränen. Ich fragte nicht, warum; ich glaubte, es sei das Heimweh. Als es vorbei war, sagte sie mir, wer da gesprochen habe: Jacobo Arbenz. Der gestürzte Präsident hatte eine Abschiedsbotschaft an sein verratenes Volk verlesen.

Es wurde finster, ehe wir aufbrachen. Wir waren sauber und satt, aber entsetzlich müde. Man setzte Chabelita vorn neben den Fahrer, Capitán Cruzfer nahm an meiner Seite Platz. Es schien ein moderneres Fahrzeug zu sein als das, was uns von der Brücke hierhergeschafft hatte. Doch erklärte man mir, es würde uns nur zur nächsten Station der Bananenbahn bringen, dreißig Kilometer nordwestlich. Den Grund – Benzinmangel – glaubte man mir verheimlichen zu sollen, war ich doch immerhin ein Offizier der Gegenseite. Der Adjutant verhielt sich da korrekt. Wir jagten zum Kasernentor hinaus. Der schwere Gewitterregen hatte die Luft abgekühlt und den Platz in einen See verwandelt.

Die Straßen waren keineswegs so leer, wie ich vermutet hatte. Nach dem Regen trat man vor die Häuser, atmete die erquickende Luft. Nun aber stob alles auseinander. Rücksichtslos brach sich unser Wagen Bahn, schleuderte Wasser gegen die Fassaden, rammte einen Mulakarren, bedeckte die flüchtenden Menschen mit Schlamm. Männer und Frauen preßten sich vor uns an die Zäune und blieben triefend zurück. Mich erbitterte die rüde Fahrweise, doch was sollte ich dagegen tun? Ein Stein flog hinter uns her, knallte gegen den Kofferraum.

Jenseits des Stadtrands verlief die Chaussee parallel zum Rio Zacapa. In den Kurven, wenn der Lichtkegel darüber strich, blitzte sein wüstes, breites Schotterbett auf; die steigenden Fluten füllten es noch nicht aus. Meine Augen brannten. Nur das Rattern und Schleudern des Wagens hielt mich wach. In der Ortschaft Santa Rosalia streifte das Fahrzeug einen Mann, der ohne einen Laut gegen die Lehmmauer stürzte und dort regungslos liegenblieb. Cruzfer dachte nicht daran, deswegen halten zu lassen. Gleich darauf kam uns ein Schaf unter die Räder. Dann bog die Straße links ab, sie entfernte sich vom Fluß. Wir durchquerten die Steppe von Zacapa.

Hier war das Regenwasser schon versickert. Die Scheinwerfer rissen Dornenbüsche aus der Nacht. Geisterhaft angestrahlt, sprangen uns stachlige Kugeln und die Giganten der Orgelkakteen entgegen, bizarre, auch bei Tage unheimliche, fünfzehn Meter hohe Gebilde ... Ich fiel in quälenden Halbschlaf. Mich peinigte die Frage, was werden sollte, wenn man uns wirklich vor Oberst Diaz brachte.

Ob wir durch Zacapa kamen, weiß ich nicht. Ich glaube, der Wagen bog vorher links ab. Er krachte durch Schlaglöcher, ich wurde hellwach und sah, wie sich die Wolken über uns teilten. Der Mond lugte hervor, sein fahles Licht sickerte herab auf zerrissene Hügel. Durch eine Traumlandschaft führte der Weg; er war schmal und gewunden. Kaktushecken säumten ihn, flachkronige Akazien und Riesenopuntien, deren Früchte geronnenen Blutstropfen glichen. Palmeto-Wipfel hoben sich blaß gegen den Nachthimmel ab. Das helle Band schwang aufwärts, glitt hinab, über hölzerne Brücken, die unter dem Anprall der Reifen klapperten und knarrten. Die Bäche darunter strömten nach rechts, sie flossen ins Motagua-Tal ab.

«Unsere Station», sagte Cruzfer neben mir, «heißt Chimalapa-Cabañas und liegt am Rio Motagua. Es ist nicht mehr weit. Wir erreichen dort den Mittagszug aus Puerto Barrios und sind noch vor Sonnenaufgang in der Hauptstadt.»

«Wann wird Coronel Diaz zu sprechen sein?»

«Ich hoffe, sofort. In dieser Lage dürfte er sich kaum Schlaf gönnen. Ich besitze Sondervollmachten, die mir Zutritt zum Präsidentenpalais verschaffen. Ich bin überzeugt, er empfängt Sie unverzüglich.»

Mir fiel plötzlich ein, daß man es in Chiquimula versäumt hatte, uns die Pistolen wieder auszuhändigen. Wir waren waffenlos. Cruzfer trug einen Revolver, vorn unterm Fahrersitz steckte ein Schnellfeuergewehr. Sie würden hinter uns herschießen, falls wir versuchten, ihnen zu entkommen. Sie würden uns abknallen – oder einholen. Sie waren ausgeruht, wir erschöpft. Chabelitas Füße waren zerschunden. Man hatte ihr Schuhe gegeben, doch konnte sie kaum darin gehen, geschweige denn laufen ... Mein Kopf dröhnte bei jeder Erschütterung, hinter den Augen bohrte Schmerz.

Der Weg wurde schlechter, er schraubte sich bergauf. Das Auto wirbelte durch gefahrvolle Kehren, drehte auf engstem Raum, oft eine Handbreit neben tiefen Barrancos, wo jeden Augenblick der lose Tuff unter uns abbrechen konnte.

Im Südwesten zuckte Wetterleuchten um die Vulkane. Vor mir schlief Chabelita. Ihr Kopf rollte auf der Lehne hin und her, sie schlief fest wie ein Kind, der Wind blies in das gestutzte Haar. Weiter, immer weiter.

Der wippende Lichtkegel stieß in eine Senke. Am Wegrand – Wagen und Tiere. Mulas und Ochsen lagen bei ihren Carretas. Ihre Treiber, die Arrieros, hockten um ein Lagerfeuer. Sie sprangen auf, als die Dunkelheit zerriß ... Hier war der Weg zu Ende. Ein Fluß rauschte, der Mond spiegelte sich darin. Die Steinbrücke war eingestürzt. Hatten Bomben sie zerschlagen? Das Gerippe eines ausgebrannten Lastwagens deutete auf einen Luftangriff hin, Trümmer bedeckten das Ufer. Der Fahrer stoppte nicht. Wohl stutzte er einen Augenblick, ich hörte, wie er das Gas wegnahm. Dann sagte er: «Se puede!» – es geht. Er ließ den Motor aufheulen und preschte über ein Schotterfeld ins aufspritzende Wasser.

Es ging nicht.

Wir sackten im Triebsand ab, und je wilder sich die Räder drehten, desto tiefer bohrten sie sich ins Flußbett ein. Da half kein Fluchen, wir saßen fest. Cruzfer griff sich das Schnellfeuergewehr, schoß in die Luft und befahl den erschreckten Indios, uns mit ihren Ochsen herauszuziehen. Jammernd spannten sie die Tiere ein. Der Capitán und ich stiegen aus, wir schoben Knüppel und Steine unter die Hinterräder. Das Wasser war schlammig und lau.

Nun zogen die Ochsen an, der Fahrer half mit dem Motor nach, die Räder quirlten, schleuderten Kies hoch. Die Arrieros heulten, pfiffen und schrien, sie spornten ihre Tiere mit langen zugespitzten Stöcken an. Der Wagen rührte sich nicht vom Fleck. Das schwere Joch brach.

Capitán Cruzfer entschloß sich, das Fahrzeug aufzugeben. Von den Arrieros ließ er sich Mulas bringen. Angesichts seiner Mordwaffe wagten sie keinen Widerspruch. Auf Maultierrücken setzten wir unsere Reise fort. Vier Indios, die ihrem Patrón wohl für die Mulas hafteten, liefen ängstlich hinterdrein. – «Pack», knurrte der Capitán.

Eine Zeitlang ritt ich neben Chabelita her, um zu verhüten, daß sie vor Müdigkeit aus dem Sattel sank. Auf ihrem Mula machte sie eine bessere Figur als ich.

Nach einer Dreiviertelstunde erreichten wir Chimalapa-Cabañas. Wir folgten den Gleisen. Das Bahnhofsgebäude war dunkel, die Aufschrift «Estación» kaum zu entziffern, der Schalter geschlossen. Vor der Sperre stand ein Milizmann. Er sagte uns, der Zug nach Guatemala-Stadt habe Cabañas vor fünfzehn Minuten verlassen.

Den Rest der Nacht verbrachten wir in einer elenden Herberge, in der es von Ungeziefer wimmelte. Wir schliefen auf Petates, geflochtenen Strohmatten; sie lagen auf dem Fußboden – gestampftem Lehm. Beim ersten Sonnenstrahl standen wir auf, wuschen uns im Brunnentrog. Auf der Veranda, die aus überragendem Stroh und mürben Stützpfosten bestand, aßen wir Tortillas. Hier, auf der Rückseite des Hauses, hing das wichtigste Gerät, der aus rohem Stein gehauene große Filter, aus dessen unterer Spitze kühles Wasser tropfte.

«Die Leute behaupten, im Stein blieben die Bakterien hängen», äußerte Cruzfer, der sich als aufgeklärter Mensch erwies. «Ich habe da meine eigene Methode.» Er zog aus seiner Gepäcktasche eine Flasche Rum, mit dem er das Wasser, ehe wir tranken, gehörig desinfizierte. «Auf Ihren Präsidenten Diaz», sagte ich und hob das Glas. Er sah mich sonderbar an und schwieg einen Augenblick. Dann antwortete er: «Auf Ihren Stabschef Mendoza» und kippte die Flüssigkeit hinunter. Ich wurde aus seinem Verhalten nicht klug.

Neben dem Filterstein hing eine andere Kostbarkeit: das Quecksilberthermometer. Es zeigte schon jetzt, im ersten Morgenlicht, achtundzwanzig Grad Celsius. Das mittlere Motagua-Tal, so versicherte mir Cruzfer, sei der heißeste Strich Mittelamerikas; man nenne ihn die Hölle von Guatemala. Im März, dem wärmsten Monat, steige hier die Mittagstemperatur gewöhnlich auf fünfzig Grad im Schatten … Wir zahlten und brachen auf.

Bei Tage wirkte der Bahnhof wie ein windschiefer Lagerschuppen. An den gekalkten Wänden hingen grelle Reklameschilder, die für nordamerikanische Erzeugnisse warben: rostfreie Messer, Schallplatten und Kaugummi, dessen Grundstoff, das Chicleharz, die USA jahrzehntelang aus den guatemaltekischen Urwäldern bezogen haben.

Wir kamen keine Minute zu früh. Der Zug aus San Salvador lief schnaufend ein, als wir die Sperre durchquerten. Eine grüngestrichene altmodische Lokomotive mit niedrigem Dampfkessel und klobigem, trichterförmigem Schornstein zog ihn. Bei Quezaltepeque hatte der Zug das rückwärtige Frontgebiet passiert, er führte zwei Lazarettwagen mit, die man in Chiquimula angehängt hatte. Die Fenster der Schmalspurwaggons waren scheibenlos, manche Seitenwand zeigte Einschußlöcher. Wir zwängten uns durch eine der winzigen Türen und fanden bequem Platz.

Die Maschine nahm Wasser, prustete scharf und ruckte los. Zu den Fenstern wehte frische Luft herein. Rechts floß uns der Motagua entgegen, hier schon ein machtvoller Strom. Blendende Kiesbänke ragten aus den Fluten, in denen die Morgensonne glitzerte. Terrassenartig stieg das Ufer an. Oben lagen verstreut arme Dörfer mit sonnenzermürbten Strohdächern. Dort weideten magere Kühe auf dem gelbgrau gedörrten Grasboden. Mancherorts teilte sich der Strom und wanderte in mehreren Armen durch seine Schotterwildnis... Ich sah ein Rudel struppiger Hunde. Japsend setzten sie unserem Zuge nach, um eßbare Reste zu erhaschen, die vorn jemand hinauswarf.

Auf der nächsten Station, El Manzanal, wurde es schlimm. Kaum bremste die Lokomotive, da senkte sich lastende Schwüle herab. Mir tropfte der Schweiß in die Augen. Den Waffenrock durfte ich nicht ablegen, da ein guatemaltekischer Offizier dergleichen nicht tut. «Que calor!» stöhnten die Reisenden – wie warm! Obwohl sie in den Tropen aufgewachsen waren, litten sie ebenso unter der Hitze. Neben mir auf der Holzbank saß eine steinalte Frau mit kupferbraunem Gesicht, sie schwatzte lebhaft mit ihrer Nachbarin und sog zwischendurch an einer pechschwarzen Zigarre.

Vor Guastatoya verließ die Linie den Motagua-Fluß, sie wandte sich südwärts in ein steiles Seitental. Unendlich langsam keuchte der Zug durch viele Kehren ins Gebirge hinauf. «Señor Capitán», sagte Cruzfer zu mir, «glauben Sie, dies alles wäre nicht nötig gewesen. Die Company hat Fehler begangen und es den Leuten leicht gemacht, das Maul aufzureißen. Wenn die Regierung Arbenz so nach links abrutschte, haben wir das nicht zuletzt der United Fruit zu danken.»

Ich antwortete nicht sofort. Draußen zog üppiges, nasses Grün vorüber, Weidenbüsche, Zuckerrohr, Mangobäume und kleine Bananenfelder ... Politisierte er nur ein bißchen, wie es hier Sitte war, oder horchte er mich aus? – «Meine Mission», sagte ich, «hat mit der Company nichts zu tun.»

«Es fing ganz harmlos an», erklärte er. «Im Sommer neunzehnhundertfünfzig besprühten Plantagenkulis an der Pazifikseite die Bananenpflanzen mit giftigen Lösungen. Das geschieht immer, damit sie vor Sigatoka und der Panamakrankheit geschützt sind. Wie üblich erlitten ein paar Leute dabei Gesundheitsschäden; einige wurden blind. Das hatte es schon früher oft genug gegeben, müssen Sie wissen. Doch diesmal waren die Kommunisten da. Sie forderten zusammen mit den Gewerkschaften besseren Arbeitsschutz, Zahlung von Invalidenrenten und dergleichen mehr.»

Ich nickte dazu und sah hinaus auf die Mangobäume mit ihren hellen jungen Blättern, den schwarzgrünen alten und dem rotwelkenden Laub; die Kronen waren dicht geschlossen, ihre schweren Blattmassen quollen in dicken Wulsten von innen heraus. An den Telegrafendrähten längs der Bahn hingen Vogelnester.

«Als vor drei Jahren dann der Orkan im Tiquisate-Distrikt viele Pflanzen knickte – die Bananenstämme sind ja nur gerolltes Blattwerk, sie können das schwere Fruchtbündel kaum tragen und sind sehr sturmempfindlich –, da entließ die Company ihre Arbeiter. Allerdings liefen die Verträge noch. Sie ersuchte unsere Regierung sogar, ihr neues Land zuzuweisen, verlangte weitere Steuervergünstigungen und drohte, andernfalls die zerstörten Plantagen niemals wiederherzustellen. Die Yankees überspannten den Bogen – finden Sie nicht auch?»

«Diese Dinge kann ein Ausländer schwer beurteilen.»

Vor dem Fenster erschienen jetzt zu meiner Überraschung Kiefern. Schütterer Nadelwald, durchsetzt von Palmetos, bedeckte die Hänge. Die Temperatur wurde erträglich. Unten am Bach saßen Indianerinnen, sie wuschen ihre Kleider auf den Steinen. Zerglühte Palmstrohhütten klammerten sich an die Hänge; hier wohnte bitterste Armut. Immer höher ging es hinauf, immer näher kamen wir der Hauptstadt, wo sich unser Geschick entscheiden sollte. Droben auf dem Berg starrte eine Klosterruine gespenstisch in die Vergangenheit, bleich und zerfallen.

«Damals», sagte Cruzfer, «reichten die entlassenen Bananenkulis Klage ein. Sie verlangten von der United Fruit Ersatz für den Lohnausfall. Die Sache ging durch mehrere Instanzen, bis das Appellationsgericht in Escuintla entschied, das Bananenland zu beschlagnahmen und zu versteigern, falls die Company sich weigerte, den Arbeitsvertrag einzuhalten. Das war vor zwei Jahren. Kurz darauf begannen die ersten Enteignungen. Der Trust verlor dreiundachtzigtausend Hektar Brachland auf der Pazifikseite. Arbenz zahlte sechshunderttausend Dollar Entschädigung, sechzehn

Millionen waren die Ländereien wert. Es kam, wie es kommen mußte ... Heute haben wir Krieg.»

An einer stillen Stationsbaracke verschnaufte die Lokomotive. Drei hübsche, buntgekleidete Indianerinnen boten stumm und scheu ihre Maiskuchen feil, dazu Honig in getrockneten Fruchtschalen, Eier, Bananen, Hühnerschenkel und Frijol: schwarze geriebene Bohnen in Fett geschmort, eins der wichtigsten Gerichte des Landes. Ich kaufte von jedem eine Portion und bot auch unseren beiden Wächtern – Cruzfer und seinem Fahrer – davon etwas an. Aufpasser muß man bei Laune halten.

Der Waggon ruckte an, die Gegend wurde einsamer. Auf majestätischen Gipfeln flimmerte die Sonne. Vor Agua Caliente bohrten sich zwei Tunnel durchs Gebirge. Unten brachen aus dem Gestein stinkende Schwefelquellen hervor; dampfend rieselten die gelben Bäche zu Tal. Es war hoher Mittag, wir hatten gegessen und wurden schläfrig. In scharfen Kehren stampfte der Zug zwischen Vulkanfelsen hinauf.

Ehe ich einschlief, hörte ich Cruzfer sagen: «Arbenz war schlau ... in den letzten Jahren drei Dutzend Putschversuche niedergeschlagen.» Verschwommen drangen seine Worte an mein Ohr. «Wir mußten ihm helfen dabei ... Diaz hätte uns degradiert ... Manchmal blutete einem das Herz ... Aber wenn man mit der Armee verbunden ist? Volksfrontregierungen, Señor Capitán, sind hart wie Kokosnüsse ... Kann sie von innen her nicht knacken ..., von außen geht's auch nicht, wie Sie selbst in den vergangenen zehn Tagen gesehen haben! Aber von innen und außen zugleich – da funktioniert es ...»

Durch einen Schleier sah ich, daß er die Faust in die Handfläche schlug. Es klatschte ganz leise. Ich dämmerte ein. Erst sehr viel später habe ich mich einmal gefragt, wieso die United Fruit bei alldem eine derart überragende Rolle spielen konnte. Gehörte sie denn immer noch, wie in der Zeit des ersten Weltkrieges, zu den einflußreichsten Großfirmen der Vereinigten Staaten? Ja und nein! Obgleich es allen dort unten damals so erschien, ist sie keine der bedeutendsten amerikanischen Industriegesellschaften. Sie zählt nicht zu den hundert ganz großen. Man kann sie weder mit General Motors, Sears Roebuck, Du Pont oder United States Steel vergleichen; von der Standard Oil ganz zu schweigen. Nicht Bananen und Zucker nämlich liegen heute an erster Stelle. Die wirklichen Riesenprofite werden seit 20 Jahren aus Öl und Erz gezogen.

Die United Fruit ist denn auch weniger kapitalstark als jene amerikanischen Kupfergesellschaften, die in Chile und anderswo herrschen. Sie gilt lediglich als kostbarste Perle der Bostoner Finanziers. Diese hochmütigen Nachkommen der alten Neuengland-Kaufleute lassen außer Bananen zwar Fernsehröhren, Flugzeugarmaturen, Rasierklingen, Haarwasser, Schuhe und Textilien produzieren; es ist ihnen jedoch im Laufe der Jahrzehnte nicht geglückt, die Kontrolle über entscheidende Zweige der Grundstoffindustrie zu erlangen. Trotz eines Gesamtkapitals von 10 Milliarden Dollar kann sich die Boston-Gruppe nicht mit Monopolgiganten wie Morgan oder Rockefeller messen, deren Aktiva Mitte der fünfziger Jahre runde 65 bzw. 62 Milliarden ausmachten.

Deshalb sind die vornehmen Bostoner allmählich unter die Fittiche der aufstrebenden Rockefeller-Erben gekrochen, die – auf einer Woge von Öl schwimmend – ihr Familienvermögen in den letzten 25 Jahren immerhin verzehnfacht haben. Schon in den dreißiger Jahren fusionierten Bankhäuser beider Gruppen, und 1955 nahm John McCloy, eine Schlüsselfigur der Rockefeller-Dynastie, im Aufsichtsrat der United Fruit Platz. Bostons Finanzkapitäne waren Juniorpartner geworden, Provinzverwalter im weltweiten Reich der Rockefeller, einer angriffslustigen Gruppierung, die märchenhafte Reichtümer aus überseeischen Ländern holt und sich damit den ersten Platz in der Wirtschaft Amerikas gesichert hat.

Die Statthalter des Rockefeller-Imperiums in der US-Regierung aber waren zu jener Zeit die Brüder Dulles. Der ältere hat bis 1959 Amerikas Außenpolitik gemacht, der jüngere leitete den Geheimdienst ... Nach dem, was diese Leute in Guatemala taten, kann man sich vorstellen, wie sie verfahren werden, falls einmal mehr auf dem Spiele steht als Bananen.

Von einem dumpfen Knall schreckte ich hoch. Der Zug bremste, die Leute sprangen heraus, noch ehe er stand. Sie deuteten erregt nach oben. Ich lehnte mich aus dem Fenster und erblickte – ein Weizenfeld; es wogte im Wind, die Sonne lag schräg darauf. Zwischen dunklen Randgebirgen dehnte sich eine gewaltige Ebene. Vor mir, in weiter Ferne, schwang wie dunkelblauer Stahl die Vulkankette im Halbkreis um sie herum, eine ungeheure Wolkenbank lastete auf ihr.

Mit einem Schlag wurde ich völlig munter. Das Brüllen eines Flugzeugmotors drang an mein Ohr. Wieder ein Knall! Ein schwarzer Rauchpilz stieg über dem Weizen empor, die Menschen schrien, gestikulierten, zerrten ihre Habe aus den Waggons. Schafe und Schweine wurden weggetrieben, Hühner gackerten in den Körben, Frauen bekreuzigten sich; alles rannte davon, ins Feld hinein.

Es war Montag, der 28. Juni, sechs Uhr abends. Wegen der Fliegergefahr hatte der Zug mehrfach auf offener Strecke gehalten. Später erfuhr ich, daß Guatemala-Stadt an diesem Tag den schwersten Luftangriffen ausgesetzt war, die es während des ganzen Krieges gab. Mendozas Jagdbomber rasten pausenlos über die Dächer, flogen einen Einsatz nach dem anderen. Sie schossen aus Bordwaffen die leichten Vorstadthäuser zusammen, bombardierten das Regierungsviertel, eine der Bomben hatte vor uns die Gleise zerfetzt. Zu Fuß mußten wir weiter.

Chabelitas Füße waren wund. Sie klagte nicht, sie marschierte als erste. Cruzfer fluchte. Sein Soldat schleppte mürrisch die Gepäcktasche und das Schnellfeuergewehr. Nach einer halben Stunde erreichten wir den Stadtrand. Es roch nach Bränden. Am Südwesthorizont stand das Dreieck des Agua mit seinem abgeflachten Kratergipfel, daneben ragte das Fuego-Massiv empor und andere kleinere Kegel, deren Namen ich nicht kannte. Alles war eingetaucht in das tiefe Abendblau der Hochlandtropen – und von Qualmsäulen verschleiert. Rosige Federwolken zogen wie Schaumströme über den Himmel. Fern überm Pazifik erglühte ein Kumulusturm ... Die Bomber waren weg. Ehe es finster wurde, mußten sie zurück auf die Base de Aviación. Vor morgen früh brauchten wir keinen Angriff zu befürchten.

In einem überfüllten, toll ratternden Bus sausten wir an einstöckigen Häusern vorbei. Chabelitas Augen leuchteten. Weiße Mauerflächen, vergitterte Fenster, Baumkronen, zerbröckelnde Wände. Ein paar Kirchtürme erhoben sich über die flachen Dächer. An dicken Holzmasten flammten jene elektrischen Lampen auf, unter denen einst Ubicos Polizisten gestanden hatten. Haltestellen gab es nicht. Wer winkte, wurde mitgenommen. Wollte man aussteigen, mußte man klingeln; der Fahrer hielt dann an der nächsten Ecke. Vor dem Palace Hotel stiegen wir aus. Es war ein dreistöckiger Stahlbetonbau aus dem Jahre 1927, mit zweieinhalb Millionen US-Dollars erdbebensicher errichtet. Die ersten Tropfen fielen, wir traten unter das gläserne Vordach. Der Portier, ein baumlanger Ladino, beteuerte, alles sei belegt. Angesichts des Bombardements würde das Haus wegen seiner festen Konstruktion bevorzugt, es sei mit ausländischen Herrschaften ... Cruzfer schob ihn beiseite, hielt dem herbeieilenden Geschäftsführer ein Schriftstück vor, und sogleich wies man uns Zimmer zu. Leder, Marmor und Mahagoni umgaben uns, sogar der Fahrstuhl lief.

Die beiden Räume im zweiten Stock lagen nebeneinander. Kaum hatten Chabelita und ich unser Zimmer bezogen, da klopfte es hart, die Verbindungstür wurde von drüben geöffnet, und Cruzfer erschien in sauberem Hemd, mit glänzend polierten Stiefeln. Vier oder fünf Orden baumelten oberhalb seiner Brusttasche. Alles Schlaffe und Redselige hatte er abgestreift. Hier, in der Metropole, kehrte er martialisches Gehabe hervor. Er verlangte mir den Zimmerschlüssel ab, versperrte damit die auf den Korridor führende Tür und steckte ihn ein, wobei er hervorhob, dies geschehe im Interesse unserer persönlichen Sicherheit. Dann entfernte er sich mit der Bemerkung, er werde dem Präsidenten jetzt meinen

Besuch ankündigen. In einer Viertelstunde sei er zurück, Diaz würde mich dann empfangen.

«In fünf Minuten», flüsterte mir Chabelita zu, «kommt man von hier aus zu unserem Haus. Ich kann dich dort verstecken, Antonio, bis alles vorüber ist. Josefa nimmt dich auf, Großvater wird nicht dagegen sein, wenn ich ihm sage, was du für mich getan hast. Keiner findet dich bei uns!»

«Josefa», fragte ich, «wer ist das?» Denn ich wußte, sie hatte keine Mutter mehr.

«Unsere Hausfrau, eine Indianerin», antwortete sie, und ihre Augen leuchteten. «Schnell – ehe er zurückkommt!»

«Versuch mal, ob du hier 'raus darfst», sagte ich.

Sie klinkte die Verbindungstür auf. Der Nachbarraum war ebenso luxuriös ausgestattet wie unser Zimmer, mit Klimaanlage, verrückten Gardinen, Toilette und gekacheltem Bad. Gleich gegenüber der Tür saß Cruzfers Fahrer auf einem Stahlrohrsessel. Das Schnellfeuergewehr lag ihm auf den Knien, er tat so, als prüfe er daran etwas nach.

Als Chabelita eintrat, reckte er sich hoch, der Sessel federte sanft. «Wenn Sie was brauchen, klingele ich nach dem Kellner», sagte er mit kehliger Stimme. Kein Muskel regte sich in seinem verwitterten Gesicht.

«Ich mache das schon selbst», antwortete Chabelita.

Er stand behende auf und vertrat ihr den Weg. Sie starrten sich an. Ich überlegte, ob wir mit ihm fertig werden konnten, doch er schien mir zu kräftig.

«Mein Capitán läßt Sie bitten», sagte der Fahrer, «Ihr Zimmer nicht zu verlassen. Die Bevölkerung ist aufgebracht über Mendozas Flieger. Ich habe Befehl, Sie zu beschützen.»

«Reden Sie kein Blech», rief ich hinüber. «Niemand weiß hier, daß wir von Mendoza kommen.»

«Sehr wohl, Señor Capitán», antwortete er, «genau wie niemand weiß, daß dieser Dragoneante dort eine Señorita ist.»

Ein Grinsen kerbte sich in seine ledernen Wangen. Ich knallte die Tür zu … Er und sein Vorgesetzter kannten also unser Geheimnis. Wir saßen auf den verchromten Stühlen und brüteten im Lampenschein vor uns hin, bis Cruzfer zurückkehrte.

Er pochte scharf. Sein Antlitz war noch gelblicher als sonst, er schien enttäuscht, verletzt, aufs höchste ergrimmt. «Diaz weigert sich, Sie zu empfangen», stieß er heraus. «Ich wurde nicht einmal vorgelassen … Mit Rebellen wünscht er nicht zu verhandeln, ließ er mir sagen, schon gar nicht, wenn sie vom Luftpiraten Mendoza kämen. Ich nehme an, das heutige Bombardement hat den Präsidenten derart in Wut versetzt.»

«Dazu wäre es gar nicht gekommen, wenn Sie mich gestern schon mit ihm zusammengebracht hätten», log ich. «Mendoza hat Friedensfühler ausgestreckt, doch der Krieg geht weiter, darum bombt er.»

In jener Nacht schlief ich kaum, trotz des vorzüglichen Betts und der duftigen, federleichten Steppdecke. Gegen halb zwei spähte ich aus dem Fenster, hörte, wie jemand seine Stiefel aneinanderschlug und sah unterm gläsernen Vordach die Umrisse eines Postens. Der Schatten seines Gewehrs fiel lang über das Pflaster. Dieser Mann bewachte den Haupteingang, und Cruzfers Leibgardist blockierte den Zugang zum Korridor.

Über Nacht trat, wie es in diesen Ländern oft geschieht, eine Wende ein. Gegen acht Uhr morgens hörte ich Cruzfer nebenan telefonieren, sah beim Rasieren beiläufig hinab und bemerkte: Der Posten war weg. Während ich noch erwog, ob es sinnvoll sei, aus dem Fenster zu springen – die Straße lag gut vier Meter unter uns –, klopfte der Capitán schon. Eben stand Chabelita auf, ich ließ ihn nicht herein.

Durch den Türspalt rief er mir zu: «Heute um zehn Uhr sucht Coronel Diaz den amerikanischen Botschafter auf. Der wird ihn schon zurechtstauchen! Ihm klarmachen, daß er Frieden schließen muß. Wir warten vor dem Botschaftsgebäude, und wenn er herauskommt, präsentiere ich ihm – Sie, Señor Capitán, als ersten Unterhändler. Wie finden Sie meine Idee?»

«Großartig», antwortete ich, «hoffentlich ist Diaz in Stimmung.»

«Er wird nicht umhin können, Sie anzuhören», sagte Cruzfer.

Es geschah, wie Cruzfer es wünschte. Nach dem Frühstück machten wir uns auf den Weg zur US-Botschaft. Der Chauffeur blieb mit Chabelita im Hotel zurück. Die Gusano-Leute schienen in ihr eine Art Pfand zu sehen, nachdem sie entdeckt hatten, daß sie ein Mädchen war. Und wirklich, solange sie Chabelita hatten, war ich ihnen sicher.

Es war ein strahlender Morgen, noch zeigte sich kein Feindflugzeug am azurblauen Himmel. Wir überquerten die Plaza, eine drei bis vier Hektar große Fläche mit einem zierlichen Park in der Mitte; Bomben hatten einen Zitronenbaum entwurzelt und den steinernen Springbrunnen zerschmettert. Großäugige, zerlumpte braune Schuhputzerjungs hockten an einem umgestürzten Lichtmast, sie winkten und sprachen uns an. Gutgekleidete Zivilisten hasteten vorüber, jagten ihren Geschäften nach wie eh und je.

Arkadengänge umrahmten den Platz; Bougainvillea und Kletterrosen bedeckten die Pfeiler. Am zinnenbewehrten Turm der Gardekaserne glänzte die goldene Inschrift GUARDIA DE HONOR; ein Seitenflügel lag in Trümmern. Die mächtige Kathedrale auf der Ostseite, deren Türme beim Erdbeben im Jahre 1918 auf die Plaza gekippt sein sollen, schien völlig unbeschädigt. Daneben quoll Schutt aus geborstenen Fassaden.

«Mercado central», sagte Cruzfer – die Markthalle.

Sie war der Mittelpunkt, um den der Menschenstrom kreiste. Zweirädrige Indiokarren, Frauen mit mehreren Körben auf dem Kopf, aus denen es gackerte, bepackte Mulatrupps, Orchideen- und Vogelverkäufer, Ladinos mit Süßbrot und Kuchen – sie alle strebten der Markthalle zu, als befände man sich im tiefsten Frieden.

Wir durchquerten das endlose Gewölbe. Trotz des gestrigen Bombardements waren die indianischen Bauern gekommen, um ihre Erzeugnisse feilzubieten wie sonst: Tomaten, Oliven, Chilepfeffer, Bohnen, Mangofrüchte, Orangen, Ananas; grellbunte Stoffe, Beutel, Stickereien und Spitzen; Öl der Corozonuß in glasierten Tonkrügen, Wurzelextrakte, Tamarinde, Vanille, Schildkröteneier. Schräge Sonnenstrahlen fielen in die brausende Riesenhalle hinein, und die Trachten der Händlerinnen, ihre Warenmassen brannten in Grün, Rot, Purpur, Weiß und Goldgelb ... Was lag da nicht alles aufgestapelt!

Im hochgeschwungenen Portal, durch das wir die Halle verließen, standen Indios, die in wochenlangen Märschen in die Hauptstadt gekommen waren, mit Seilen aus Cobán, geflochtenen Satteltaschen, Matten, Netzen, Holzgeräten, Webarbeiten, Spielzeug und Federschmuck. Sollte der lange Weg nicht umsonst gewesen sein, mußten sie diese Dinge verkaufen, ob nun Krieg war oder nicht. Gewiß glaubten die meisten, es handele sich um eine der üblichen «Revolutionen», die sie nichts angingen. Vier Jahrhunderte lang hatte man diese Menschen unterdrückt, es konnte der Arbenz-Regierung unmöglich gelungen sein, sie in so kurzer Frist wachzurütteln. Und nun war kein Präsident mehr da, der das auch nur versuchte. Wahrscheinlich verstanden die wenigsten, was an jenem Tage wirklich geschah – ganz in der Nähe, hinter den monumentalen Prunkmauern der Kathedrale, nur wenige Schritte entfernt vor ihren Ständen.

Das amerikanische Botschaftsgebäude in Calle 11 (der Hauptstraße) war kein besonders repräsentatives Haus. Im leuchtenden Vormittagshimmel wehte das Sternenbanner am weißlackierten Mast, überragt von der Antenne einer FT-Anlage. Es hatte zwei blaßgelb getünchte Stockwerke mit vergitterten Fenstern, doch keine Freitreppe; die wenigen Stufen verschwanden im Inneren, sie endeten an einer Hardwood-Tür. Zwei schwarze Cadillacs parkten am Bordstein, der vordere trug den Stander des Staatspräsidenten. Auf dem Trottoir wimmelte es von gutbewaffneten Soldaten, ihre Motorräder lehnten ringsum an den Hauswänden.

«Er ist schon drin», sagte Cruzfer. «Es wird nicht lange dauern.»

Ich fragte: «Woher wollen Sie das wissen?»

Wir standen und warteten. Es gab nirgends Schatten. Alleebäume fehlen in den vielen Straßen von Guatemala-Stadt. Mir fiel eine lächerliche

Geschichte ein, die mir Chabelita darüber erzählt hatte: Vor siebzig Jahren hatte einer der Diktatoren, Präsident Barrios, nach einem Besuch in den Vereinigten Staaten geäußert, ihm hätte dort das schattenspendende Grün der Straßen gefallen. Während er dann einige Tage abwesend war, wurde vom Innenministerium ein Befehl an die Hausbesitzer erlassen, wonach sie unverzüglich die Straßenseite längs ihrer Häuser mit Bäumen zu bepflanzen hatten, damit das heimkehrende Staatsoberhaupt mit Alleen à la Norte-Americana überrascht werde. Da Gefahr im Verzuge war, rissen die Hausbesitzer das Pflaster auf, zerrten allerhand Gewächse aus ihren Gärten ..., so daß schließlich neben einem hohen Oleander eine sechszöllige Zwergzypresse stand, auf die Orangen-, Myrten- und Rosenbäumchen folgten. Barrios aber glaubte sich verhöhnt, er setzte den Minister ab und zog sein Vermögen ein.

«Woher ich das weiß?» antwortete mir Cruzfer nach einer Weile. «Bei Peurifoy geht's immer schnell. Er heißt bei uns der ‹fixe Jack›.» Wir schlenderten am Portal vorüber. Gnadenlos brannte die Sonne. Die Stadt war nach dem spanisch-amerikanischen System schachbrettartig angelegt, mit numerierten Avenidas, die von Norden nach Süden liefen und durch die Calles rechtwinklig geschnitten wurden. Die Calles ziehen sich von Ost nach West, sie sind den ganzen Tag über schattenlos; in den Avenidas wird der Schatten um Mittag immer spärlicher. Die Mittelachse dieses Systems bildet die Calle 8; dort, wo sie die 6. Avenida schneidet, steht der Regierungspalast.

Die Steinplatten unter uns reflektierten die Hitze, ich fühlte mich sehr elend. Allmählich wurde man aufmerksam. Die Soldaten beobachteten uns, der Wachhabende stiefelte heran, salutierte – Cruzfer wies seine Vollmacht vor, die Oberst Gusano, ein recht einflußreicher Verschwörer offenbar, ihm ausgefertigt hatte. Wir durften in der Nähe des Präsidentenautos bleiben. Mein Herz klopfte stark.

Gespannt sahen wir zum Eingang. Was hinter der Hardwood-Tür dort verhandelt wurde, ahnte ich nicht. Aus dem Botschaftsgebäude drang kein Laut. Heute weiß ich, daß Oberst Diaz drinnen die schlimmste Viertelstunde seines Lebens durchstand. Der Oberst schwankte im Spiel der Gewalten. Auf Wunsch seines Offizierskorps hatte er die Partido del Trabajo – die Partei der Arbeit – gleich nach seiner Amtsübernahme verboten und, wohl um den Nordamerikanern gefällig zu sein, auch Guatemalas UNO-Klage zurückgezogen, schließlich sogar die berüchtigte «Organisation der amerikanischen Staaten» gebeten, eine Friedenskommission zu entsenden.

Aber er weigerte sich, vor Armas zu kapitulieren. Seinem gestürzten Freund, Jacobo Arbenz, hatte er fest versprochen, den Kampf gegen das

United-Fruit-Heer energisch fortzusetzen: keiner der Bananentrust-Gangster sollte seinen Fuß in die Hauptstadt setzen, die Banditen mußten das Land verlassen, so lautete Arbenz' Vermächtnis. Die äußerste Linke durfte notfalls geopfert werden. Diaz war entschlossen, die Kommunisten vom politischen Leben auszuschließen; die drei bürgerlich-liberalen Parteien sollten – bei Rechtskorrektur ihres Kurses – an der Macht bleiben.

Zweifellos war das in den Augen des US-Botschafters ein fauler Kompromiß. Wie viele Amerikaner hielt Peurifoy von Kindheit an die Liberalen für verkappte Bolschewisten. Die ganze Zeit über hatte sich dieser Mann bemüht, die Geschicke des Landes im Sinne des State Department zu ordnen: mit List, Druck und Dollars. In seiner Hand liefen die Fäden aus dem Präsidentenpalais, der Trustfiliale in Puerto Barrios, aus Chiquimula und Esquipulas zusammen. Er war es, der hier die Karten mischte. Zwei Tage zuvor, am Sonntag, dem 27. Juni, hatte er Diaz dazu geraten, an Arbenz' Stelle zu treten: Wenn Arbenz weg sei, werde alles gut, dann hörten die Luftangriffe auf, und er verbürge sich dafür, daß die «Befreiungsarmee» aufgelöst werde ... Nun aber galt dieses Wort nicht mehr, und er präsentierte dem überraschten Diaz neue Leute, die willens waren, sich mit Armas zu einigen: eine Gruppe rechtsradikaler Offiziere um den Coronel Elfego Monzón.

Doch das erfuhr ich erst zwei Tage später.

Wir hatten kaum zehn Minuten gewartet, da knarrte die massive Pforte, und heraus trat ein schlanker Mann mit den Rangabzeichen eines Coronels, gefolgt von vier oder fünf Offizieren. – «Das ist er», zischte mir Cruzfer zu, «Enrique Diaz!» Ich spürte das Blut in den Schläfen summen. «Kommen Sie! Wir fangen ihn ab, bevor er in den Wagen steigt.»

Er packte mich beim Ellenbogen und drängte vor, doch die Sache ging schief. Als der Capitán sich dem Präsidenten nähern wollte, stieß ihn einer der Offiziere, die das Staatsoberhaupt in die Mitte genommen hatten, hart beiseite.

«Verdammt!» schrie Cruzfer. Er stolperte rückwärts, riß mich mit. Wir prallten auf einen der strammstehenden Soldaten. Der Karabiner des Leibgardisten schepperte übers Pflaster. Diaz drehte sich nach uns um. Sein schmales Antlitz war aschgrau. Er schüttelte den Kopf und trat mit unendlich müdem Blick an seinen Wagen heran – wie jemand, der weiß, daß er nichts mehr ändern kann..

«Señor Coronel», hörte ich einen der Offiziere, die mit ihm aus der Botschaft gekommen waren, zu Diaz sagen, «bitte, das zweite Auto.» Und seltsam, der Staatschef gehorchte. Er wandte sich dem hinteren Fahrzeug zu, das keinen Präsidenten-Stander führte.

In der Pforte des Botschaftsgebäudes erschienen jetzt drei Männer. Der erste trug Uniform; er war, wie ich bald begriff, der Coronel Elfego Monzón. Den zweiten erkannte ich trotz der Sonnenbrille an seinem rosigen Teint und dem kleinen, gestrickten Schlips wieder: Mr. Brandon von der United Fruit; jener junge Mann, der vor genau einer Woche in Esquipulas fruchtlos den Friedensstifter gespielt hatte. Der dritte war ebenfalls in Zivil; immerhin, mir schien seine Kleidung ungewöhnlich. Er hatte ein staubgelbes, schön besticktes Cowboyhemd an, mit heller kurzer Krawatte und leicht aufgeschlagenen Ärmeln, dazu entsprechende Hosen.

Er lächelte gutgelaunt, wie ein Gastgeber, der seine Freunde hinausgeleitet, überzeugt, daß die Party erstklassig war. Seine blaurasierten, vollen Wangen blähten sich, die Fettpolster schoben sich ein wenig nach oben, so daß seine Augen fast dahinter verschwanden ... Es war Peurifoy, der Botschafter. Er schüttelte Monzón die Hand und winkte ihm, als der ins erste Auto stieg, noch einmal wohlwollend zu. Dabei glitt sein Ärmel zurück und entblößte ein schwarzbehaartes Handgelenk. Dann klopfte er Brandon auf die Schulter. «Come in, Harry», sagte er, und die beiden verschwanden hinter der Hardwood-Tür; knarrend schlossen sich die Flügel.

Im selben Augenblick glitten die Straßenkreuzer vom Bordstein weg. Ein Dutzend Motorräder sprangen an, die Begleitmannschaft saß auf, preschte den Cadillacs nach. Bei der nächsten Kreuzung bog die Kavalkade mit kreischenden Reifen links ab. Das Trottoir war leergefegt. Cruzfer und ich, wir standen betäubt. Die Sonne brannte wie zuvor, das Sternenbanner wehte, der ganze Spuk jedoch war weg ... Zurück blieb eine Wolke von Auspuffgas. Zartblau schwebte sie überm Pflaster.

Cruzfer, der schon mehr Regierungschefs hatte stürzen sehen, faßte sich als erster. «Sie haben Diaz abgesetzt», sagte er. «Elfego Monzón ist am Ruder.»

«Damit hat sich mein Auftrag erledigt», antwortete ich. «Mit diesem Monzón zu verhandeln, bin ich nicht befugt.»

Der Capitán überhörte das. In Gedanken vertieft, schlenderte er zum Hotel zurück. In diesem Zustand hätte ich ihm entwischen können, auf eine fahrende Straßenbahn springen oder in einen Bus, doch sie hatten ja Chabelita.

Unterwegs äußerte Cruzfer: «Elfego Monzón! Wer hätte das gedacht. Vor vier Jahren war er schon mal Innenminister hier. Damals haben ihm die Gewerkschaften ihr Mißtrauen ausgesprochen. Das Parlament mochte ihn auch nicht; er mußte gehen. Gestern erst hat ihn Diaz wiederum zum Innenminister ernannt, und heute ...»

«Undank ist der Welt Lohn», bemerkte ich.

«Der Trick mit der Botschaft war Klasse», sagte er. «Das hat's bei uns noch nie gegeben. Keine Schießerei, kein Blutvergießen! Das Botschaftsgebäude ist ja exterritorial. Diaz ist drinnen von Monzóns Offizieren festgenommen worden. Peurifoy muß dabeigestanden haben, so behielt er die Sache im Auge ... Por Diós, ein lautloser Umsturz!»

Nachdem sich Cruzfer von seiner Verblüffung erholt hatte, schien er die amerikanische Regie zu bewundern. Tatsächlich galt John E. Peurifoy als einer der gefährlichsten Haie, den das US-Außenministerium damals im Ozean seiner weltweiten Pläne einzusetzen vermochte. Ich sollte bald mehr über ihn erfahren. Zu dieser Zeit war Peurifoy sechsundvierzig und auf dem Höhepunkt seiner politischen Karriere. In Walterboro in South Carolina geboren, hatte er sich anfangs als Militärkadett, Hauslehrer, Kassierer der Kansas City Bank, Pilotenschüler, Versicherungsagent und Warenhausangestellter durchgeschlagen.

Mit dreißig war der fixe Jack Liftboy im Washingtoner Capitol. Aus dem Fahrstuhlschacht des Kongreßgebäudes glückte ihm der Sprung in die Abteilung Konjunkturforschung des benachbarten Arbeitsministeriums. Von dort hüpfte er 1939 ins State Department, studierte zwischendurch internationales Recht – um zu lernen, wie man es lautlos bricht – und wurde Ende 1942 Mitglied der amerikanischen Gesandtschaft in Rio de Janeiro. Vom Wehrdienst blieb er verschont. Statt dessen avancierte er gegen Kriegsende zum Leiter der Abteilung «Öffentliche Information» im Außenministerium, dirigierte in San Franzisco die Vorbereitung zur Gründung der UNO und wurde 1947 stellvertretender Unterstaatssekretär.

Drei Jahre lang wirkte er mit dem Zartgefühl und der Leistungsfähigkeit eines Baggers als Personal- und Verwaltungschef im State Department. Er vergraulte dort demokratisch eingestellte Beamte, die während der Amtszeit Franklin D. Roosevelts ins Außenministerium gekommen waren, und ersetzte sie durch hartgesottene Antikommunisten. 1950 verlieh ihm Präsident Truman dafür eine Auszeichnung und sandte den erprobten Mann als Botschafter nach Athen, damit er Schluß mache mit dem Kommunismus in Griechenland. – «Hör zu, Soph», sagte er bei seiner Ankunft zu Griechenlands damaligem Ministerpräsidenten Sophokles Venizelos, «mein Name ist John, meine Freunde nennen mich Jack.»

Doch Soph und Jack blieben nicht lange Freunde. Peurifoy fand bald heraus, daß es den Griechen an Sittenreinheit mangelte. Er kritisierte das Königspaar, weil es sich mit Hofintrigen befaßte, während im Norden der Bürgerkrieg tobte. Die Männer um Venizelos nannte er offen «Korruptionisten». Ihm schien der Soph auch zu weich, um mit den Kommunisten schnell fertig zu werden. Der reaktionäre Marschall Alexander Papagos – von der Rechtspresse «Retter des Vaterlands» genannt – gefiel ihm viel besser. Also erklärte er am Vorabend der griechischen Parlamentswahlen von 1952 (entgegen jedem diplomatischen Brauch) in aller Öffentlichkeit: «Meine Regierung wünscht, daß Papagos gewählt wird.»

Papagos kam ans Ruder, doch Peurifoy verlor mit Eisenhowers Wahlsieg in den USA den Rückhalt. Seine diplomatische Laufbahn schien zerstört; wie üblich ernannte der neue Präsident durchweg neue Botschafter – Leute, die der Republikanischen Partei nahestanden. Da aber wandte sich die CIA an Peurifoy: Wenn er ihr Mann in Guatemala werde, könne er seine Karriere wieder beleben! Peurifoy nahm an, und Eisenhower – inzwischen überzeugt, daß Arbenz gestürzt werden müsse – sandte den fixen Jack Ende 1953 an die mittelamerikanische Front. Peurifoy brachte eine FT-Anlage nach Guatemala-Stadt mit und machte aus dem Botschaftsgebäude in der Calle 11 ein Verschwörerzentrum. Ein halbes Jahr lang spannte er Stolperdrähte um die Arbenz-Regierung, konspirierte mit der United Fruit, den ringsum herrschenden Diktatoren und den Rebellen in Tegucigalpa gegen sein Gastland. Als die Armas-Horde angriff, schnallte er seine Pistole um, bestellte abtrünnige Minister, Offiziere, Strolche zu sich und rührte den Teig so kräftig, daß ihm etwas davon an die Backe flog.

Für diese Panne konnte Peurifoy nicht. Er hatte am Sonntagmorgen Enrique Diaz dazu überredet, Arbenz abzulösen. Diaz sollte den Staatschef eindringlich darauf hinweisen, seine Person allein stände einer gütlichen Beilegung des Konflikts im Wege. Der entmutigte Präsident trat aber nicht, wie der US-Botschafter es bestimmte, schon um vier Uhr nachmittags zurück, sondern erst gegen neun Uhr abends. Arbenz hatte darauf bestanden, die Guatemalteken noch einmal vor Armas, der United Fruit und den Nordamerikanern zu warnen. In einer Rundfunkerklärung verabschiedete er sich vom Volk, derselben, die Chabelita in der Kantine zu Chiquimula mit angehört hatte.

Der fixe Jack ahnte das nicht; im Wirrwarr des Kommandowechsels hatte Diaz versäumt, ihn zu benachrichtigen. Punkt sechzehn Uhr berief Peurifoy eine Pressekonferenz ein und sagte zu den versammelten Korrespondenten, indem er sich an die Schläfe griff: «Gentlemen, sehen Sie diese weißen Haare? Die ließ mir Guatemalas Regierung sprießen! Goddam, das ist nun vorbei. Arbenz ist soeben zurückgetreten, nun kann man endlich wieder ruhig schlafen.»

Daß er den politischen Tod des Präsidenten verkündete, fünf Stunden bevor dieser sein Amt wirklich niederlegte, war ein peinlicher Mißgriff. Peurifoy rächte sich an Enrique Diaz, dessen Regentschaft nach seinem

Plan sowieso nicht länger währen sollte. Die Diaz-Periode war von Anfang an als Übergang gedacht. Der Oberst war labil, er pendelte hin und her. Gerade das jedoch machte ihn zur idealen Zwischenfigur für die US-Diplomatie.

Mendozas Maschinen hingen wie Stechmücken über der Stadt. Heute warfen sie keine Bomben, sie stießen nur gelegentlich herunter und schossen aus ihren Maschinengewehren. An einigen Stellen rieselten sie Flugblätter ab, die zur Kapitulation aufforderten. Je mehr das Regime in Guatemala-Stadt nach rechts abrutschte, desto milder schien die Gegenseite ihren Luftkrieg zu führen.

Vorm Palace Hotel lagen Schutt und Scherben. EineTeffliegergarbe hatte die Fassade gestreift und das gläserne Vordach zertrümmert. «Halb so schlimm, meine Herren», sagte der Portier, «morgen ist das wieder in Ordnung.»

Vom Vestibül aus rief Cruzfer unser Zimmer an und bat Chabelita herunter. Sie kam, gefolgt von ihrem Aufpasser. Ich merkte, daß sie froh war, mich wiederzusehen. Zu viert saßen wir in einem Saal, der mit seinen weißlackierten Wänden und runden Messingsäulen an den Speiseraum eines Überseeschiffs denken ließ. Seit Wochen zum erstenmal aß ich wieder gut. Es gab Reis mit zerschnittenen Chilehülsen, Huhn, Cocido (mit viel Gemüse gekochtes Rindfleisch), Frijol, dazu in Fett gebackene Bananen, Käse, Kaffee und einen Berg von Früchten.

Wir sprachen wenig. Auf dem Podest spielte ein Marimba-Orchester. Cruzfer reichte Zigarillos herum, wir rauchten alle, außer Chabelita; er tat darüber erstaunt. Für sich, seinen Fahrer und mich bestellte er Whisky-Soda, dem Mädchen ließ er Chocolatío bringen, gequirlte schäumende Wasserschokolade, mit einer Prise Zimt – ein altindianisches Erfrischungsgetränk. Gönnerhaft-verschmitzt lächelte er sie dabei an. Mich betrachtete er eher nachdenklich. Fest stand, er hatte mit uns etwas vor. Ob er mich vor Monzón führen oder nach Chiquimula zurückschaffen wollte, habe ich nie mehr erfahren. Da sich die Dinge für Armas anscheinend günstig entwickelten, bewies er uns mehr Respekt als gestern, ohne freilich aufzuhören, uns streng zu überwachen.

Wir rauchten zu Ende und glitten im Fahrstuhl nach oben. Cruzfer dachte nicht daran, mir den Zimmerschlüssel auszuhändigen. Alles war wie gestern. Er entfernte sich in irgendwelchen Dienstgeschäften, die Wache saß sprungbereit nebenan, wir hockten tatenlos in unserem goldenen Käfig. Doch etwas hatte sich geändert. Heute hatten wir gut gegessen, geschlafen, fühlten uns gestärkt und waren voller Ungeduld.

Plötzlich ging Chabelita zum Fenster, zog leise den Vorhang zurück.

Am Horizont – man sah das vom Bett aus – wurde es trübe. Auf den Ostbergen, der Sierra de las Nubes, durch deren Schluchten uns gestern der Zug heraufgebracht hatte, lagerte dunkelgraue Finsternis. – «Antonio», flüsterte sie, «das Wasser kommt.»

Dann tat sie etwas Merkwürdiges: Sie zog mit katzenhaft flinken Griffen unter ihrer Steppdecke das Bettlaken hervor und drehte es zu einem Strick zusammen. – «Was soll das heißen?» fragte ich.

Sie legte den Finger auf ihre Lippen und fuchtelte herum, bis ich begriff, daß sie mich aufforderte, meinen bequemen Platz zu verlassen. Ich tat es. Sie zerrte auch mein Bettuch hervor, rollte es der Länge nach zusammen. Dann knotete sie beide Laken aneinander; mir dämmerte, worauf das hinaussollte ... Die Sonne verfinsterte sich, eine Bö fegte die Straße entlang. – «Wenn das Wasser kommt», hauchte sie mir ins Ohr, «gehn wir fort.»

Und sie deutete zum Fenster.

Das Gewitter zog unerhört rasch heran. Die Hochebene lag jetzt im Schatten. Von der Sierra her schmetterte ein Donnerschlag. Violette Wolkenmassen türmten sich, Blitze zischten in grellen Zickzacklinien. Während ich noch überlegte, was der Mann im Nebenzimmer tun würde, wenn er uns beim Hinausklettern überraschte und ob Cruzfer nicht schon zurück sei, öffnete Chabelita geräuschlos das Fenster und knotete das Seilende fest. Eben fielen die ersten Tropfen. Graublaue Güsse, umhüllt von weißen Nebelgebilden, sanken auf «Oriente» nieder, den östlichen Stadtteil. Dann klatschte der Regen schräg in unser Zimmer.

Sie behielt recht, alles hatte sich geflüchtet, niemand war mehr auf der Straße. Ein unendliches Brausen erfüllte die Stadt. Die Blitze schnellten jetzt zur Erde nieder, dröhnende Schläge fielen in das Häusermeer. Die Fassaden trieften, Dachrohre spien Wasser aus, schleuderten das Naß in die vertiefte Straßenmitte, wo es zu gurgelnden Sturzbächen zusammenfloß.

Ich schwang mich als erster hinaus und wurde sofort bis auf die Haut durchnäßt. Am durchtränkten Tau hangelte ich abwärts, aufs Trottoir. Bis zu den Knöcheln im Wasser, sah ich mich nach allen Seiten um, spähte auch zum Nachbarfenster hinauf, hinter dem unser Wachmann saß. Doch der Regen schlug mir unaufhörlich in die Augen, er fiel so dicht, daß ich nicht erkennen konnte, ob unser Ausbruch beobachtet worden war.

Nun kletterte Chabelita aufs Fensterbrett, stieß sich ein paarmal von der Mauer ab und rutschte herunter. Als sie an den Knoten kam, der die beiden Laken verband, riß oben die Befestigung, und sie fiel mir in die Arme ... Wir rannten sofort los, bogen in eine Seitenstraße, hasteten um zwei, drei Ecken. Es spritzte hoch auf unter uns, die Bürgersteige waren weithin überschwemmt. Falls man uns laufen sah, konnte das angesichts des Wolkenbruchs niemanden stutzig machen. In grauen Kaskaden stürzte das Wasser nieder. Kein Mensch, kein Fahrzeug war in den tobenden Straßen zu sehen.

An einer Kreuzung hielten wir. Mein Herz pumpte schwer, die Lungen schmerzten, im Hinterkopf hämmerte es. «Wo geht's lang, Chabelita?» fragte ich. Sie rang nach Luft und konnte nicht antworten. Sie sah aus wie ein Hündchen, das in den Bach gefallen ist.

Das Haus der Guerras verbarg sich hinter Regenschleiern. Von weitem ähnelte es dem des Herrn von Hardenberg. Es war ein einstöckiges Patiohaus im maurischen Stil, eine kahle Wand, beworfen mit ausgeblaßtem, zerbröckelndem Putz. Aus dem Dachrohr sprudelte ein Wasserstrahl.

Wir sahen gleich, daß es verschlossen war. Man hatte die kleine Pforte in der massigen Doppeltür mit roher Gewalt aufgesprengt und später durch drei quergenagelte Latten wieder zugesperrt. Ein dunkelbraunes Siegel klebte darauf. Es war noch kein Rost an den Nägeln; bei dem täglichen Tropenregen hätten sie verrostet sein müssen – falls man sie nicht vor wenigen Stunden eingeschlagen hatte.

«Was bedeutet das?» fragte ich Chabelita.

«Haussuchung», antwortete sie tonlos, «sie haben es beschlagnahmt...»

«Heute erst», sagte ich.

Sie nickte. Ihr Gesicht war naß und vollkommen starr. Plötzlich verzerrte es sich zu einem Ausdruck wilder Erbitterung. Ihr Mund wurde breit, die Zähne schimmerten hart, ihre Augen wurden leblos wie Kieselsteine. So hatte ich sie noch nie gesehen. Sie trat vom Eingang weg. Bevor ich sie aufhalten konnte, sprang sie das Fenstergitter an. Es begann zwei Fuß überm Erdboden. Ihre Fäuste umklammerten die schwarzen Stangen, die Füße schob sie in die schwungvoll geschmiedeten Verzierungen ... Sie rutschte ein paarmal ab. Ihre Kletterei schien mir sinnlos, da kam sie doch nie hinauf! ... Zuletzt packte sie das Dachrohr, bog sich zurück, stieß sich ab, griff nach der Brüstung, faßte sie mit beiden Händen und zog, zerrte, stemmte sich hinüber.

Schlagartig, wie abgeschnitten, hörte der Regen auf. Sogleich belebte sich die Straße. Schon kamen zwei indianische Dienstmädchen vorbei, ein Hund beschnüffelte meine Schuhe, jemand schob einen Karren durch die Flut – da hörte ich neben mir ein Schnurren. Es war, als ob ein Riegel knirschte. Und wirklich, da klaffte ein Spalt! Die schwere Doppeltür öffnete sich kaum merklich, eine braune Hand kam heraus, winkte ... Ich warf mich gegen das glatte Holz.

Im Hausgang war es finster. Wir versuchten, sofort wieder abzusperren – ein mühsames Geschäft. Der Torflügel – derselbe, in den die versiegelte Pforte eingeschnitten war – mochte drei Meter hoch und fünfzehn Zentimeter dick sein. Ich drückte mit meinem ganzen Gewicht dagegen, er schloß sich langsam, und Chabelita quälte sich damit ab, die Riegel vorzuschieben. Wir schwitzten und fröstelten zugleich. In meinen Schuhen quietschte das Wasser.

«Sie sind – alle fort», sagte sie, nachdem wir es geschafft hatten. Ihre Stimme klang rauh; sie weinte nicht. Wir patschten über den Hof – eine riesige Pfütze mit triefenden Pflanzen in der Mitte: Rosenstöcken, einem Orangenbäumchen, Orchideen.

Als wir ins Wohnzimmer traten, brach sie zusammen. Sie warf sich stumm über den großen Tisch und schluchzte in sich hinein. Ihre Fingernägel gruben sich ins Holz. Sie tat mir sehr leid. Ich wußte nicht, wie ich ihr helfen sollte. Wie hatte sie sich auf die Heimkehr gefreut! Wie oft hatte sie versucht, mich zu überreden, mit ihr zu fliehen – damit sie zurückkehren konnte in dieses Haus und zu denen, die darin lebten. So tapfer war sie mit mir marschiert, hatte niemals aufgegeben. Nun lag sie da, elend und naß, und es schüttelte sie am ganzen Körper. Um ihre Füße bildeten sich Pfützen.

Nach einer Weile richtete sich Chabelita auf, sie sagte: «Das überlebt er nicht.»

«Von wem sprichst du?»

«Großvater ... Er ist schon zweiundsiebzig und war zuletzt sehr krank. Sie haben ihn mitgenommen, die anderen auch!»

«Du irrst dich», sagte ich. «Sie kamen erst vor ein paar Stunden. Sie haben keinen mehr angetroffen, sonst hätten sie die Tür nicht aufbrechen müssen. Das Haus war leer! Jemand hat deine Leute vorher gewarnt.»

Mein Blick fiel auf das Telefon: Es lag zerbrochen am Boden, man hatte schlimm in diesem Raum gehaust – Schubladen herausgezogen, Bilder zerschnitten, eine Vase umgestürzt. Dies war das Werk Elfego Monzóns. Vermutlich hatte er gestern schon, als ihn Diaz zum Innenminister ernannte, eine Liste seiner politischen Gegner anfertigen lassen und sie dem Polizeichef übergeben. Nach allem, was ich über die Guerras wußte, war mir klar, daß diese Familie auf der Verhaftungsliste stand. Major Guerra hatte die Todsünde begangen, der Bevölkerung Waffen zu geben; sein Bruder Luis, Chabelitas Vater, war ein fortschrittlicher Journalist. In einem so kleinen Land wie Guatemala kannte jeder Politiker seine Gegenspieler persönlich. Kaum hatte Monzón die Staatsgewalt an sich gerissen, da schlug er gegen die Feinde los. Das verstand ich genau, denn so verfahren alle Diktatoren, die rund ums Karibische Meer unter nordamerikanischer Schirmherrschaft regieren.

«Wo sind sie jetzt?» fragte das Mädchen und starrte vor sich hin. «Josefa, Josefa!» Sie legte den Kopf in die Arme; der Tisch hatte einen großen feuchten Fleck.

Ich sagte: «Bei Freunden in Sicherheit.» Obwohl ich nicht ganz daran glaubte, wiederholte ich es, sah hilflos hinab auf ihr tropfendes schwarzes Haar. Mich ließ der Gedanke nicht los, daß wir beide womöglich längst im Gefängnis sitzen würden, wenn wir dem Capitán Cruzfer gestern schon ausgerissen und hierhergelaufen wären.

Draußen begann es wieder zu regnen. Ich ging um den Tisch herum und schloß die Tür. Als ich zurückkam, hatte Chabelita sich hochgerichtet. Ihre Zähne klapperten, sie war dabei, die nassen Sachen auszuziehen; die Uniformjacke klatschte auf den Fußboden. Mich sah sie nicht. Falls sie noch wußte, daß ich neben ihr stand, hatte sie vergessen, daß ich ein Mann war, denn sie behielt gar nichts an, verharrte einen Augenblick nackt, die Arme um den zitternden Leib geschlungen, lief dann quer durchs Zimmer, riß eine Wolldecke vom Diwan und wickelte sich hinein. Ihre Augen waren weit geöffnet, sie lag auf dem Rücken, starrte nach oben ... Es stand gewiß schlimm um sie. Ein tüchtiger Schluck Alkohol war es, was sie jetzt vor allem brauchte.

In der Vitrine, hinter zerschlagenen Scheiben, fand ich eine Rumkaraffe. Sie war noch halb voll, und ich brachte sie ihr. Chabelita jammerte vor sich hin. Ich goß den Rum in eine Tasse, schob meine Hand in ihren Nacken, ließ sie vorsichtig trinken. Sie war wie ein kleines verwundetes Tier. Ich verstand, es hatte ihr einen furchtbaren Schock versetzt. Sie sprach kein Wort, schluckte den Rum und rollte sich wieder zusammen. Ich ging zur Vitrine zurück. Ihr trockenes Schluchzen kam von der anderen Wand.

Ich fror, das spürte ich erst nach einer Weile. Ich nahm die Karaffe wieder heraus und leerte sie in einem Zug. Was nun? Ich riß mir die triefende Uniform herunter, hob das Tischtuch von der Erde auf, rieb mich ab. Unter einem Sessel, dessen Polster aufgeschlitzt waren, fand ich eine verknüllte Flanelldecke. Sie war mir zu kurz, doch ich hängte sie mir um, vergrub mich im Sessel und wartete darauf, daß der Rum zu wirken beginne. Ich erinnere mich, daß ich auf meine bloßen Füße starrte. Ich wußte nicht, wie es weitergehen sollte.

Drüben an der Wand war das Schluchzen verstummt. Ich hoffte, Chabelita sei eingeschlafen. Plötzlich hörte ich sie sagen: «Komm doch her, Antonio.»

Ich zupfte über uns die Decken zurecht, und sie schmiegte sich an mich, als wäre es selbstverständlich. Ihr Haar war noch feucht, ihre Haut glatt und kühl, ihr Atem roch ein bißchen nach Rum; aber sie war nicht betrunken, sie hatte kein Fieber, und sie wußte, wen sie umarmte. Und ich glaube, sie tat es, weil sie bei einem doch Trost suchen mußte, nach allem, was ihr zugestoßen war. Sie hatte nun niemanden mehr als mich.

«Nicht wahr», fragte sie, «du gehst nicht weg?» Sie klammerte sich an mich – da küßte ich sie. Ihre Lippen waren blaß und kalt, doch das blieb nicht so. Da lagen wir nun unter der zerfetzten Tapete; und ich glaube, niemand, der diese Situation sich vergegenwärtigt, wird von sich behaupten wollen, er hätte an meiner Stelle anders gehandelt. Eine große Welle hatte uns beide hierhergespült. Wir waren gerettet und feierten das auf unsere Weise. Chabelitas Geflüster ging im Rauschen des Regens unter.

Wir redeten, wie meist in solch einem Fall, wirres Zeug. Von allem sprachen wir, nur nicht von Liebe. «Unser Land ist schön», sagte sie. «Du kennst noch nicht alles. Diese Hochebene, zwischen den Vulkanen – wer sie einmal richtig gesehen hat, der kommt immer wieder hierher.»

«Hm», machte ich.

«Und auch die Stadt», flüsterte sie. «Draußen die Rennbahnen, die Stierkampfarena, der Aurorapark, der Zoo ... Wir haben auch einen Golfplatz. Letzten Winter war ich auf Bällen ...»

«Kannst du denn tanzen?»

«Das kann jedes Mädchen hier. Ich tanze so gern, Antonio. Hinterher fuhren wir meist an den Amatitlán-See, eine Autostunde südlich von hier. Wir badeten bis zum Sonnenaufgang.»

Sie war wie verwandelt und schnitt vielleicht ein bißchen auf. Ich lernte jetzt Isabel kennen, die junge Dame aus gutem Hause. Sie wollte mir gewiß nichts vormachen. Sie versuchte einfach, für ein paar Stunden zu vergessen. Sie ging über alles hinweg, was seit unserer Flucht aus dem Palace Hotel geschehen war. Zuletzt liefen ihre Reden stets auf folgendes hinaus: Wer ihre Heimat einmal kennengelernt habe, und wohne er auch noch so weit, den ziehe es zurück, meist bleibe er für immer.

Gegen Abend kamen Chabelita praktische Gedanken. Sie wies auf den Fußboden und sagte: «Wir müssen die Sachen auswringen und aufhängen, daß sie trocknen.»

«Das hat Zeit.»

«Aber wir müssen essen! Sicher hast du auch Durst.» Sie legte sich die kleine Decke um und huschte aus dem Zimmer.

In einem blauweißgestreiften Kleid kehrte sie – noch barfuß – wieder, mit einem Glas «Fresco», in der Hand, einer süßen Fruchtlimonade. Das Kleid stand ihr gut, es hatte einen weißen Kragen und zeigte sie endlich so schlank und hübsch, wie sie wirklich war; doch oberhalb des Bauchnabels klaffte ein ausgefranstes Loch. Sie spürte den Blick und sagte: «Sie haben quer durch den Kleiderschrank geschossen, alle meine Kleider haben dieses Loch.»

«Jesus!» rief ich, «auch die Anzüge von deinem Papa?» Ich mochte den Abend nicht in eine Decke gehüllt verbringen. Wir aßen Butterbrote mit Tomaten, dazu Papayas, eine Melonenart, deren rotes und gelbes Fleisch wie die schwarze Johannisbeere schmeckt. Zuletzt knabberten wir Erdnüsse, hängten die Uniformen im Säulengang auf. Dann wurde es Nacht.

Am nächsten Morgen – es war Mittwoch, der 30. Juni – peitschten draußen Schüsse. Wir hörten Soldatenstiefel im Laufschritt trappeln, jemand pfiff auf der Trillerpfeife. Schwärmten da Suchtrupps aus? Wie ein Spuk ging das vorbei, doch blieb ein Rest Angst in uns zurück. Was tun, wenn sie wiederkamen? Das Siegel am Eingang war unverletzt, aber es konnte sein, daß die Monzón-Polizei dort, wo sie keinen angetroffen hatte, von neuem eindrang und die Häuser durchkämmte. Wir mußten einen Fluchtweg vorbereiten.

Chabelita führte mich auf den Wirtschaftshof, wo ein klappriges Auto in der Garage stand. Das Haus der Guerras hatte nicht drei, sondern nur zwei Höfe. An die Rückseite des letzten grenzte ein mehrstöckiges Geschäftshaus. Es war zerstört. Eine Zehnzentnerbombe Mendozas hatte den Haupttrakt getroffen; der Seitenflügel, der unser Grundstück berührte, war ausgebrannt. Allerdings fehlte mir eine Waffe, mit der ich unseren Rückzug notfalls hätte decken können.

Chabelita rumorte lange im Haus, dann brachte sie mir eine Schrotflinte. Die guten Jagdgewehre hatte man geraubt. Nur ein paar Schrotpatronen fanden sich noch. Draußen auf dem Hof schien die Sonne, es dampfte über den Beeten, der See war längst verschwunden. Die Rosenblüten und Orchideen leuchteten, ihr Duft wehte zur Tür herein.

Gegen Nachmittag fiel wieder Regen. Von der Außenwelt hörten wir nichts. Jalousien, Glasscheiben und Läden aus Hardwood verschlossen dreifach die Fenster zur Straße. Wir hatten das Tor mit Stützbalken und zerstörtem Mobiliar so fest verrammelt, daß uns genügend Zeit zur Flucht blieb, falls man wiederum versuchte, es aufzubrechen. Nur der Verkehrslärm war vom Hof aus zu vernehmen, ein fernes Gewirr von Zurufen und Huptönen, und wir sahen den Himmel. Auch wenn er blau war, zeigte sich kein einziges Militärflugzeug über der Hauptstadt.

Wir blieben drei Tage auf unserer Insel.

Alles, was ich über das Zusammensein mit Chabelita berichten kann, ist, daß sie mir ganz ergeben war. Wir stritten uns nie, ich erkannte sie fast nicht wieder. Dabei lebte sie in einem seltsamen Zwiespalt dahin. Manchmal weinte sie, wenn ich sie in der Küche fand, gleich darauf hing sie mir glucksend am Hals. Sie lachte, schluchzte und sang, während wir die Zimmer aufräumten, so gut es ging.

Das traurige Schicksal ihrer Angehörigen drückte sie nieder, die Ungewißheit machte sie krank. Am Tage hantierte sie still, flickte ihre Kleider, kochte das Essen, war ein braves Mädchen. Nachts entdeckte ich an ihr eine wunderbare Begabung für etwas, das sie noch nie getan hatte, bevor wir dieses Haus betraten.

Am Donnerstag abend eröffnete mir Chabelita, wir hätten nichts mehr zu essen. «Nur noch zwei Melonen und vertrockneten Quarkkäse», sagte sie und schnitt eine Grimasse.

«Dabei sind wir reich», antwortete ich. «Wir haben achtzig Quetzal. Wie wär's, wenn ich einkaufen ginge? Über die Plaza, zur Mercado central, ich weiß schon Bescheid.»

«Laß mich gehen», bat sie. «Du kennst die Preise nicht, Antonio, dir nehmen sie in der Markthalle das Fünffache ab, bestimmt!»

«Und dich werden sie auf der Stelle verhaften, falls man dich erkennt.»

«Wenn ich dich hinauslasse, krieg ich die Tür nicht hinter dir zu!»

Das stimmte. Man würde mich auch sehen, wenn ich auf die Straße hinaustrat, und es mußte auffallen, daß jemand aus einem versiegelten Hause kam. Wir überlegten, ob ich das Grundstück durch die Kaufhausruine verlassen sollte. Doch auch dabei konnte mich jemand beobachten, dann war unser Fluchtweg verraten. Diese Rückzugslinie mußten wir uns offenhalten, ohne sie war unser Versteck eine Falle. Und Chabelita hätte ich um keinen Preis hinausgeschickt. Ich dachte an Tegucigalpa und an Esquipulas: Es war immer schiefgegangen, wenn wir uns getrennt hatten.

Sie aber wollte mich nicht gehen lassen. Das war der einzige Punkt, um den wir uns während der drei Tage zankten.

Im Laufe des Freitags – des 2. Juli – wurde die Versorgungslage ernst. Wir hatten noch eine Handvoll Erdnüsse und ein Stück verschimmeltes Maisbrot, dazu eine Tüte Vogelfutter. Ich schlug vor, hieraus eine Blättersuppe zu kochen; es wuchs ja genügend Grünzeug auf dem Hof. Als der Absud auf dem Tisch stand, würgte ich ein paar Löffel hinunter und legte mich dann nieder.

Schließlich verbot ich Chabelita und auch mir selbst, Arbeit anzurühren oder irgendeine überflüssige Bewegung zu machen. «Gehe morgen einkaufen», sagte ich, «bis dahin heißt es, die Kraft beisammenhalten.»

Sie preßte sich an mich, wollte mich ablenken, indem sie mir manches aus der Geschichte ihres Volkes berichtete. Es wurde dunkel und fing an zu regnen, wie oft um diese Zeit. Die Schrotflinte lag griffbereit am Kopfende der Couch.

Chabelitas Erzählungen handelten von früheren Gewaltherrschern, die das Land ausgesaugt hatten und dann eines unnatürlichen Todes gestorben oder davongejagt worden waren. Einige Namen sind mir im Gedächtnis geblieben: Don Justo Rufino Barrios, den eine Kugel in den Rücken traf, als er 1885 dabei war, in El Salvador einzufallen; Don Manuel Estrada Cabrera, ein Ritter der französischen Ehrenlegion, der im April 1920 vom Volkszorn hinweggefegt wurde; er starb elf Jahre darauf in einem Gefängnis unweit des Guerraschen Hauses, gerade als der Faschistengeneral Jorge Ubico die Macht übernahm.

Estrada Cabrera war 1898 als Führer bürgerlicher Reaktionäre und Günstling des US-Kapitals in Guatemala ans Ruder gekommen. Mit Betrug, Verrat, Spionage, Gift und Meuchelmord hielt er seine Diktatur zweiundzwanzig Jahre lang aufrecht. Er überstand zahlreiche Mordanschläge heil und gesund. Verschwörer verbanden sein Telefon mit einer Höllenmaschine, die den ersten, der den Hörer abnahm, zerfetzen mußte. Aber Cabrera war nicht der erste, es zerriß seinen Sekretär. Prominente Gegner brachten eine Sprengladung unter der Straßendecke an, dort, wo die Kutsche des Tyrannen zu halten pflegte. Von einem Nachbarhaus wurde der Sprengsatz elektrisch gezündet. Kutscher und Pferde riß es in Stücke. Der Präsident stieg, kaum verletzt, hohnlachend aus den Trümmern, begab sich in den Palacio Nacional und diktierte ein Gesetz, nach dem alles elektrische Gerät im Lande verboten war und beschlagnahmt wurde, auch an den wenigen Automobilen, die es damals gab.

«Seine Verletzungen mußten ausländische Spezialisten behandeln», sagte Chabelita. «Er traute keinem hiesigen Arzt. Um diese Zeit, neunzehnhundertsechs oder neunzehnhundertacht, mußten viele Familien nach der Hauptstadt übersiedeln, damit Cabreras Spitzel sie besser im Auge hatten. Bis dahin wohnte Großvater in Quezaltepeque, er war dort Arzt. Unsere ganze Familie zog hierher.»

«Seit fünfzig Jahren habt ihr dieses Haus?» fragte ich.

«Es ist viel älter», antwortete sie, «zwischendurch war es öfter zerstört. Ein spanischer Kolonialbeamter hat es sich vor hundertsechzig Jahren bauen lassen, gleich nach Gründung der Stadt. Sie steht hier erst seit siebzehnhundertsechsundsiebzig, vorher lag sie am Amatitlán-See, wo sie immer wieder durch Erdbeben vernichtet wurde.»

«Aber auch hier hat's euch neunzehnhundertachtzehn erwischt.»

«Ja, da ist unser Haus zur Hälfte eingestürzt. Vater sagt, davor war Guatemala-City der schönste Ort Lateinamerikas, aber ich glaube, das ist sie heute wieder ... Ein Gutes hatte das Beben: Cabrera stürzte auch. Die Erdstöße dauerten vier Monate lang. Alle Einwohner lagen draußen in Zelten. Cabreras Polizei erschoß jeden, der sich noch in der Stadt herumtrieb, wegen Plünderei ...»

Ein paar Häuser weiter bellte ein Hund, oder war das nebenan? Er kläffte und jaulte. Dann wurde es still.

«Es muß eine schlimme Zeit gewesen sein», fuhr Chabelita fort. «Ohne die Indiobauern ringsum wären alle verhungert. Sie kamen und brachten Eßwaren. Damals kam auch Josefa zu uns, als ganz kleines Mädchen ... Zwei ausländische Hilfsschiffe ließ Cabrera beschlagnahmen. Er verkaufte die Lebensmittel, die sie gebracht hatten, zum eigenen Vorteil, stell dir das vor. Als die Leute das erfuhren ...»

«Pst!» machte ich. Mir war, als hätte ich ein Schurren gehört – draußen auf dem Hof. Ich richtete mich auf, griff zur Schrotflinte und spähte hinaus.

Es war ziemlich finster. Der blauschwarze Hauch einer Regennacht lagerte zwischen den Patiosäulen, hing über Rosenstöcken und Orchideen. Wir brannten kein Licht, daher hoben sich die gläsernen Fensterrechtecke von der pechschwarzen Wand ab. Das war, als glotzten Augen herein. Aber die Augen schienen leer. Gleichmäßig plätscherte das Wasser. Wir lauschten zwei oder zehn Minuten lang, man hat in solchen Momenten kein Gefühl für die Zeit.

«Du hast dich geirrt», flüsterte Chabelita. Sie zitterte.

«In Ordnung», sagte ich, «bitte, erzähl weiter.»

Und sie fing an, Cabreras Untergang zu schildern. Damals war eine Riesendemonstration zur Militärakademie gezogen, wo auf Cabreras Geheiß die Nationalversammlung tagte. Dort begannen Schießereien. Nicht nur das Militär besaß Waffen, also wurde ein Gefecht daraus, und Cabrera entwich aus Guatemala-Stadt; seine Soldaten konnten 110 000 Einwohner nicht in Schach halten. Doch floh er nicht weit. Er verschanzte sich in der «Palme», einer Hacienda auf einem Hügel vor der Hauptstadt. Durch eine Schlucht von den revolutionären Arbeitern, Angehörigen der Intelligenz und Kleinbürgern getrennt, richtete er sich zur Verteidigung ein. Schon vorher hatte er dort große Lebensmittelvorräte gehortet.

«Red nicht vom Essen», bat ich Chabelita, «wo wir hier am Verhungern sind.»

«Manche seiner Truppen desertierten», sagte sie, «doch einige Regimenter blieben bei ihm. Von der ‹Palma› aus fällte er sechshundert Todesurteile, und ein Teil wurde wirklich in Guatemala-Stadt vollstreckt. Die Furcht nahm kein Ende, noch immer lauerten Geheimpolizisten in der Stadt, arbeitete eine gespenstische Spionage. Die Nationalversammlung erklärte ihn für geisteskrank und abgesetzt. Er antwortete darauf mit einer sechstägigen Beschießung. Was hast du, Antonio?»

«Nichts», antwortete ich. Ein Knirschen war an mein Ohr gedrungen – täuschte ich mich wieder? Ich wollte sie nicht von neuem erschrekken. Ihre Berichte trugen kaum dazu bei, die Nerven zu beruhigen.

«Dann lieg doch still», sagte sie. «Tagelang wurde in den Straßen gekämpft. Aufständische Indiosoldaten griffen das Fort San José im Südwesten an. Ihre Zauberer hatten Cabreras Ende vorausgesagt, und die Indios haßten ihn am meisten. Unser Volk ist sehr tapfer, Antonio – solange es nicht verraten wird. Cabrera wurde dann auf der ‹Palma› umzingelt. Noch zuletzt ließ er Offiziere, denen er nicht mehr traute, in ihren Schlafzimmern ermorden.»

Immer fiebriger war ihr Bericht geworden, plötzlich brach es ab – sie schrie! Ich fuhr herum. Die Tür zum Hof öffnete sich mit schwachem Knarren. In dem matten Rechteck stand, schwarz wie ein Scherenschnitt, eine menschliche Gestalt.

Ich setzte die Füße auf den Boden, tat ein paar lautlose Schritte. Weg von der Couch! Jetzt, da die Gefahr vor mir stand, wurde ich ruhig, beobachtete klar. Der Umriß des Fremden klebte im Türrahmen. Er trug einen Hut, es war ein Mann. Er mußte gehört haben, woher der Schrei kam. Vielleicht zielte er schon in unsere Ecke, aber sehen konnte er nichts. Ich duckte mich hinter den Tisch, legte die Schrotflinte an. Es war unmöglich, ihn damit zu verfehlen.

Dann überlegte ich's mir anders. Denn ich begriff, der Fremde war allein. Mit unendlicher Vorsicht hatte er sich eingeschlichen. Es konnte nur ein Plünderer sein. Er mochte bei Tage das Siegel an der Pforte bemerkt haben und war später durch die Kaufhausruine eingedrungen, um zu stehlen, was Monzóns Leute übriggelassen hatten. In diesem Fall würde er sicher nicht von sich aus schießen. Ein Schuß um Mitternacht hätte die Militärposten draußen alarmiert ... Ich drehte die Flinte um. Es war besser, ihn mit dem Kolben niederzuschlagen.

Ich pirschte mich um den Tisch herum. Doch unter mir glitt die Strohmatte weg, sie rutschte über die Fliesen. Ich fiel auf beide Hände, das Gewehr polterte hin. «Antonio», hörte ich das Mädchen angstvoll rufen. «Antonio!» Ich sprang auf, stürzte auf den Schatten im Türrahmen los.

Doch da stand niemand mehr. Ich stolperte ins Leere. Hinter mir sagte jemand: «Chabelita, prenda mia! ... Mein Liebling.» Ich erstarrte. Diese Stimme kannte ich. Sie gehörte – Dr. Guerra. Aus der Ecke kam ein Schluchzen. Ich drehte das Licht an und sah: Ein zerlumpter Mann hielt mein Mädchen fest umschlungen. Ich schaltete sofort wieder ab, trat in den Hof hinaus, spazierte durch den Regen.

Wohl eine Viertelstunde marschierte ich im Säulengang auf und ab, die Hände in den Taschen, atmete die feuchte Luft und versuchte, damit fertig zu werden, daß dieser Mann jetzt da war, Chabelitas Vater, dem ich beinahe eine Ladung Schrot ins Gesicht geschossen hätte.

Dann riefen sie mich herein. Keine Lampe brannte. Dr. Guerra schüttelte mir im Dunkeln die Hand. Er raunte mir zu: «Ich kann nicht ausdrücken, wie dankbar ich Ihnen bin, Señor Morena. Sie haben meiner Tochter das Leben gerettet und ihre Ehre beschützt.»

Sagte er dies letzte, weil er das Gegenteil ahnte? Mir stieg es heiß in den Kopf. Ich war sehr froh, daß es finster war. «Wir haben uns gegenseitig geholfen», antwortete ich. «Ohne Señorita Isabel wäre ich auch nicht heil bis hierher gekommen».

«Ohne welche Señorita?» fragte Chabelita.

Ich räusperte mich. Sie hatte sehr wohl verstanden. Es war nicht recht von ihr, mich so in Verlegenheit zu bringen.

«Wie heiße ich?» fragte sie. « ‹Isabel klingt zu fein für ein so schmutziges Mädchen›, hast du das gesagt oder nicht?»

Ich erklärte Dr. Guerra: «Es ist wahr, Señor, das habe ich gesagt. Wir kamen todmüde aus dem Urwald ...»

«Ich verstehe durchaus.»

«Und – wie sind Sie davongekommen?»

«Darüber vielleicht später. Ich höre, Sie stecken seit Dienstag hier. Vermutlich wissen Sie nicht, was sich draußen ereignet hat.»

«Monzón ist an der Macht.»

«Nicht mehr allein», sagte Dr. Guerra. «Sein Komplize und Mitregent ist – Castillo Armas. Morgen mittag ziehen die beiden an der Spitze ihrer vereinigten Heere in Guatemala-Stadt ein.»

Er gab uns einen kurzen Bericht. Danach hatte Coronel Monzón am Tage unserer Flucht aus dem Palace Hotel mit zwei Majoren eine dreiköpfige Offiziersjunta gebildet; von ihr ging alle Staatsgewalt aus. Die Junta entfernte fortschrittliche Beamte aus den Ministerien, löste das Parlament auf, befahl die Verhaftung aller Arbenz-Anhänger, besonders aber der kommunistischen und Gewerkschaftsfunktionäre. Und am Dienstag abend hatte sie auch Waffenstillstand mit Armas geschlossen.

Am Mittwoch schon war Elfego Monzón zu Friedensverhandlungen gefahren. Die Caballeros trafen sich auf neutralem Boden, in der Stadt San Salvador. John E. Peurifoy und El Salvadors Staatspräsident Oscar Osorio (der zu Hitlers Zeiten eine deutsche Militärakademie besucht und sein Heer nach dem Muster der Naziwehrmacht aufgebaut hatte) spielten dabei die Vermittler.

«Monzón nahm sogar den päpstlichen Nuntius mit», sagte Dr. Guerra, «einen Jesuiten namens Monsignore Verolina. Dies wohl, um Armas den katholischen Wind aus den Segeln zu nehmen. In dessen Hauptstadt Esquipulas soll es jetzt von geistlichen Würdenträgern wimmeln. Morgen mittag werden die Gottesmänner bei uns einziehen, gleich hinter den

Banditen. Dem Volke Demut predigen und die Gewehre segnen, mit denen man unsere Freunde erschießt! O ja, das kennen wir alles schon.»

Er zog eine Tafel Blockschokolade hervor und verteilte sie. Ich bemerkte, daß seine Rechte in einem Verband steckte. Er fuhr fort: «Armas und Monzón waren zunächst wie Hund und Katze. Schließlich, sie wollen beide Präsident hier werden. Gestern brach man die Verhandlungen ohne Ergebnis ab. Man einigte sich nur darauf, den Waffenstillstand zu verlängern. Diese Zusicherung hatte Monzón dringend nötig, denn inzwischen hatte sich die Bevölkerung in zahlreichen Orten erhoben.»

Monzóns Verhaftungsaktion hatte blutige Unruhen hervorgerufen. In vielen Ortschaften machten die Grundbesitzer Jagd auf Mitglieder des Landarbeiterbundes und der Partei der Arbeit. Diese schlugen, wo immer sie konnten, zurück. In einem solchen Gefecht war Dr. Guerra verletzt worden.

Das drohende Chaos vor Augen, entschloß sich Monzón, fast die gesamte reguläre Armee von der Front abzuziehen. Mit dem Gros seiner Truppen suchte er die Aufstände niederzuschlagen. Zunächst brach er den Widerstand hinter der Kampflinie. Er kehrte selbst für achtzehn Stunden in die Hauptstadt zurück, um die Militärbehörden anzuweisen, gegen aufständische Bauern gnadenlos vorzugehen. Durch Massenhinrichtungen sollte das Land befriedet werden.

Am Freitagvormittag flog er wieder nach San Salvador. Die Wirren im Hinterland und der Truppenabzug hatten seine Verhandlungsposition so geschwächt, daß er Armas und Mendoza in seine Militärclique aufnehmen mußte. Innerhalb der nunmehr fünfköpfigen Junta tobte, wie Dr. Guerra annahm, ein erbitterter Machtkampf zwischen den Befehlshabern der «Befreiungstruppen« und denen des regulären Heeres.

«Aber das ist kein Trost für uns», sagte er. «Beide Armeen sind sich einig gegen das Volk. Wir haben die Schlacht verloren. Viele unserer besten Männer sind eingekerkert oder gefallen. Mein Bruder ist abgesetzt, er wird vor ein Kriegsgericht kommen, mit ihm andere aufrichtige Offiziere. Ich stehe im Fahndungsbuch. Es sieht schlimm aus. Jetzt wird man die Bodenreform rückgängig machen.»

Fast erstarb seine Stimme. Was sollte nun werden?

Am nächsten Morgen erzählte mir Dr. Luis Guerra die Geschichte seiner Flucht. Bald nach unserem Abflug von der Isla de Puñal hatte man ihn im Schiff nach Buenavista geschafft, einem Fiebernest am Golf von Honduras. Noch ehe die Gruppe Ydígoras von dort aus ihren Vorstoß auf Puerto Barrios begann, war es ihm auf abenteuerliche Art gelungen, in einem Boot zu entkommen. Doch scheiterte der Versuch, sich zu seinem

Bruder durchzuschlagen. Er verbrachte eine Woche bei Holzfällern im Motagua-Delta und erreichte die eigenen Linien erst, als die Regierungstruppen kaum noch kämpften. Mit der Bahn fuhr er landeinwärts und nahm zuletzt bei San Pablo an einem Gefecht zwischen Landarbeitern und Gusanos Soldaten teil; dabei wurde ihm die Hand zerschossen.

Ich bewunderte seine Haltung. Er hatte gebadet, aber nichts von dem gegessen, was er mitgebracht. Das hatte er uns gegeben. Seine hohlen Wangen waren scharf ausrasiert, und er trug einen reinlichen Rock. Ich saß ihm in einem seiner eigenen Anzüge gegenüber. Daß Chabelita ihn mir geliehen hatte, machte die Sache nicht weniger peinlich. Ich merkte ihm an, er wußte alles.

Von einem jähen Impuls getrieben, sagte ich: «Herr Doktor Guerra, ich möchte Ihre Tochter heiraten.»

«Wirklich?» fragte er mit einem Funken Ironie.

«Vielleicht ist es ein schlechter Zeitpunkt für das Gespräch.»

«Ich glaube nicht, daß Sie tatsächlich eine Antwort erwarten», sagte er nach einer Weile. «Señor Morena, ich möchte Ihnen, wenn ich darf, etwas ganz anderes vorschlagen. Ich habe in den letzten Stunden viel über Sie erfahren. Sie sollen sich geweigert haben, Bomben auf unsere Städte zu werfen. Ferner haben Sie geschworen, keinen Menschen ohne Not zu töten. Es ist allerdings nicht immer damit getan, daß man – sei es auch unter Lebensgefahr – etwas nicht tut.»

Er hob die verbundene Hand, als bitte er um Verständnis für seine Bemerkung. «Ich verdanke Ihnen viel. Haben Sie etwas dagegen, wenn ich Sie so anrede, wie meine Tochter Sie nennt?»

Ich schüttelte den Kopf.

«Ich heiße Luis für dich», sagte er. «Wir müssen jetzt ein paar praktische Fragen klären. Fest steht, wir haben nichts mehr zu essen. Aber auch ohne dies müßten wir fortgehen aus diesem Paradies.» Er blickte an der verblaßten, zerschlitzten Tapete hoch.

«Wohin?» fragte ich.

«In die mexicanische Botschaft», antwortete er. «Sie ist zwar schon überfüllt, doch zweifellos nimmt man uns auf. Die Frage ist nur, wie kommen wir hin? Die Calle 11 wimmelt von Geheimpolizei. Sie halten jeden an, der so aussieht, als wolle er eins der Botschaftsgebäude betreten.»

Sicher würde es hart auf hart gehen. Sie hatten ihn im Fahndungsbuch, und seine verbundene Hand mußte sie mißtrauisch machen.

Und wie das notwendige Gepäck mitführen? Es war warm, man ging in dünnen Anzügen, wir konnten kaum ein Hemd zum Wechseln einstecken, ohne daß es die Taschen ausbeulte und zum Verräter wurde.

Mir kam ein Gedanke. «Im Auto vorfahren», sagte ich. «Dein Wagen hinten in der Garage ist nicht mehr viel wert, aber die tausend Meter schafft er sicher noch. Ich ziehe meine Hauptmannsuniform an und fahre euch. Die Armee benutzt requirierte Zivilautos, es kann nicht auffallen, wenn ein Capitán so ein Vehikel steuert.»

Er überlegte einen Augenblick, dann antwortete er: «Der Plan ist gut. Nur nicht für dich, Antonio. Einem guatemaltekischen Offizier wird die Botschaft kaum Asyl gewähren, das könnte schwere Komplikationen geben.»

Er war und blieb der faire Partner. Stets sagte er die Wahrheit, auch wenn sie ihm schaden konnte. Er wußte freilich nicht, daß ich einen mexicanischen Paß besaß, jenes Dokument, das mir Ydígoras Fuentes am Sonntag vor drei Wochen auf unserer Fahrt zum Airport Savannah in einer schmierigen Lederhülle überreicht hatte, an jenem 13. Juni, da für mich die Sache begann ... Ob die Botschaft wollte oder nicht, den Inhaber eines mexicanischen Passes mußte sie aufnehmen, falls er darum bat.

Bis zur Calle 11 ging alles glatt. Der Wagen, ein sehr alter Chrysler, sprang wirklich an. Wir entfernten das Balkenwerk im Hausflur, rollten hindurch und nahmen uns nicht einmal Zeit, die Torflügel wieder zu schließen. Es war ein nebliger Morgen, Wolken lagerten auf der Hochebene, über dem Asphalt hingen feuchte Schleier. In Guatemala-Stadt, das 1500 Meter über dem Meeresspiegel liegt, ist das keine Seltenheit. Gerade als wir unter der grünweißroten mexicanischen Trikolore parkten, brach die Sonne durch: zu spät für Monzóns Häscher. Niemand hatte uns belästigt.

Zusammen mit sechs oder sieben anderen Flüchtlingen mußten wir in einem winzigen Raum stundenlang warten. An der einen Wand hing ein Gemälde, das den Indianerpräsidenten Benito Juarez darstellte. Er hatte vor neunzig Jahren den französisch-habsburgischen Pseudokaiser Maximilian mitsamt seinen spanischen Latifundistas in blutigen Schlachten besiegt und verdiente gewiß, hier abgebildet zu werden. An der anderen Wand hing ein Foto des gegenwärtigen Präsidenten Cortines schlicht gerahmt unter Glas. Sonst war das Zimmer kahl.

Durch das ganze Gebäude hallte vielstimmiger Lärm. Ein schmächtiger, nervöser Beamter rief uns nacheinander auf. Zuletzt verschwanden Dr. Guerra und Chabelita über eine Treppe, auf der ein Dutzend Menschen hockten. Säuglinge schrien. Ich blieb eine Zeitlang allein.

Dann kehrte der schmächtige Mann wieder. Mich bat er nicht hinauf. «Der Herr vor Ihnen», sagte er, «hat Sie uns sehr empfohlen ... Aber wie ich sehe, sind Sie Offizier der Regierungstruppen.»

Ich zog den Paß hervor, dem ich meinen damaligen Namen verdankte:

Antonio Morena, geboren am 4. Oktober 1925 zu Saltillo, im Staate Coahuila. Das Heft war zerknittert, befleckt, vom Regen durchtränkt und am Körper getrocknet. Es sah gewiß nicht so aus, wie ein wichtiges Dokument nach dem Wunsche der Behörden aussehen sollte, aber der Stempel, das Lichtbild, die Eintragungen waren lesbar. Und ich meinte, das genüge.

«Sie haben als mexicanischer Staatsbürger hier an Kampfhandlungen teilgenommen?»

«Nein», antwortete ich. «Die Uniform hat nichts zu bedeuten. Ich zog sie an, um überhaupt bis hierher zu kommen ...»

Der kleine Mann verstand das nicht. «Auf dem Bild hier tragen Sie eine Brille», bemerkte er.

«Die ist mir verlorengegangen.»

Es war zwecklos. Während ich redete, fixierte er mich, und mir wurde klar, er glaubte mir kein Wort. Es schien ihn stutzig zu machen, daß ich nicht einwandfrei Spanisch sprach. Wahrscheinlich hielt er mich für einen internationalen Abenteurer, denn er fragte: «Sie haben lange in den USA gelebt?»

«Nur ein paar Jahre», antwortete ich.

Es machte die Sache noch schlimmer. Den Paß in der Hand, wich der Beamte zwei Schritte zurück; er schwieg. Ich fühlte, daß er in mir einen Schwindler sah. Hier half nur noch die reine Wahrheit. Ich fing an, ihm in knappen Sätzen meine Erlebnisse zu schildern. Einmal fragte er: «Verstehe ich recht, bei Oberst Armas haben Sie auch gedient?»

Ich bejahte und erzählte ihm den Rest.

Er lächelte höflich; ich merkte, er war es satt. Man hatte ihm wohl zuviel vorgelogen. Hätte ich ihm all das verschwiegen, wäre ich besser gefahren. Bei Mendoza, bei Gusano – überall hatte ich mich durchgeschwindelt. Mein Talent, die Wahrheit glaubhaft vorzubringen, war schwächer entwickelt. Ich scheiterte, weil ich zum erstenmal seit drei Wochen wieder versuchte, durch Ehrlichkeit ans Ziel zu kommen.

«Wenn Sie hierbleiben», sagte er schließlich, «würden Sie riskieren, daß wir die Echtheit Ihrer Papiere überprüfen. Wir sind nicht daran interessiert, Sie so lange festzuhalten, bis das geklärt ist. Wie Sie gewiß bemerkt haben, ist unser Haus stark überfüllt.«

Er klappte den Paß zu, reichte ihn mir zurück und schloß in gleichförmigem Ton: «Sie haben auf seiten der Rebellen gestanden, später bei den Regierungstruppen. Daraus kann Ihnen kein Nachteil erwachsen, denn beide Armeen sind im Begriff, sich zu vereinigen. Sie haben nach eigenen Angaben niemandem geschadet und folglich auch nichts zu befürchten.»

Ich zuckte die Achseln; hier war jedes weitere Wort verschwendet. Ich steckte meine Papiere ein und wandte mich zum Ausgang.

«Falls Sie sich trotzdem bedroht fühlen», äußerte er und geleitete mich zur Tür, «rate ich Ihnen, sich an die amerikanische Botschaft zu wenden. Die ist nicht so überlaufen, im Gegenteil ... Sie haben lange in den USA gelebt, ein amerikanisches Dauervisum befindet sich in Ihrem Paß. Vielleicht verhilft die US-Botschaft Ihnen zur Rückkehr in die Staaten.» – «Vielen Dank, Señor.»

«Es war mir ein Vergnügen», sagte er – müde, ohne Ironie.

Der schwarze Chrysler stand noch da, er kochte in der Sonne. Eine Hitzewelle schlug mir entgegen, als ich die Tür aufriß. Im Grunde war mir recht geschehen. Der kleine Mexicaner hatte nur seine Pflicht getan. Das war die Quittung für mein verpfuschtes Leben; so und nicht anders behandelte man einen Tramp.

Ich rollte los, die Calle 11 hinunter – ohne Ziel. Die Wärme betäubte mich. Ich kurbelte die Scheiben tiefer. Zu beiden Seiten der Straße wickelte man blumendurchflochtene Girlanden um die Beleuchtungsmasten. Fahnen baumelten von den Hausdächern herab, meist die alten blauweißen, mit dem Quetzal-Wappen in der Mitte. Hier und da auch schon blauweißrote: die neue, von Armas proklamierte Nationalflagge. Ängstliche Leute hatten sie über Nacht genäht.

Zwei Polizisten stoppten mich und baten, ich möge hier nicht weiterfahren, es würde jetzt abgesperrt für den Einmarsch und die große Truppenparade. Die Autokolonne der Obersten Monzón und Armas hätte soeben auf der Carretera Panamericana den Stadtrand erreicht.

Ich bog links ab in eine der schattenlosen Avenidas. Bald wurden die Häuser flacher und armseliger. Nach vier Minuten erreichte ich nahe dem Nordrand der Innenstadt einen Hügel. Später ersah ich aus dem Stadtplan, daß es der Cerro del Carmen gewesen ist. Mit seiner festungsähnlichen Kirchenruine hob er sich über das Gitterwerk der Straßen. Ich stellte den Wagen ab und wartete im Schatten einer verwitterten Dattelpalme – worauf: Ich wußte es nicht. Neben mir ragte, schräg vornübergeneigt, ein mächtiges Gipskreuz aus dem Boden. Es war weiß, eine goldene Heilandsfigur hing daran.

Von der Hügelkuppe aus versuchte ich herauszufinden, welches das mexicanische Botschaftsgebäude sei, jedoch vergebens. Unter mir erstreckten sich zu Tausenden die flachen Dächer. Gefiederte Palmetos und blendendweiße Kirchtürme ragten heraus, umflossen von tiefblauem Duft. In weiter Ferne, wohl an die vierzig Kilometer südwärts, türmten sich die Vulkane zu rosavioletten Pyramiden auf. Tropische Helle, hundert

Schattierungen, Linien von unbeschreiblicher Klarheit. Mir war, als hörte ich Chabelita sagen: «Wer dies Land einmal gesehen hat, kehrt immer wieder zurück.»

Am Südostende der Stadt zitterte eine Staubwolke hoch, Huptöne und Marschmusik drangen zu mir herauf, später Fetzen einer Lautsprecherrede. Armas zog in die Metropole des Landes ein, das er nur durch Verrat hatte erobern können. Ich malte mir aus, wie seine Autokolonne, von der Motorradleibgarde flankiert, durch die Calle 8 zur Plaza rollte: zwischen den Fahnen der Feiglinge, von einem Häuflein Extremisten bejubelt, schweigend angestarrt von der Menge.

Ich konnte allerdings gleichzeitig nicht ahnen, daß zu dieser Stunde noch hart gekämpft wurde, daß blutige Gefechte sich überall dort wochenlang hinzogen, wo die Arbeiter fest organisiert waren und ein paar Gewehre hatten. Daß Armas, um den Bedarf seiner Strafexpeditionen zu decken, der Bevölkerung eine «Befreiungssteuer» auferlegen mußte – eine Sonderabgabe im Werte von sechseinhalb Millionen Quetzal. Daß die Indios im Bananendistrikt Escuintla ihren Boden mit der blanken Waffe verteidigten, geführt von einem Kommunisten namens Carlos Pellezer ... MPi-Salven durchschlugen die Maisstrohwände der Hütten, spritzten in Lehmmauern, vor denen Gefesselte standen. Ihr Knallen bezeichnete das Ende aller sozialen Verbesserungen, die sich die arbeitenden Menschen seit 1944 ertrotzt hatten.

Und ich konnte nicht wissen, wie es dann weiterging: daß die Arbeitslosigkeit bald wieder den Höchststand von 1934 erreichte; daß der Arbeitstag in den Fabriken auf zehneinhalb Stunden ausgedehnt, der Lohn schroff herabgesetzt wurde und welches Elend damit über Menschen kam, denen es schon vorher schlecht gegangen war.

Nur ein paar Tage verstrichen, dann zeigte Castillo Armas dem Volke die Faust. Den Landarbeiterbund löste er restlos auf, die Industriegewerkschaften stellte er unter Polizeiaufsicht. Gewerkschafter, die dem Gemetzel entgangen waren, schickte er zur «Weiterbildung» in die USA. Die verbliebenen Funktionäre wurden verpflichtet, den Behörden regelmäßig über die politische Gesinnung der Mitglieder zu berichten.

Damit wurde jede Gewerkschaftsarbeit zur Farce. Indem man sie lähmte, ermöglichte man es den Unternehmern, die Löhne im Laufe eines einzigen Jahres um fünfundachtzig Prozent zu senken. Ein Facharbeiter, der unter Arbenz täglich einen Dollar verdient hatte, bekam zuletzt fünfzehn Cents. Und eine Inflation trieb die Preise hoch. Der Mais, das Hauptnahrungsmittel der armen Bevölkerung, kostete 1956 das Fünffache; die Bodenpacht verteuerte sich auf das Zweieinhalbfache.

Tausende Hektar Bauernland gab Armas den Latifundistas zurück und der Firma, die ihm den Feldzug bezahlt hatte. Green Pope griff zu: Die Ernte auf den Feldern, ihre selbstgebauten Häuser und alles Saatgut und Gerät verloren die Bauern. Doch erlaubte ihnen die Company, sich dort als Knechte zu verdingen, wo sie zuvor selbständig gewirtschaftet hatten. Die früher schon jämmerlichen Landarbeiterlöhne waren inzwischen auf die Hälfte herabgedrückt worden.

Es würde Nacht werden über Guatemala – das spürte ich damals schon, als ich auf dem Cerro del Carmen stand und von der Plaza Lautsprecherlärm herüberhallte. Die Rede war lang. In bestimmten Abständen kehrten die Worte wie «Ehre», «Befreiung» und «Reformen» darin wieder. Aber ich glaube, da war keiner, der den Sinn dieser Phrasen nicht bald begriff.

Am Abend, als im Zentrum ein Prachtfeuerwerk den Tag beschloß, versuchte ich zum dritten oder vierten Mal, die mexicanische Botschaft anzurufen. Ich tat es von einer Kneipe am Ende der 17. Avenida aus. Diesmal bekam ich Verbindung. Aber mein Gesprächspartner gab nicht einmal zu, daß ein Dr. Guerra mit Tochter im Botschaftsgebäude Zuflucht gefunden hatte. Wahrscheinlich war ihm befohlen worden, die Namen geheimzuhalten. Er wies auf die große Zahl der Asylsuchenden hin und erklärte, man habe noch nicht jeden registriert.

«Doktor Guerra ist in Ihrem Haus», sagte ich. «Ich habe ihn selbst zu Ihnen gebracht.»

«Wer spricht da eigentlich?» fragte er.

Ich hängte den Hörer an. Wer ich war, wollte ich lieber nicht bekanntgeben. Die Gäste in der Pulqueria spitzten schon die Ohren. Auch konnte ich mir denken, daß die Monzón-Polizei den Anschluß der Botschaft überwachte. Da ich nicht wußte, ob sie imstande war, festzustellen, woher der Anruf kam, ging ich jedesmal in ein anderes Lokal.

Wenn ich so weitermachte, kannten mich bald alle Wirte in den Randdistrikten. Sie waren dann sicher in der Lage, mein Aussehen zu beschreiben. Vorsichtshalber stellte ich den Wagen immer ein paar Ecken weiter ab; übrigens ging das Benzin zur Neige. Guatemala-Stadt war eine Stadt von dreihunderttausend Einwohnern, groß genug, sich darin eine Zeitlang zu verbergen, aber zu klein, um dabei ganz sicherzugehen.

Die erste Nacht brachte ich im Wagen zu. Ich steuerte ihn tief in den Vorgarten eines Ruinenhauses hinein. Es war eine menschenleere, nur einzeilig bebaute Vorortstraße. Ich schreckte oft hoch und fand wenig Ruhe. Im Morgengrauen weckte mich das Gekläff verwilderter Köter. Als ich den Platz verließ, zog eine Polizeistreife vorbei. Sie beachtete mich nicht.

In der zweiten Nacht schlief ich, mutiger geworden, in einer schmierigen Fonda; das Auto parkte auf dem Hof. Nach einem Tag voller Angst und Enttäuschung plagten mich Träume.

Ich wachte auf und griff nach meiner Brieftasche. Sie lag unterm Kopfkissen und enthielt noch fünfzig Quetzal. Was sollte werden, wenn das Geld zu Ende ging? Niemand – kein Mensch und keine Organisation – sorgte für mich. Und schlimmer noch: Seit zwei Tagen hatte ich niemanden mehr, für den ich sorgen mußte. Alleinsein ist schwer. Ich fühlte mich elend wie ein herrenloser Hund.

Am dritten Abend eröffnete mir ein Gastwirt im «Oriente», dem etwas tiefer gelegenen Ostteil der Stadt, er dürfe mir keine Unterkunft gewähren. Allen Hoteliers sei es ab heute von Amts wegen verboten, Armeeangehörigen ein Quartier zu überlassen, die keinen Einweisungsschein besäßen. Ob denn ich so ein Scheinchen hätte?

An diesem Abend suchte ich lange nach einem Parkplatz. Bei einer Schuttabladestelle blieb das Auto stehen, der Tank war leer. Ich schob es in die Büsche und legte mich hinein, halb betäubt vom Müllgestank. Ehe ich einschlief, dachte ich an Chabelita. Wenn ich ihre Stimme durchs Telefon hätte hören können, wäre es halb so schlimm gewesen.

Ins Zentrum wagte ich mich auch an den beiden folgenden Tagen nicht. Dort, wo der Wagen stand, zeigte sich keine Militärpatrouille, und man lebte ziemlich billig.

Die Avenidas und Calles von Guatemala-Stadt verlängern sich weit hinaus, sie führen durch neue helle Wohnblocks, die noch ohne Kanalisation sind. Dann aber werden sie zu grasbewachsenen Wegen, und man stößt auf chaotische Barackenviertel; Überreste der Erdbebenperiode. Yukahecken, Agaven und Maiszäune fassen die Parzellen ein. Schief stehen die Hütten, aus Brettern und Wellblech zusammengeschlagen. Die Wände sind morsch, die Dächer drohen einzusinken. Struppige Köter streunen umher, Frauen schimpfen, fette Hauspapageien flattern. Ein Geruch von Holzkohle und Fruchtschalen durchweht die Luft.

Im Kofferraum fand ich einen leeren Benzinkanister und machte mich auf den Weg. Gelbschwarze Geier hockten auf dem Müll, Schweine wühlten dort, schmutzige Kinder spielten dazwischen. Sie riefen mir etwas nach, einige kamen heran, sie bettelten. Zwei der kräftigsten Jungs stellte ich ein. Es hätte auffallen können, wenn ein Armeeoffizier seinen Kanister selber schleppte.

Bitterste Armut säumte unseren Weg. Ein Lumpenidyll reihte sich ans andere. In schrecklicher Anspruchslosigkeit lebten hier Menschen bei brennender Sonne und rasenden Regengüssen. Das Wellblech gleißte,

Eukalypten und Zypressen schnitten spitz in den Himmel. Alle dreihundert Schritte wallten Fliegenwolken aus einer Schnapsbude. In diesen Lokalen gab es kein Telefon. Sie hatten übertriebene Namen. «Perla», las ich, «Eleganter Ruheplatz», «Zu den Märzbriesen» und auch «Die Siegreiche». In smaragdenen Tönen leuchtete der Horizont.

Der Tankwart an der Ausfallstraße beteuerte, die Regierung habe sein Benzin beschlagnahmt. Erst nach endlosem Gerede ließ er sich herbei, mir zwanzig Liter für siebzehn Quetzal zu verkaufen; das war ein unverschämter Preis und machte die Hälfte meines Vermögens aus.

Aus einer der Schnapskantinen kollerte ein alter Indio heraus. Gleich neben der Bude blieb er in der prallen Sonne liegen. Wer hier lebte, der mußte sich wohl von Zeit zu Zeit betrinken. Ich glaube, der Pulquerausch hatte den Menschen hier Kino, Radio, das Buch, ein sauberes Hemd, ordentliche Mahlzeiten und all die anderen Dinge zu ersetzen, an die wir gewöhnt sind und die sie sich niemals leisten können.

«Señor General», fragte einer der Jungen, «dürfen wir mal hinstellen?»

«Ruht euch aus», sagte ich. Von fünf solchen Kindern, hatte mir Chabelita erzählt, wurden nur zwei erwachsen. Wie trostlos ging ihr Leben dahin. Wir hatten den Rückweg abgekürzt und befanden uns am äußersten Rand des Elendsviertels. Hier war die Stadt zu Ende. Sie riß buchstäblich ab. Die Hochebene, auf der sie liegt, wird von Schluchten zerfurcht, den sogenannten Barrancos. Von weitem unsichtbar, brechen sie bis zu hundert Meter tief in den vulkanischen Boden ein. Diese gewaltigen Naturgräben machten Guatemala-Stadt früher zu einer schwer einnehmbaren Bastion; zwei Forts deckten die einzigen Zugänge. Auf dem Grunde der Schlucht blinkten Tümpel. Die Kopftücher indianischer Wäscherinnen leuchteten grellgelb und rot zu mir herauf.

Jenseits des Barranco schmorte ockerfarbenes Gemäuer im Sonnenglast. Ich dachte an Chabelitas Bericht vom letzten Gefecht des Diktators Cabrera. «Ist das da die ‹Palma› ?»

«Nein, Señor ... Das war früher mal die Kavalleriekaserne. Heute gehört es zum Flugplatz.» – «Zu welchem Flugplatz?»

«Zum Militärflughafen Aurora», antwortete mir der eine.

Der Weg war lang. Bald rasteten wir wieder, im blauen Schatten einer Königspalme. Dahinter stand ein verschachteltes Holzgebäude; Rohre liefen von dort aus in die Schlucht hinab, eine Motorpumpe stampfte. – «Senõr Recordaturas Eisfabrik», erklärten mir die Jungs.

«Hat er Telefon?»

«Alles hat er», versicherten die beiden. «Sie können von ihm Rum kaufen, Dokumente, Waffen, sogar Fleisch. Er verleiht auch Kostüme und Weiber, Señor General.»

«Mir genügt sein Telefon. Ich muß meine Kompanie verständigen.»

Ich ging hinein, zahlte dreißig Centavos und rief die mexicanische Botschaft an – ohne besondere Hoffnung. Im Fabrikbüro war es ofenwarm. Ich fragte mich, wie sie es anfingen, hier Kunsteis zu produzieren. Ich drehte die Nummernscheibe und wartete, wie ein Roulettspieler, der immer wieder auf dieselbe Zahlenfolge setzt, obwohl er weiß, daß er verlieren wird.

«Embajada de Méjico» – wirklich, die Botschaft meldete sich! Ich brachte meine Bitte vor. Der Mann am anderen Ende schien zu überlegen. Ich nannte ihm meinen Vornamen.

«Señor Guerra ist erkrankt», sagte er schließlich. «Allenfalls könnte ich seine Tochter an den Apparat bitten.»

Meine Knie wurden weich, ich setzte mich auf die Tischkante und scheuchte einen jungen Ladino – Recordaturas Sekretär – aus dem Zimmer. «Ja, das geht auch», würgte ich heraus.

Lange Pause. Zwei Fliegen setzten sich abwechselnd auf meine Stirn. Nebenan klapperte eine Schreibmaschine. Plötzlich hörte ich ihre Stimme: «Oiga! Antonio? Ist das wahr, bist du das, Antonio?»

Ich nahm mich zusammen. Dies war nicht der Augenblick, Gefühle zu offenbaren oder Zärtlichkeiten zu tauschen. Wir durften nur kurz miteinander sprechen, vermutlich wurde die Botschaftsleitung angezapft. «Chabelita, prenda mia», sagte ich leise und schnell, «wie geht es euch?»

«Wir haben Josefa und Großvater hier gefunden. Aber er ist tot, er starb … vorgestern.» Sie war sehr aufgeregt, vergaß alle Vorsicht. «Wo bist du, Antonio, warum kommst du nicht her?»

«Das ist nicht so einfach.»

«Vater hat deinetwegen mit dem Botschafter gesprochen, aber jetzt hat er Fieber und Schmerzen, sie meinen, die Hand muß ihm abgenommen werden, und hier ist kein Chirurg …»

«Ich besuche euch morgen», versprach ich, ohne zu wissen, wie das zu machen war. Ich mußte ihr einfach etwas sagen, das sie trösten konnte. «Ich rufe vorher noch mal an!»

Als ich zum Auto zurückkam, stob ein halbes Dutzend zerlumpter Menschen weg. Sie hatten die Türen aufgebrochen, die hintere Polsterbank schon gestohlen und waren dabei, auch die Vordersitze auszuschlachten. Wertvolle Dinge für sie, die sie sich durch ehrliche Arbeit nicht verschaffen konnten. Ich war nur froh, daß sie den Fahrersitz übriggelassen hatten.

Am folgenden Vormittag – es war Mittwoch, der 7. Juli – las ich in der Regierungszeitung, die Junta habe die Botschafter Mexicos, Argentiniens,

Chiles und Nicaraguas aufgefordert, eine Anzahl prominenter Flüchtlinge auszuliefern, doch hätten die Missionschefs das abgelehnt. Sie stützten sich dabei auf eine von allen zwanzig iberoamerikanischen Staaten unterzeichnete Konvention, die bestimmt, daß politische Flüchtlinge Asylrecht genießen, sofern ihnen nicht auch kriminelle Vergehen zur Last gelegt werden.

Das Regierungsblatt tadelte diese Haltung scharf. Es stellte haßerfüllt fest, Subjekte wie Expräsident Arbenz hätten «besonders in einem gewissen Botschaftsgebäude» Unterschlupf gefunden. Aber ihnen werde man niemals freies Geleit bis zur Grenze zubilligen, obschon dies möglicherweise dem lateinamerikanischen Gewohnheitsrecht widerspräche. Höhnisch wurde vermerkt, die Staatsfeinde würden kaum lebenslänglich in den Gesandtschaften wohnen wollen. Auch deutete man an, die Asylkonvention schütze keine Verbrecher, und Straftaten seien fast jedem der Geflohenen nachzuweisen.

So stand es in der Zeitung. In dem Café an der Calle 4, wo ich sie las, wußte man noch mehr. Das Monzón-Regime, hieß es, mache seine Drohung wahr. Es habe viele Belastungszeugen aufgetrieben und die Prozeßtermine angesetzt. Jacobo Arbenz warf man vor, er habe auf den Landbesitz seiner Frau in letzter Minute eine Hypothek genommen und sich von der Staatsbank 200 000 Dollar auszahlen lassen. Jaime Rosenberg, der ehemalige Polizeichef, war wegen Gefangenenmißhandlung angeklagt worden. So schob man jedem der Flüchtlinge ein erfundenes Delikt in die Schuhe.

Aufs höchste beunruhigt, rief ich von der Telefonzelle des Cafés aus die mexicanische Botschaft an. Als ich meinen Vornamen nannte, holte man Chabelita heran. Sie war ruhiger als am Vortag, sie sprach schnell und klar, wie nach einem festen Plan. Sie verbot mir, in die Calle 11 zu kommen. Als Treffpunkt schlug sie die Technische Hochschule in der Avenida la Reforma vor. Ich beschwor sie, das Botschaftsgebäude nicht zu verlassen, doch sie wiederholte nur Ort und Uhrzeit und legte auf.

Halb betäubt verließ ich das Café. Sie hatte sich auf meinen Anruf vorbereitet und mich überrumpelt. Sie wollte mich sehen, aber nicht ich, sondern sie wollte das Risiko tragen. Taumelnd stieg ich ein, setzte mich hinters Lenkrad. Man würde sie festnehmen, sobald sie hinaustrat auf die Calle 11. Und falls sie dort durchkam, würden uns Geheimpolizisten an der Technischen Hochschule erwarten. Ich zweifelte nicht mehr, daß sie den Telefondraht der Botschaft anzapften.

Noch zweimal versuchte ich, von anderen Stellen aus anzurufen und sie von ihrem Vorhaben abzubringen. Jedesmal war die Nummer besetzt. Schließlich wurde es zu spät. Der Ort lag am anderen Ende der Stadt ...

Gegen sechzehn Uhr zwanzig, zehn Minuten vor der vereinbarten Zeit, parkte ich ein paar Häuserblocks entfernt in einer Seitenstraße der Reformallee. Das letzte Stück ging ich zu Fuß.

Vorm Portal der Technischen Hochschule spazierten zwei Herren auf und ab, die sich recht auffällig gaben. Sie trugen helle zerknitterte Anzüge; einer von ihnen war nahezu kahl, was ich erst bemerkte, als er den Strohhut lüftete. Er hatte ein volles Gesicht mit Lippenbart und kleinen Augen und schien mir der Klügere zu sein. Aus dem Studentenalter waren sie beide längst heraus.

Ich stieg in den ersten Stock hinauf und spähte auf die Reformallee. Es war eine breite Vorortstraße. Würde sie kommen? Mein Herz klopfte hart. Ich zündete mir eine Zigarette an und merkte, daß meine Finger zitterten. Automobile summten über den Asphalt. Wenn sie kam, lief sie den beiden in die Arme. Ich mußte versuchen, sie abzufangen, auch wenn ich nicht wußte, aus welcher Richtung sie kam; ob mit dem Bus, der Straßenbahn, zu Fuß ... Noch zwei Minuten.

Ich lief hinab. Durch das Türglas erblickte ich die beiden Gestalten. Sie standen seitlich vom Portal und studierten, die Hände in den Taschen, einen Aushang – mit der penetranten Harmlosigkeit von Spionen, denen es an Talent für ihr heikles Tun gebricht. Ich grüßte, sie lüfteten die Strohhüte. Und vergaßen, sie wieder aufzusetzen. Ihre Arme erstarrten, seltsam gewinkelt, in dieser Pose; ich sehe es noch wie heute.

Was ich damals außerdem sah, war eine graue Limousine. Sie führte das Zeichen CD, die grünweißrote Trikolore, und sie glitt, während wir Artigkeiten tauschten, am Bordstein entlang. Dort stoppte sie, der Motor lief. Eine Scheibe wurde heruntergekurbelt, und ich sah – Chabelita.

Kaum saß ich drin, da schoß der Wagen los. Durch die Heckscheibe warf ich einen letzten Blick auf die beiden Caballeros; sie wurden so schnell kleiner, daß ich ihr Mienenspiel nicht beschreiben kann. Der Wagen bog um eine Ecke, und Chabelita hing mir am Hals.

Vom Fahrer trennte uns eine Glasscheibe.

Nach einer Weile sagte sie: «Wir haben keine Zeit, Antonio. Der Chauffeur hat das mir zuliebe gemacht. Aber ehe er in die Calle 11 zurückfährt, mußt du aussteigen, armer Capitán.»

Sie war abgemagert, hatte bläuliche Ringe unter den Augen, ihre Backenknochen traten hervor. Sie war gar nicht mehr hübsch. In diesem Augenblick begriff ich, daß ich sie liebte.

Nach ihren Worten war es scheußlich in der Botschaft. Die Mexicaner taten, was sie konnten. Doch was konnten sie für fünfhundertsechzig Menschen tun? Seine Exzellenz der Botschafter hatte sogar sein privates

Schlafzimmer geräumt. Er war, so erzählte Chabelita, in ein Haus ohne Exterritorialrechte gezogen. Die Guerras hausten mit fünf anderen Familien in der Bibliothek, man schlief auf den Fliesen, nur ihr schwerkranker Vater hatte eine Matratze. Er fieberte stark, war aber meist bei Verstand. Josefa und Chabelita pflegten ihn Tag und Nacht.

«Wenn wir nicht bald wegkommen, stirbt er wie Großvater», sagte sie. «Kein Arzt draußen wagt es, uns zu helfen!»

«Ich hole euch morgen ab», antwortete ich und streichelte ihren Arm. «Früh um vier. Vielleicht haben wir wieder Nebel. In eurem Auto ist nur noch der Fahrersitz. Ihr legt euch dann flach auf den Boden ... Wir schaffen's bestimmt.»

«Ach, Antonio», sagte sie, «bis zur Grenze ist es weit, und hundert Kontrollen auf den Straßen.»

Ich schwieg, sie hatte recht. Draußen huschten Bäume vorbei, die Reifen sangen. Sie fragte: «Und wie lebst du?»

«Ich schlafe im Auto und ohne dich. Man bekommt kein Quartier. Die Wirte müssen jeden Gast melden, der eine Uniform trägt. Ich glaube, das ist, weil dem Armas die ‹Freiheitskämpfer› langsam abhanden kommen.»

«Nein», antwortete sie, «wegen der alten Armee. Da sollen sich manche versteckt halten.» – «Wo sind wir hier?»

«Im Aurorapark. Dort verläuft die Stadtgrenze, da stehen Posten.»

Der Fahrer kehrte um. Diplomatenwagen durften nicht kontrolliert werden, aber er ließ es nicht darauf ankommen. – «Aurorapark», wiederholte ich. «Dahinter liegt ein Militärflugplatz?»

«Küß mich», flüsterte sie. «Gleich setzt er dich ab ... Ach, Antonio.»

«Morgen früh um vier», sagte ich beim Aussteigen.

In der folgenden Nacht schlief ich nicht. Ich steuerte den Chrysler bis zur Stadtgrenze, umging den Posten – zwei Mann der «Befreiungsarmee» – und erreichte gegen Mitternacht den Flugplatz. Hier ließ ich die Torwache in Ruhe und suchte mir ein Loch im Maschendraht. Es gibt nur wenige Kasernen mit lückenloser Umzäunung. Nicht Diebe reißen die Löcher, sondern die Soldaten, wenn sie keinen Ausgangsschein haben und draußen ein Mädchen auf sie wartet.

Von niemandem beachtet, durchquerte ich den Kasernenkomplex und drang auf das Flugfeld vor. Es standen vier oder fünf Dakotas herum, ein paar uralte britische Gloster-Modelle und ein kleines Kurierflugzeug, das meiner alten Bonanza ähnelte. Die Mendoza-Luftwaffe war hier nicht stationiert.

Ich kletterte auf die Schwinge der kleinen Maschine, rutschte in die Kanzel, schaltete die Armaturenbeleuchtung ein. Der Benzinzeiger schlug nach rechts aus. Das Flugzeug war aufgetankt, anscheinend startbereit. Wer mochte es befehligen? Als ich heruntersprang, rief jemand: «Alto! Wer ist das?»

Ich fragte gedämpft: «Sie kennen mich wohl nicht mehr?»

Der Mann tappte näher, er trug einen Overall und schien dem Bodenpersonal anzugehören. Vom Koppel hing ihm eine gewaltige Pistole. Im Schein der Landebahnbefeuerung mußte er meine Hauptmannssterne sehen. «Ich habe hier Wache», erklärte er.

«Sie haben im Gras geschlafen», zischte ich; tonlose Stimmen sind schwer zu unterscheiden. «An solch einem Tag! Die Armee bereitet sich vor, die Schande zu tilgen ... Wann soll dieses Flugzeug starten?»

«Auf Abruf, Señor Comandante. Der Coronel entscheidet darüber.»

«Passen Sie besser auf», mahnte ich und ging. Die Sache war völlig klar: Oberst Monzón hatte sich diese Maschine für den Fall reserviert, daß der Streit mit Armas übel für ihn ausging! Wenn wir morgen gegen halb fünf hier eintrafen, würde sie genauso dastehen wie jetzt. Denn abgesehen davon, daß man nachts nicht damit flog, konnte sich in den nächsten vier Stunden das Blättchen kaum gegen Elfego Monzón wenden.

Meine Hoffnung, die Soldateska würde Frieden halten bis zum Morgengrauen, erfüllte sich nicht. Mit einem Bombenanschlag begann das Geplänkel vom 8. Juli. Zwei Militärcliquen bekämpften sich, und es gab fünfundzwanzig Tote. Ihre Chefs aber wahrten das Gesicht – anders, als ich es mir vorgestellt hatte. Sie versuchten nicht, sich gegenseitig zu verhaften, sondern sie speisten miteinander und versicherten sich höflichst, untergeordnete Befehlshaber trügen die Schuld an den Ereignissen. Monzón, der bis zu jenen Vormittagsstunden noch gleichberechtigt neben Armas in der Junta saß, bat seinen Partner, die «Befreiungsarmee» wenn schon nicht aufzulösen, so doch mit dem alten Heer zu verschmelzen, damit es nur noch einen Waffenträger gebe im Land.

«Bei meinen Mannschaften», soll er geäußert haben, während am Stadtrand die Schüsse peitschten, «herrscht Unzufriedenheit über Ihre bis an die Zähne bewaffneten Soldaten, Señor Coronel. Stecken wir Ihre und meine Leute in gleiche Uniformen, und die Zwietracht nimmt ein Ende.» – Armas sagte darauf nichts, er zupfte an seinem Bärtchen. Er schwieg zu allen Vorschlägen und wartete den Ausgang der Kampfhandlungen ab.

Schon gegen Mittag wurde klar, daß in den Vorstadtgefechten die «Freiheitskämpfer» dank ihrer Schnellfeuerwaffen die Oberhand behielten. Das Heer des Bananentrusts drängte den Gegner auf «La Aurora» zurück. Es kontrollierte nun die Stadt, mit Ausnahme der Gardekasernen und einiger anderer Truppenunterkünfte. Streitkräfte der alten Armee, die dort lagen, hatten sich neutral verhalten. Sogleich bildete Armas die Junta um. Aus dem Fünfergremium warf er die beiden Monzón-Anhänger hinaus. Den nunmehr dreiköpfigen Regierungsausschuß leitete er selbst, unterstützt von einem ihm hörigen Major namens Oliva und dem grollenden Monzón.

Dessen Laufbahn endete mit dieser Schlappe nicht, doch ging es weiter bergab mit ihm. Armas mußte ihn in der Junta dulden, wenn er neue Aufstände der regulären Armee vermeiden wollte. Bald aber zeigte sich, daß die Nordamerikaner klare Verhältnisse wünschten. Für Peurifoy war Monzón – nicht anders als Diaz – eine Zwischenfigur. Das wurde später deutlich, als eine viel ernstere Meuterei ausbrach.

Eine Truppenparade der Obstkonzerngarde bildete den Auftakt. Am ersten Augustsonntag 1954 ließ Armas sechshundert seiner Terroristen an sich vorbeidefilieren. Sie kehrten von blutigen Gemetzeln aus der Provinz zurück und wurden mit vielen Orden ausgezeichnet. Nach der Zeremonie rempelten Unteroffiziere der regulären Armee, von ihren Vorgesetzten ermuntert, die Armas-Banditen auf offener Straße an. Im Zentrum der Hauptstadt kam es zu schweren Schlägereien. Im Handumdrehen entwickelte sich hieraus ein Umsturzversuch der Konservativen, die auf die alte Armee bauten.

Von seinem Balkonfenster aus beobachtete Armas den Tumult. Die Meuterer riefen ihm zu, er solle endlich die irregulären Verbände auflösen und «honor y prestigio» – Ruhm und Ehre – der alten Armee wiederherstellen. Reaktionäre Studenten nahmen die United-Fruit-Truppen in Schutz. Das Kadettenkorps und Teile der Garnison jedoch unterstützten jene Forderung, indem sie an der Plaza Granatwerfer auffuhren und MGs in Stellung brachten.

Armas behalf sich zunächst mit einem Trick, den er von Peurifoy gelernt hatte: Er bat die Verschwörer zu einer Aussprache ins Regierungspalais und ließ sie dort verhaften. Da sich nun größere Teile der alten Armee auf die Seite der Aufständischen schlugen, forderte er amerikanische Hilfe an. Von Luftstützpunkten in Panama und Nicaragua stiegen Jagdbomberstaffeln auf. Gemeinsam mit Mendozas Fliegern bombten sie das Zentrum des Putsches.

Oberst Monzón tat sich, aus der Regierung entfernt, mit abgehalfterten Politikern und bei der Beförderung übergangenen Offizieren ein letztes Mal zusammen – im Kampf um den Platz an der Futterkrippe. Am 20. Januar 1955 schlug er los. Es gab Hunderte von Toten und Verletzten. Armas verhängte den Belagerungszustand, ließ seine Widersacher verhaften und blieb im Sattel. Elfego Monzón hatte ausgespielt; er ist, soviel ich weiß, nach El Salvador entwichen.

Betrachtet man die Kette der amtierenden Präsidenten, Diaz – Monzón – Armas, so bemerkt man: Diese drei Männer rissen das Staatsruder immer weiter nach rechts. Glaubte Diaz noch, das soziale Programm retten zu können, so war Monzón ein Mann des einheimischen Großgrundbesitzes, und Armas gar vertrat ausländische Kapitalinteressen. Und wie bei gewissen radioaktiven Elementen war die Zerfallszeit unterschiedlich: Diaz regierte anderthalb Tage, Monzón knapp einen Monat, Armas drei Jahre. In wenigen Wochen wurde das vernichtet, was unter Arévalo und Arbenz in zehn Jahren erreicht worden war.

Im ersten Tagesschimmer parkte ich vor der Botschaft. Die Straße schien völlig leer. Es war kurz vor vier. Im «Oriente» schoß ein Maschinengewehr. Hinter mir, auf der anderen Straßenseite, erblickte ich ein Auto. Ob es besetzt war, etwa mit Monzón-Polizei, war bei diesem Zwielicht nicht festzustellen.

Ich sah in den Rückspiegel, dann auf die Uhr. Zwei nach vier. Ich hupte, und so, als hätte man auf dieses Signal gewartet, öffnete sich die schwere Tür. Chabelita trat heraus und eine vierzigjährige Indianerin. Sie hatten Luis Guerra in die Mitte genommen. Ich erschrak, als ich ihn sah. Sein rechter Arm hing in einer Binde, die Linke preßte er in die Tasche. Ich weiß nicht, ob er mich erkannte. Wir betteten ihn auf den Wagenboden, ich hatte alles vorbereitet.

Im Rückspiegel sah ich, wie der andere Wagen wendete. Er drehte quer über die Straße, und ich erkannte den Typ: Pontiac Streamliner, ein fünf Meter langes, nicht sehr schnelles Modell, Baujahr 1951. Gerade erlosch die Straßenbeleuchtung. Kein Zweifel, der Streamliner folgte uns. Falls Monzón-Leute darin saßen, hatten sie entweder die Sache verschlafen oder sich gescheut, uns unmittelbar vor der Botschaft festzunehmen.

Der Abstand blieb anfangs gleich. Sie hätten versuchen können, mir in die Reifen zu schießen, aber so etwas geht meist daneben. Der Schütze muß sich hinauslehnen, er kann im Fahrtwind nicht ruhig zielen. An der übernächsten Ecke stand ein Panzerspähwagen. Dann preschten wir an Infanteristen vorbei, die mitten auf der Fahrbahn liefen. Sie trugen Feldmützen, an ihrem Koppel wippte Sturmgepäck. Ich konnte nicht erkennen, welcher Truppe sie angehörten. Ich sah, wie der andere aufholte.

Die Straße wurde breiter. Alleebäume huschten vorbei, dahinter Villen im spanischen Barockstil mit ihren Achteckfenstern und verfallene Fachwerkhäuschen. Immerblühende Gärten und Palmen und Eukalypten, Apfelsinenbäume, von rosigem Frühlicht überhaucht. Die Reifen schrillten. Der Streamliner holte weiter auf.

Plötzlich änderte sich alles. Ein umgestürzter Straßenbahnwagen sperrte die Fahrbahn, von Menschen umwimmelt, die eine Barrikade bauten. Dieses Hindernis mußte ich umgehen. Während ich bremste, verschwand der Verfolger aus dem Rückspiegel. Er war in den toten Winkel geraten und nun unmittelbar hinter uns, bereit zum Überholen. Ich riß den Wagen rechts herum, in eine der Nebenstraßen. Er war so elend weich gefedert, daß sich die Karosserie stark neigte; aber ich wußte nun, wieviel er vertrug. In dieser rechtwinklig angelegten Stadt konnte es nicht schwierig sein, die Ausfallstraße wiederzufinden. Ich zerrte das Auto durch mehrere Kurven. Den anderen abzuschütteln mißlang.

Zuletzt, nachdem ich die Ausfallstraße wieder erreicht hatte, lag das Monzón-Auto dreihundert Meter hinter uns. Man gewinnt bei Stadtrennen vielleicht Distanz, fährt aber keine Zeit heraus. Mein Vorsprung betrug knapp zehn Sekunden. In anderthalb Minuten hatte er uns wieder ... Ich sah das kommen, doch ich irrte mich. An der Stadtgrenze lag ein armdicker Schlagbaum über der Straße, vier oder fünf Mann fuchtelten mit Gewehren herum, wir wurden gestoppt. Ich hörte noch, wie hinter mir der Streamliner über den Asphalt rutschte – dann riß ein Soldat die Wagentür auf. Er trug die blaue Armbinde der Armas-Leute.

«Wir werden verfolgt», rief ich. «Nehmen Sie die fest!»

Der Soldat glotzte. Natürlich sah er, daß ich die Uniform des regulären Heeres trug. Er begriff nicht, was vorging; doch war ich keineswegs besser dran. Mir war ein Fehler unterlaufen. Ich hatte gesagt «wir werden verfolgt», obwohl ich doch scheinbar allein im Auto saß.

«Schlagbaum hoch!» rief ich dem Mann im Befehlston zu. So oft das schon funktioniert hatte – hier versagte die Methode. Der Soldat trat zwei Schritte zurück und schlug den Karabiner waagerecht an, bereit, aus der Hüfte zu schießen.

Für drei, vier Sekunden verließ mich aller Mut. Dann bemerkte ich, der Soldat zielte nicht mehr auf mich. Er hielt das Gewehr schräg nach hinten, und mir wurde klar: Er visierte den Streamliner an. Ich drehte mich um, und wirklich! Ein Haufen Armas-Leute versuchte, die Monzón-Polizisten aus ihrem Wagen zu zerren. Jetzt splitterte Glas.

Ich zog die Tür heran, ohne sie zuzuwerfen, damit der Knall mich nicht verriet. Behutsam rollte ich auf den Schlagbaum zu. Der Anprall war sanft, das Holz federte, es rutschte an der schrägen Chromschnauze hoch, schrammte über die Motorhaube, und als es die Frontscheibe berührte, griff ich durchs Fenster zu und drückte die Stange hoch. Im selben Moment ließ ich die Kupplung los, der Wagen machte einen Satz. Zwar schnellte der Schlagbaum zurück, er krachte auf den Kofferraum – aber wir waren hindurch.

Wir fuhren durchs Niemandsland. Schwarzgrüne Zypressen säumten die Chaussee. Ich sah schon den Windsack von La Aurora. Mit dem Vorposten der regulären Armee hielt ich mich nicht lange auf. Er sperrte die Straße an einer engen Stelle, dort nämlich, wo ein altspanischer Aquädukt sie schnitt. Vor dem steinernen Ruinenbogen, der die Fahrbahn überspannte, winkten drei Uniformierte. Sie breiteten die Arme aus wie Verkehrspolizisten, dann legten sie die Karabiner an.

Ich zog den Kopf ein und steuerte auf sie los. Sie sprangen beiseite. Wenn sie danach noch vorhatten, hinter uns herzuschießen, mußten sie unter dem Aquädukt durchlaufen. Dahinter bog die Chaussee links ab.

Die Flugplatz-Torwache ließ mich passieren. Entweder vertraute sie der Vorpostenkontrolle, oder meine Schultersterne überzeugten sie. Motorendonner war in der Luft, ein schwellendes Gebrüll, wie ich es von Tieffliegerangriffen her kannte. Thunderbolt-Jagdbomber kreisten über La Aurora, und man schoß auf sie.

Soldaten, die augenscheinlich eben angetreten waren, stolperten in Gräben oder hasteten in die Kasernen zurück. Das gelbliche Mauerwerk glühte in der Morgensonne. Auf den Dächern hantierten Männer an Maschinengewehren. Abseits brannten Baracken. Noch ehe wir das Flugfeld erreichten, brachen Mendozas Bomber die Attacke ab. Ich sah unser kleines Flugzeug am Rande der Startbahn, von niemandem bewacht. Wir waren am Ziel!

Von La Aurora bis zur Grenze sind es hundertachtzig Kilometer. Wir hatten die Sonne im Rücken. Nach einer Dreiviertelstunde schwebten wir über Waldabhängen, die schon zu Chiapas gehörten, dem südlichsten Staate Mexicos. Von nun an ließ mich die Karte im Stich. Ich folgte dem Lauf des Rio Grande de Chiapas. Auf einer Wiese bei Tuxtla Gutiérrez, der modernen Provinzhauptstadt, endete meine Geschichte.

Zu erwähnen habe ich noch, daß ich nicht der einzige war, der guatemaltekische Flüchtlinge mit dem Flugzeug herausholte. Es gingen damals verschiedene derartige Geschichten durch die Presse. Aber keiner hat es von La Aurora aus versucht, und niemand außer mir benutzte eine gestohlene Militärmaschine.

Ich bin nicht allzu stolz darauf. Es war mehr Glück dabei als Geschicklichkeit oder Mut. Immerhin ist es gelungen. Später sagte Chabelita zu mir: «Eins wundert mich. Wir haben viermal versucht, dich dazu zu bringen. Auf der Insel hat Vater dir zuerst Geld angeboten, dann wollte er dich überzeugen. In Esquipulas bat ich dich. Erfolglos.»

«Damals kannte ich deine Küsse noch nicht», sagte ich, aber die Wahrheit war, daß es einen anderen Weg für uns nicht gab.

## *Nachwort des Verlages*

Die erste Auflage dieses Buches erschien vor siebenundzwanzig Jahren. Der Mann, dessen Paß auf den Namen «Morena» lautete, ist – wie jeder von uns – ein Kind seiner Zeit. Er war Soldat der faschistischen Wehrmacht, danach ein Heimatloser. In den USA umhergetrieben, verkaufte er Elektrorasierer, flog für Gangster, und es machte ihm nicht viel aus. Kein Mensch kann, wenn er ehrlich ist, in der kurzen Frist weniger Jahre die Vergangenheit völlig abstreifen. Etwas davon schwingt in ihm nach, und es will heraus. Durch Morenas Bericht schimmern Anschauungen, die uns heute fremd erscheinen. Zuweilen fehlt es darin an ernsthafter Wertung, wohl auch an Haß, und was man dem fiktiven Verfasser am meisten vorwerfen kann, ist jene Art der Darstellung, die gelegentlich nicht einmal das eigene Ich ernst nimmt: der leichtfertige Ton eines Schlachtenbummlers. Diese Schilderungsweise ist ihrem Gegenstand nicht immer angemessen. Halb zeitgeschichtliche Reportage, halb Abenteuerroman, entstand dieses Buch zu einer Zeit, in der die cubanische Revolution noch nicht gesiegt hatte und niemand die Ereignisse in Chile voraussehen konnte. Der gesellschaftliche Hintergrund dagegen, den der Text auch da veranschaulicht, wo Figuren und Handlungen kühn erfunden sind, entspricht überall den Tatsachen. Der Wert des Romans liegt bei aller Unterhaltung, die er dem Leser bietet, in der Information über ein fernes kleines Land und einen Vorgang scheinbar am Rande des Weltgeschehens, der nicht länger als zwölf Tage Schlagzeilen machte. Heute erscheint uns dieser Vorgang in schärferem Licht; er gewinnt an Bedeutung, wenn man an die Verbrechen der chilenischen Konterrevolution denkt und an den Überfall der USA auf die friedliche Antilleninsel Grenada im Oktober 1983, der den Putsch der Bananengesellschaft in Guatemala auf erschreckende Weise wieder aktuell werden ließ.

Die vorliegende Ausgabe wurde vom Autor überarbeitet und leicht gekürzt.